KB164187

한시 속의
술
술 속의
한시

한시 속의
술
술 속의
한시

홍상훈

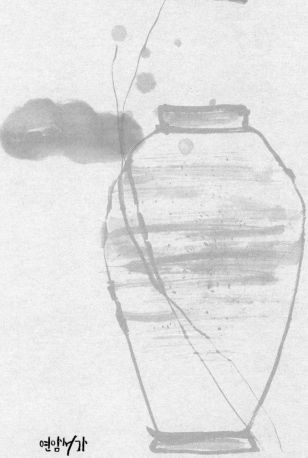

연암서가

지은이 **홍상훈**

전남 광양에서 태어나 서울대 중어중문학과 및 동대학원을 졸업하고 현재 인제대 국제어문학부 교수로 재직 중이다. 주요 저서로는 『하늘을 나는 수레』(문화관광부 추천도서), 『그래서 그들은 서천으로 갔다: 서유기 다시 읽기』, 『전통 시기 중국의 서사론』, 『한시 읽기의 즐거움』(문화관광부 추천도서), 『한시에서 배우는 마음 경영』, 『중국 고전문학의 전통』(공저) 등이 있다. 주요 역서로는 『서유기』(공역), 『중국소설비평사략』, 『베이징』, 『완역 두보율시』(공역), 『시귀의 노래: 완역 이하 시집』(문화관광부 추천도서), 『별과 우주의 문화사』, 『유림외사』(공역), 『양주화방록』(공역, 대한민국 학술원 우수학술도서), 『홍루몽』, 『왕희지 평전』, 『증오의 시대』, 『생존의 시대』 등이 있다.

한시 속의 술
술 속의 한시

2018년 10월 20일 초판 1쇄 인쇄
2018년 10월 25일 초판 1쇄 발행

지은이 홍상훈
펴낸이 권오상
펴낸곳 연암서가

등록 2007년 10월 8일(제396-2007-00107호)
주소 경기도 고양시 일산서구 호수로 896, 402-1101
전화 031-907-3010
팩스 031-912-3012
이메일 yeonamseoga@naver.com
ISBN 979-11-6087-040-4 03820
값 18,000원

* 이 도서는 한국출판문화산업진흥원의 출판콘텐츠 창작 자금
지원 사업의 일환으로 국민체육진흥기금을 지원받아 제작되었습니다.

~~~~~~~~~~~

우리는 어디에서 왔나 우리는 누구냐
우리의 하품하는 입은 세상보다 넓고
우리의 저주는 십자가보다 날카롭게 하늘을 찌른다
우리의 행복은 일류 학교 뱃지를 달고 일류 양장점에서
재단되지만 우리의 절망은 지하도 입구에 앉아 동전
떨어질 때마다 굽실거리는 것이니 밤마다
손은 罪를 더듬고 가랑이는 병약한 아이들을 부르며
소리 없이 운다 우리는 어디에서 왔나 우리는 누구냐
우리의 후회는 난잡한 술집, 손님들처럼 붐비고
밤마다 우리의 꿈은 얼어붙은 벌판에서 높은 송전탑처럼
떨고 있으니 날들이여, 정처 없는 날들이여 쏟아 부어라
농담과 환멸의 꺼지지 않는 불덩이를 廢車의 유리창 같은
우리의 입에 말하게 하라 우리가 누구이며 어디에서 왔는지를
　　　　　　　　　　　　　— 李晟馥,「다시, 정든 유곽에서」(부분)

예로부터 '풍류'라는 말에는 언제나 술 향기가 함께 했고, '시름'

과 '고뇌'라는 말에도 종종 뻐근한 숙취를 유발하는 주독(酒毒)의 시큼한 뒤끝이 따라다녔다. 동서양을 막론하고 술은 기분의 흥취를 고무하고 울적함을 달래 주는 매개이자 예술 창작과 철학적 사유를 도와주는 촉진제, 혼자만의 시간을 적막하지 않도록 해 주는 친구이자 벗과 대화하면서 흥금을 터놓게 하고 사교 모임을 매끄럽게 이끌어 주는 안내자였다. 알코올 중독이나 음주운전과 같은 극히 특수한 상황을 제외하면 술은 인간의 삶 거의 모든 분야에서 유용한 존재였다고 할 수 있는 것이다. 다만 역사와 문화의 차이에 따라 각 문화권에서 술을 만드는 재료나 방식에는 약간 차이가 있을 수밖에 없었고, 또한 술을 마시는 조건과 방식도 다를 수밖에 없었다.

중국에서 술이 언제 만들어졌는지에 대해서는 여러 가지 설들이 있다. 개중에는 원숭이들이 무심코 모아 놓은 과일들이 자연적으로 발효되어 술이 만들어졌다가 사람들에게 알려지게 되었다는 '발견설'도 있고, 하(夏)나라 때—혹은 그보다 이전인 황제(黃帝) 시대—의 인물로 알려진 두강(杜康)이 처음 만들었다는 '발명설'도 있다. 『여씨춘추(呂氏春秋)』나 『박물지(博物志)』 등에 따르면 이보다 훨씬 뒤인 동주(東周) 때에도 술을 잘 빚었던 같은 이름의 인물이 있었다고도 한다. 그러나 그보다 앞선 서주(西周)의 노래로 알려진 『시경(詩經)』의 몇몇 작품들에서 이미 술이 언급되고 있으니, 적어도 동주 때의 두강은 '발명자'가 되기는 어려울 듯하다. 그리고 청나라 건륭(乾隆) 17년(1752)에 편찬된 『백수현지(白水縣志)』에 따르면 한(漢)나라 때에도 술을 잘 빚은 두강이라는 인물이 있었고 그의 자(字)가 중녕(仲寧)이었다고도 한다.

재미있는 것은 두강이 술을 만들게 된 과정을 설명한 민간 전설이다. 어느 날 꿈에서 하얀 수염의 노인이 나타나 두강에게 우물을 하나 내려주며 아흐레 이내에 산속에서 서로 다른 세 사람에게서 얻은 피 세 방울을 우물에 떨어뜨리면 세상에서 가장 훌륭한 음료를 얻게 될 거라고 했다. 다음날 아침 대문 앞에 정말로 우물이 하나 생겨난 것을 발견한 두강은 즉시 산으로 들어가 피를 얻을 사람을 찾았는데 사흘째 되는 날부터 각기 사흘의 간격을 두고 세 사람을 만나 피를 얻게 된다. 그 세 사람은 순서대로 시를 읊조리는 문인과 대범한 무사, 그리고 토한 음식물로 온 몸이 지저분해진 채 나무 아래에서 잠든 바보였다. 그리고 그 세 방울의 피를 떨어뜨려 얻은 음료에 '술[酒]'이라는 명칭을 붙여 주었다고 하니, 대단히 풍자적인 전설이 아닐 수 없다. 두강이 만나 피를 얻은 사람의 순서는 곧 술을 마시는 사람의 행태를 설명한다. 즉 처음에는 고상하게 말도 잘 하며 술을 마시다가 어느 정도 취하면 말수가 줄어들면서 "건배!"를 외치며 단숨에 잔을 비우게 되고, 더 취해서 인사불성이 되면 땅바닥에 엎어져 토하거나 자리를 가리지 않고 쓰러져 눕는 지경에 이르게 된다는 것이다. 다만 이렇게 나름의 체계를 갖춘 전설은 비교적 후대의 어느 호사가가 지어 낸 것임을 쉽게 짐작할 수 있다.

동진(東晉) 시기 유명한 '죽림칠현(竹林七賢)' 가운데 하나인 유령(劉伶: 221?~300)은 「주덕송(酒德頌)」을 썼고, 또 항상 술을 지니고 다니며 며칠 동안 마시면서 하인에게 삽을 들고 따라다니다가 자신이 취해 죽거든 바로 묻어 버리라고 했을 정도로 애주가—정확히 말하자면 중독자—였는데, 이 때문에 그와 두강을 엮어서 만들어진 전설이 오래 전부터 전해지고 있다. 이에 따르면 두강이 백수(白水) 땅에서 술집을 냈는데 유령이 찾아가 보니 대문 양쪽 기둥에 다음과 같이 세로로 쓴 대련이 걸려 있었다.

맹호도 한 잔 마시면 산중에서 취하고
교룡도 두 잔 마시면 바다 밑에서 잠든다.

猛虎一杯山中醉, 蛟龍兩盅海底眠.

그리고 그 위쪽에는 "이 술을 마시고도 취하지 않으면 3년 동안 술값을 받지 않겠다.[不醉三年不要錢]"라고 적혀 있었다. 평소 주량이 세기로 유명한 유령은 그것을 보고 호기롭게 도전했다가 결국 석 잔을 마시고 정신이 나갈 정도로 취해 버렸고, 술값을 외상으로 달아 놓고 겨우 집에 돌아가 쓰러져 버리자 가족들은 그가 죽은 줄 알고 장례를 치러 묻어 버렸다. 그런데 3년 후에 두강이 외상값을 받으러 가자 유령의 아내는 화를 내며 그를 무덤으로 안내했고, 무덤을 파 보니 유령이 술이 깨서 일어나 기지개를 켜며 "술 좋다! 향기가 끝내주는구먼!" 하고 감탄했다는 것이다. 물론 이것은 이른바 "술 단지를 열면 향이 10리에 퍼지고, 벽 너머 이웃집 셋이 취한다.[開壜香十里, 隔壁醉三家]"라는 두강주의 명성을 더 높이려고 꾸며 낸 이야기임을 쉽게 눈치 챌 수 있다. 그런데 주인공 유령이 '문인'이면서 무사처럼 호기롭게 술을 마시고, 결국 취해서 '바보'처럼 쓰러진 인물이라는 점은 두강이 술을 만들게 된 전설과 교묘하게 어울리고 있다.

한편, '발명가'라고 할 수 있는지는 모르지만 역시 하나라 우(禹) 임금 때의 의적(儀狄)이라는 인물도 술을 잘 빚은 것으로 유명하다. (일설에는 의적이 '막걸리[酒醪]'를 만들고 두강이 '고량주[秫酒]'를 만들었다고도 하지만, 이것들은 이미 진위나 선후를 판별한다는 게 불가능할 뿐만 아니라 무의미하기도 하다.) 한나라 때 유향(劉向: 기원전 77?~기원전 6)이 편찬했다는 『전국책(戰國策)』 「위책(魏策)」에는 이런 이야기가 실려 있다. 옛날에 우 임금의 딸이 의적에게 술을 만들게 했는데 맛이 좋아서 우 임금에게 바쳤다. 그런데 우 임금이 마셔 보고 난 후에 의적을 멀리하면서, "후세에 틀림없이 술 때문에 나라를 망치는 이가 있을 게야!" 하고 말했다는 것이다. 이와 비슷한 이야기는 동한(東漢) 허신(許愼: 58?~147?)의 『설문해자(說文解字)』 "주(酒)" 항목에도 수록되어 있다.

이런 이야기들은 두 가지 의미에서 만들어지거나 전승되었을 것으로 여겨진다. 즉 술이 만들어진 역사가 거의 인류가 사회생활을 시작한 때까지 거슬러 올라가며, 어느 시대이든 간에 나름대로 개인의 삶과 사회생활에서 중요한 의미를 지니고 있었다는 것이다. 또한 술은 대단히 달콤하고 때로는 치명적인 유혹을 지니고 있어서 잠시나마 시름을 잊게 해 주기도 하고, 소심한 이에게 용기를 북돋아 주기도 하고, 명사(名士)의 기행(奇行)에 얽힌 미담을 만들어 내기도 하고, 어색한 사교의 자리를 즐겁게 만들어 주는 등의 긍정적인 작용도 한다. 하지만, 유명한 '주지육림(酒池肉林)'의 이야기에서도 알 수 있듯이, 술이란 지나치면 자신뿐만 아니라 나라를 망칠 정도의 폐해를 야기하기도 하기 때문에 항상 경계해야 하는 대상이라는 교훈도 들어 있다.

고대 중국에서 시가(詩歌)는 중국 최초의 노래 모음집인 『시경』이 유가(儒家)의 대표적인 경전 가운데 하나가 되기 훨씬 전에, 공자(孔子)가 학생들을 가르칠 때부터 특별한 의미를 지닌 것으로 여겨져 중시되었다. 그것은 문학뿐만 아니라 정치와 교육, 개인의 인격 수양에 이르기까지 광범한 용도로 활용되었으며, 특히 동한(東漢) 말엽부터 본격적인 '시인(詩人, poet)'이 등장하게 되면서 형식과 수사법, 제재(題材), 주제 등의 전 분야에 걸쳐서 광범한 모색과 시험이 이루어졌고, 마침내 이백(李白)과 두보(杜甫)를 배출한 성당(盛唐) 무렵에 이르면 완숙하고 정제된 형식을 갖춘 근체시(近體詩)가 성립되면서 중국문학사의 가장 화려한 시대 가운데 하나를 장식했다. 더욱이 최초의 '창작된' 시는 조조(曹操)를 중심으로 한 문인들의 연회에서 낭송하는 형식으로 지어졌기 때문에, 처음부터 그것은 노래와 술과 밀접한 관계 속에서 탄생했다. 또한 위진남북조(魏晉南北朝)를 거치면서 문인들 사이에 유행한 '풍류' 문화는 개인들의 기행에 가까운 개성을 촉발하고 장려했으며, 그 과정에서 술도 나름대로 중요한 역할을 했다.

이 책은 기본적으로 고대 중국에서 술을 소재로 하거나 술자리에서 지은, 혹은 간접적으로나마 술과 관련된 한시(漢詩)들을 모아 소개하고자 엮은 것이다. 여기에는 나름 애주가인 필자의 취향이 반영되어 있는데, 처음 시작은 어느 인터넷 매체에 몇 편의 짧은 글을 연재한 것이 계기가 되었다. 하지만 매체의 특성상 독자의 반응은 그야말로 '별로'여서 결국 짤막한 글 몇 편을 연재하다가 중단해 버렸다. 그 대신 이를 계기로 필자는 좀 더 많은 작품들을 찾아 나름의 맥락 안에서 함께 모아 감상해 보는 쪽으로 방향을 넓혀 몇 편의 글들을 적어 전국의 '주당(酒黨)'들과 공유함으로서 한시에 흥미를 가진 주당들을 위한 안주거리를 제공해 볼까 하는 생각을 품게 되었다.

당연히 여기에 소개된 작품들은 중국 고전문학 전체에서 극히

10

미미한 부분에 지나지 않으며, 다분히 필자의 취향과 선호에 의해 선정되었기 때문에 대표성을 논하기도 곤란한 것이 사실이다. 그렇다 해도 주요 작품과 해설을 나열하는 방식의 편집은 식상함을 넘어서 독자에게 혐오감을 주기 십상일 터이다. 이런 의도에서 필자는 상고시대부터 청나라 말엽에 이르기까지 고대 중국에서 술과 관련된 시가(詩歌)—송(宋)나라 문학을 대표하는 '사(詞)'와 원(元)나라를 대표하는 산곡(散曲)을 포함해서—들을 소개하면서, 그와 직간접적으로 연관된 필자의 단상들을 풀어 보았다. 여기서 소개하는 작품들은 거의 즉흥적으로 선택해서 때로는 한 시인을 중심으로 그의 여러 작품들을 아울러 살펴보기도 하고, 또 때로는 비슷한 상황에서 창작된 다양한 시대의 여러 작품들이나 유사한 주제를 담은 여러 시대, 여러 시인의 작품들을 아울러 살펴보기도 했다. 이 과정에서 술과는 직접적인 관련이 없는 작품도 몇 편 언급되기도 했고, 필자의 기호에 따라 인용된 한국 현대시들도 객관적인 연관성이 명백한지는 모르겠다. 어쨌든 이렇게 소개된 한시 작품은 연작시를 개별적으로 나누어 계산했을 때 총 190수 남짓 되는데, 이것은 사실 이백 한 사람이 쓴 술과 관련된 작품 수에도 훨씬 미치지 못한다. 게다가 이 책에 실린 글들은 모두 처음부터 어떤 체계를 정하고 맞춰 넣은 것이 아니라 거의 전부가 개별적이고 독립적으로 쓴 글들이다. 그렇기 때문에 전체 내용을 세 개의 큰 부분으로 나누고 거기에 각기 몇 편의 작은 글들을 모아 놓았지만, 그 구분에 딱히 어떤 개연성도 없다. 그러므로 독자들은 차라리 목차 구분에 그다지 의미를 부여하지 않는 편이 나을 듯도 하다.

이에 덧붙여서 한 가지 미리 밝혀둘 사항이 있다. 본래 문학 작품이란, 특히 '고전'으로 꼽힐 수 있는 명작이란 독자의 시선에 따라 얼마든지 다양하게 해석될 여지가 있다. 물론 한때 창작과 관련된 작자와 작품 사이의 어떤 '필연적 관계'를 탐구하는 학문도 있었을 정도로 그 부분도 중요한 의미가 있는 것은 사실이지만, 전문 연구자가 아닌 일반 독자들은 대부분 자신의 관점에서, 자신의 감성으로 작품을 보고 이해한다고 보는 편이 더 자연스러울 것이다. 이런 의미에서 필자는 그저 좀 더 잡다한 지식을 찾아낼 줄 아는 일반 독자의 관점을 유지하고자 했다. 사실 필자는 이전에도 한시와 관련된 저서를 낸 적이 있긴 하지만, 원래는 중국 고전소설 분야를 전공하여 학위를 받았기 때문에 시에 관해서는 문외한이라고 해도 과언이 아니다. 그러므로 어떤 시인과 시가 작품에 대한 필자의 설명이나 평가는 당연히 전문가의 관점에서, 혹은 또 다른 일반 독자의 관점에서 얼마든지 다른 방식의 설명이나 평가가 가능하다는 점은 충분히 강조될 필요가 있다. 그리고 바로 이런 측면에서 필자의 글을 읽어 줄 고마운 독자들과 능동적으로 소통할 수 있으리라 기대한다.

2018년 7월
백운재주인

차례

들어가는 말   5

제1부

술잔에 비친
우주와
인생

15

술잔 들고 달에게 묻노라   16

하늘도 잊었노라   35

높은 곳에서 내려다본 세상   55

저 강물에게 물어보시게   76

나라를 망하게 하고, 망국의 통한을 달래다   96

이 즐거움 아는 이 몇이나 될까?   115

제2부

술로 푸는
세상사

131

멋진 손님   132

부귀에 취한 세상사   148

술에 빠져 지낸 속내   168

동곡이명(同曲異鳴)   188

맑은 꿈속에서 은하수 깔고 누웠노라   203

평생 술 마시며 꽃 앞에서 늙고 싶구나!   214

제3부

술로 적시는
마음

237

고대하고 원망하고 다시 그리워하다   238

대장부에게는 지기가 있기 마련   247

흰 구름 한없이 흘러가겠지   266

뉘라서 거나하게 취하는 것을 마다하랴?   288

종일토록 봉황의 소리 지저귀고 싶구나!   303

매화는 보이건만 사람은 보이지 않고   317

그저 머리카락 위에 일어나는 가을바람만 느낄 뿐   335

술잔에 비친
우주와
인생

술잔 들고 달에게 묻노라

~~~~~~~~~

푸른 하늘의 달은 언제부터 있었는가?
나 이제 술잔을 멈추고 한 번 물어보노라.
사람은 저 밝은 달 잡을 수는 없는데
달이 도리어 사람을 따라 오는구나.
떠다니는 거울같이 밝은 저 달은 선궁(仙宮)에 걸린 듯
푸른 안개 다 사라지니 맑은 빛을 내는구나.
밤이면 바다에서 떠오르는 것을 볼 뿐
새벽에 구름 사이로 지는 것이야 어찌 알리오?
흰 토끼 불사약 찧을 때 세월은 하염없이 흐르는데
외로운 항아는 누구와 이웃할까?
지금 사람들은 옛 날의 달을 보지 못하지만
지금의 달은 옛 사람들도 비춘 적 있으리라.
옛 사람이나 지금 사람 모두 흐르는 물과 같아
함께 달을 바라봄이 모두 이와 같았으리라.
그저 바라는 건, 노래하고 술 마실 때
달빛이 오랫동안 금 술잔에 비춰 주는 것뿐.

青天有月來幾時, 我今停杯一問之.

人攀明月不可得, 月行卻與人相隨.

皎如飛鏡臨丹闕, 綠煙滅盡淸輝發.

但見宵從海上來, 寧知曉向雲間沒.

白兎搗藥秋復春, 嫦娥孤棲與誰鄰.

今人不見古時月, 今月曾經照古人.

古人今人若流水, 共看明月皆如此.

唯願當歌對酒時, 月光長照金樽裏.

이백(李白: 701~762, 자는 太白)의 「술잔 들고 달에게 묻다[把酒問月]」이다. 고시 특유의 운자(韻字) 전환[轉韻]과 회문(回文)을 연상시키는 반복적 단어 활용이 절묘하다. 특히 이 시에는 "친구인 가순이 내게 물어보라고 함[故人賈淳令予問之]"이라는 부제(副題)가 달려 있어서 묘미를 더해 준다. 이것은 결국 술자리의 주흥이 올라 있는 상태에서 대작하던 친구의 청에 따라 즉흥적으로 이 작품을 썼다는 의미이기 때문이다. 그런 즉흥시에서 수사법도 수사법이려니와 전체 시상(詩想)을 이처럼 치밀하게 엮어 낸 것을 보면, 과연 '시선(詩仙)'이라는 칭송이 그의 천재성을 나타내기에 전혀 부족함이 없음을 느끼게 한다.

첫 두 구절은 도치 서술이다. 주흥이 올라 잠시 술잔을 멈추고 질문을 던지는, 다시 말하자면 시를 쓰게 된 배경을 설명하고 있다. 그런데 그 질문의 내용이 그야말로 '우주적'이다. 창공의 별은 언제부터 존재했는가라는 질문은 우주와 대자연의 존재와 시공(時空)에 대한 근원적 질문이다. 그리고 그 질문을 던지는 주체는 바로 적당히 취한 '나'인 것이다. 내가 그런 질문을 던지는 이유는 제3~6구에 설명되어 있다. 영원하고 위대하며, 더욱이 청결하기 그지없는 자연은 인간이 따라잡을 수 없지만, 그럼에도 자연은 언제나 인간을 따라다니며 보살펴 준다. 아니, 단순히 따라다니기만 하는 것이 아니라 영생불사의 비전을 보여 주고, 진리를 통찰하는 시선을 가리는 세속의 먼지와 안개를 없애고 밝은 빛을 비춰 준다.

　제7~10구는 유한한 시공 속에서 제한된 식견으로 우주를 인식하고 판단하는 인간 존재를 풍자하고 위로한다. 깨어 있는 시간에만 어렴풋이 우주의 영원성을 부러워하는 인간은 자신이 인식한 영원성 자체가 본디 무상(無常)한 것임을 알지 못한다. 무엇보다도 영원한 것을 부러워하는 인간은 영원한 존재가 얼마나 '외로운' 존재인지를 알 수 없다. 이렇게 보면 언뜻 하루살이와 대붕(大鵬)의 삶에 대한 장자(莊子)의 비유를 떠올리게 하는 이 구절들의 뒷면에 내재된 반어적 상징이 한층 선명해진다. 영생불사를 위해 남편이 얻은 불사약을 훔치는 불의(不義)를 감행했던 항아는 결국 '고독'이라는 영원한 뇌옥으로 스스로 내달려간 비극적 존재라는 것이다.

　제11~14구는 끝없이 반복되는 인간 역사에 대한 총괄적 정의이다. 여기서 달은 비록 그 또한 인간이 인식하는 한정된 부분일 뿐일지라도, 인간의 눈에 대비되는 장엄한 우주의 '눈'이다. 그에 비해 인간의 눈은 큰 강물을 이루는 수많은 물방울들 가운데 하나일 뿐으로서 순간을 머물렀다 흘러가 버리는 것이다. '흐름'에 휩쓸린 인간의 눈은 돌아볼 수도, 흐름을 벗어나 객관적으로 자신을 관조할 수도 없다.

　이 시의 결론에 해당하는 제15~16구는 이미 작은 물방울 가운데 하나임을 인식한 '나'의 새로운 깨달음을 담고 있다. 그 깨달음은

　　　　　　제1부 술잔에 비친 우주와 인생

바로 유한성을 인정하는 체념—오히려 하이데거(M. Heidegger)에 따르면 "체념은 스스로 단념하는 것(Sich-versagen)이며, 이것은 진정한 말함(sagen)"이며 "사물을 사물로서 존재하게 하는(die Bedingnis)" 언어의 작용을 가능하게 해 준다고 했는데*—과 비애가 아니라, 지금 이 순간의 나를 즐기자는 비약적인 결의이다. 그러나 이때의 나는 흐름에 휩쓸려 자신조차 관조하지 못하는 존재가 아니다. 오히려 지금의 나는 '무상' 속에서 '평상'을 추구하는 새로운 존재로 거듭나 있기 때문이다. 이처럼 이 시는 도도한 주흥에서 달로 대표되는 관념적 존재론으로, 다시 달에서 인간 역사 전체로, 그리고 전체 인간에서 '나'로 이어지는 시선의 변화를 담고 있다. 어떻게 보면 개인주의적이고 쾌락주의적으로 비칠 수 있는 이런 인생관이 사실은 퇴폐적이 아니라 적극성을 띠고 있다는 점에서 대단히 특별하게 느껴진다.

이백의 생애는 거의 술과 여행의 연속이었다고 할 정도였기 때문에, 그의 시에는 술과 산수풍경에 관한 내용이 자주 등장한다. 특히 술은 심하게 얘기하자면 그의 시 가운데 그에 관한 언급이 없는 시가 거의 없을 정도로 자주 등장하는 소재인데, 이것은 당연히 그의 현실적 고뇌와 초월적 인생관을 표현하는 매체로 술만큼 유용한 것이 없었기 때문일 것이다. 오늘날 남아 있는 이백의 시 천여 수 가운데는 술과 달을 거론한 작품이 「산중여유인대작(山中與幽人對酌)」, 「월하독작(月下獨酌)」, 「동야취숙용문각기언지(冬夜醉宿龍門覺起言志)」, 「장진주(將進酒)」 등등 대표작으로 꼽을 만한 것들만 하더라도 250수 남짓 된다. 이것

*
하이데거, 오병남 · 민형원 공역, 『예술 작품의 근원』, 경문사, 1982, 17~22쪽 참조.

은 양적으로도 여타 시인에 비해 대단히 많을 뿐더러, 그 성취 또한 탁월하다는 점에서 주목할 만하다. 그러므로 그의 문학적 벗이기도 했던 두보(杜甫: 712~770, 자는 子美)는 유명한 「음중팔선가(飮中八仙歌)」에서 이렇게 노래했다.

> 이백은 술 한 말에 시 백 편을 쓰는데
> 장안 저자의 술집에서 잠자면서
> 천자가 불러도 배에 오르지 않고
> 스스로 저는 술 속에 사는 신선이라 했다지.

> 李白斗酒詩百篇, 長安市上酒家眠.
> 天子呼來不上船, 自稱臣是酒中仙.

『신당서(新唐書)』 「이백전」에 따르면, 당 현종이 침향정(沉香亭)에서 그를 불러 흥을 돕는 시를 쓰라고 했는데, 당시 그는 장안의 술집에서 만취해 있었다고 했다. 또한 당나라 때 범전정(范傳正)이 쓴 「이백신묘비(李白新墓碑)」에서는 현종이 백련지(白蓮池)에 배를 띄우고 이백을 불러 글을 쓰라고 했지만, 당시 그는 한림원(翰林院)에서 만취한 상태였기 때문에 고역사(高力士)로 하여금 그를 부축해 배에 올라오게 했다고 한다. 물론 이와 같은 그의 자유분방함이 전적으로 그가 진정한 '자유인'이기 때문에 비롯된 것이라고 단정하는 것은 지나치게 단순한 설명일 것이다. 그보다 그의 그런 행위는 당시의 비틀린 관료사회와 시대의 부조리 아래 밝은 길을 찾지 못해 괴로움 속에서 방황해야 했던 그의 소극적인 반항의식의 표현이라고 해야 할지도 모른다. 게다가 일찍이 '바른 생활 선생님' 주희(朱熹: 1130~1200)마저 인정하고 칭송했던 것처럼 이백은 시 창작에서 '신기한 성취[神就]'를 이룬 천재가 아니었던가!

한편 송나라 때의 대문호(大文豪) 소식(蘇軾: 1037~1101, 자는 子瞻)은 새로운 관점에서 이백의 이 작품을 응용한 절창(絶唱) 「수조가두(水調歌頭)」를 노래했다.

밝은 달은 언제부터 있었는가?
술잔 들고 푸른 하늘에게 물어본다.
천상의 궁궐은
오늘밤 무슨 해일까?
바람 타고 돌아가고 싶지만
화려한 건물들 있다 해도
높은 곳이라 추위를 이기지 못할 것 같구나.
일어나 춤추며 맑은 그림자 희롱하면
어찌 인간 세상과 같으랴?
화려한 누각 맴돌며
비단 바른 창에 이르러
잠 못 이루도록 비추는구나.
나를 미워할 리도 없는데
왜 언제나 이별할 때에만 둥글어지는지!
인간 세상에는 만나고 헤어지는 희비가 있고
달에는 흐리다가 맑아지고 차고 기우는 일 있는데

이것은 예로부터 완전하기 어려웠으니

그저 오래 살면서

천 리 먼 곳에서나마 이 아름다운 달빛 함께 했으면!

明月幾時有, 把酒問靑天.

不知天上宮闕, 今夕是何年.

我欲乘風歸去, 又恐瓊樓玉宇,

高處不勝寒, 起舞弄淸影, 何似在人間.

轉朱閣, 低綺戶, 照無眠.

不應有恨, 何事長向別時圓.

人有悲歡離合, 月有陰晴圓缺.

此事古難全, 但願人長久, 千里共嬋娟.

이 작품은 자신의 아우이면서도 문단의 지기(知己)였고, 또 어떤
의미에서는 인생의 스승이자 벗이기도 했던 소철(蘇轍: 1039~1112, 자
는 子由)을 그리며 보름날 달밤에 지은 것이다. 소식의 운명을 나락으
로 떨어뜨린 '오대시안(烏臺詩案)'*이 일어났을 때 소철은 자신까지 연

---

*

송나라 원풍(元豊) 2년(1079)에 어사 하정신(何正臣: 1039?~1099, 자는 君表)이 소식을 탄
핵한 사건이다. 여기서 그는 소식이 호주지주(湖州知州)로 옮겨 가면서 황제의 성은에
감사하는 내용을 담아 올린 상소문의 어휘에 조정을 풍자하여 비판하는 의미가 암암
리에 담겨 있다고 주장했고, 그에 앞서 어사 이정(李定: ?~?, 자는 資深)도 소식을 비판
한 바 있다. 이 때문에 소식은 '오대(烏臺)', 즉 어사대(御史臺)의 옥에 갇혀 심문을 받
았다. 결국 소식은 왕안석(王安石)을 비롯한 여러 명사들의 구명운동으로 목숨은 건졌
지만, 그 자신은 황주(黃州) 단련부사(團練副使)로 좌천되어 그 지역을 벗어나지 못하
고 공문서를 결재할 권한도 없는 상태로 지내야 했고, 동생인 소철(蘇轍)을 비롯한 적
지 않은 이들이 연루되어 고초를 겪어야 했다.

　　　　　　　　제1부 술잔에 비친 우주와 인생

루될 위험을 무릅쓰고 형을 변호했고, 만년에 해남(海南)으로 폄적되어 떠나는 형을 위해 기꺼이 거액의 여비를 건네줌으로써 형제의 돈독한 우애를 확인해 주었다. 그런 아우를 그리는 마음이 절절하게 담긴 이 작품은 그러나 기구한 인생살이에 지쳐 위축되어 버린 소식의 심경을 드러낸다. 그 때문에 '바람을 타고 돌아가야 할' 자신의 고향, 천상의 신선 세계도 '추위를 이기지 못할까 두려운' 곳으로 설명된다. 이것은 미지의 과거와 미래에 대해 전혀 위축되거나 두려워하지 않고 의연하게 관조하는 이백의 태도와 씁쓸한 대조를 이룬다. 특히 두 작품의 마지막 두 구절은 서로 비슷한듯하면서도 미묘한 차이를 보인다. 유유한 시간 속에서 짧은 순간에 지나지 않는 인생의 의미를 인정한 이백이 가무를 즐기며 술잔 속에 비치는 달빛으로 그 짧은 인생에 영원한 빛을 부여하는 데 비해, 소식은 조금이라도 더 오래 삶을 즐기기를 축원하며 그 아름다움을 혈육과 공유하고자 한다. 인간 세상에서 지기를 찾지 못해 "술잔 들고 명월을 초대해 / 그림자 마주하고 셋이 되어(「月下獨酌」: 擧杯邀明月, 對影成三人)" 노닐던 이백이 세계를 자신만의 관점에서 바라보는 데 비해, 소식은 보편적인 인간의 관점으로 확장시켜 놓았다. 그 결과 이백의 궁극적인 지향이 짧고 덧없는 인생을 넘어선 영원한 우주 혹은 초월적인 신선 세계인 데 비해, 소식은 인력으로 어쩔 수 없는 우주의 원리에 대한 도전을 포기한 채 자연의 혜택을 즐기며 발을 딛고 사는 인간 세계 자체에 집중한다. 그렇기 때문에 이백은 고독한 항아의 벗이 되기를 희망하고, 소식은 천 리 먼 곳에 떨어져 있는 아우와 자신을 연결해 주는 달빛의 은택을 기원하는 것이다.

이후 명나라 때의 당인(唐寅: 1470~1524, 자는 伯虎)은 직접적으로 이백의 「술잔 들고 달에게 묻다」를 염두에 두고 새롭게 「술잔 들고 달을 보며 노래함[把酒對月歌]」이라는 시를 지었다.

> 이백 이전에도 본래 달이 있었지만
> 이백만이 시로 묘사할 수 있었지.
> 이백은 지금 이미 신선 되어 떠났지만
> 달은 푸른 하늘에서 몇 번이나 차고 기울었는가?
> 지금 사람들은 여전히 이백의 시를 노래하지만
> 밝은 달은 여전히 이백이 살았던 때와 같지.
> 내가 이백이 달을 대하는 방법을 배웠지만
> 달과 이백이 어찌 그걸 알겠는가?
> 이백은 시도 잘 짓고 술도 잘 마셨는데
> 지금 나는 술 백 잔에 시 천 수도 지을 수 있지.
> 부끄럽게도 나는 이백 같은 재능이 없지만
> 아마도 달은 내가 못났다고 싫어하지 않을 터.
> 나는 천자의 배에도 타지 않았고
> 장안에 가서 취해 자지도 않은 채
> 고소성 밖에 초가집 하나 짓고 사는데
> 만 그루 복사꽃 피고 하늘에 달빛 가득하지.

> 李白前時原有月, 惟有李白詩能說.
> 李白如今已仙去, 月在靑天幾圓缺.
> 今人猶歌李白詩, 明月還如李白時.
> 我學李白對明月, 月與李白安能知.

제1부 술잔에 비친 우주와 인생

李白能詩復能酒, 我今百盃復千首.
我愧雖無李白才, 料應月不嫌我醜.
我也不登天子船, 我也不上長安眠.
姑蘇城外一茅屋, 萬樹桃花月滿天.

　　젊어서부터 뛰어난 화가이자 서예가로 명성을 날리기도 했던 당
인은 30살 무렵에 회시(會試)에 응시하러 북경에 갔다가 과거 시험장
의 불상사에 연루되어 옥고(獄苦)를 치른 후 결국 벼슬길이 막혀 버렸
고, 아내마저 개가(改嫁)해 버렸다. 이 바람에 그는 천하를 유랑하며 글
과 그림을 팔아 생계를 유지하는 어려운 나날을 보내야 했다. 이후 그
는 정덕(正德) 1년(1507)에 소주(蘇州)의 도화오(桃花塢)에 도화함(桃花庵)
을 짓고 날마다 그곳에서 축윤명(祝允明: 1461~1527)과 문징명(文徵明:
1470~1559) 등 친한 벗들과 술을 마시고 시를 써서 세상을 멸시하면서
거침없이 지냈는데, 유명한 「도화암가(桃花庵歌)」에 그런 마음을 나타냈
다. 이 「술잔 들고 달을 보며 부르다」는 이백의 작품을 패러디하면서
이백을 빌려 자신을 묘사하고 있다.
　　시선(詩仙)은 떠났지만 달―그리고 그것이 비추는 세상―은 여
전히 그때와 같이 부조리가 가득하니, 재능은 달라도 느끼는 감회야
비슷하지 않겠는가? 그 스스로 말이야 겸손하게 이백과 같은 재능이
없다고 했지만 술 백 잔을 마시고 천 수의 시를 쓰면 이백보다 나았으
면 나았지 결코 못하다고 할 수 없을 것이니, 이 또한 교묘한 자부심의
표현이라 하겠다. 그리고 이백처럼 황제의 부름을 받아 장안의 술집에
서 취해 잠든 적은 없지만, 만 그루 나무에 복사꽃 흐드러지고 온 하늘
에 달빛 환한 도화암의 풍경은 그야말로 인간 세계의 선경(仙境)과 다

름이 없다. 그러므로 이백과 거의 비슷하게 비틀린 세속과 어울리지 못하고 권세에 반항하는 자유를 내용을 노래하고 있음에도 그 안에는 당인 특유의 개성이 여전히 뚜렷하니, 창의적인 패러디의 진수를 보여 준다고 하겠다.

달 얘기가 나왔으니, 옛 사람들은 물론이거니와 현대의 시인 원이둬(聞一多: 1899~1946, 본명은 家驊)까지도 천고(千古)의 절창으로 칭송한 바 있는 장약허(張若虛: 660?~720?)의 「춘강화월야(春江花月夜)」를 빼놓을 수 없겠다.

> 봄 장강의 조수는 바다와 고르게 이어지고
> 바다 위에 명월이 조수와 함께 떠오른다.
> 반짝이며 일렁이는 물결 천만 리에 펼쳐지는데
> 봄 장강 어디엔들 명월이 비치지 않으랴?
> 강 물결 맴돌아 향기로운 들판 감아 흐르고
> 꽃 숲에 달빛 비쳐 모두 눈송이 같구나.
> 허공에 흐르는 서리 어느새 날고 있어
> 섬 위의 하얀 모래밭 보이지 않는구나.
> 강과 하늘이 같은 색에다 먼지 한 점 없나니
> 공중에 외로운 달만 환히 빛난다.
> 강가에서 처음 달을 본 이 누구인가?
> 강 위의 달은 언제 처음 사람을 비추었나?
> 인생은 대대로 끝없이 이어지는데
> 강 위의 달은 해마다 비슷하기만 하지.

제1부 술잔에 비친 우주와 인생

강 위의 달이 누구를 기다리는지는 몰라도
장강은 그저 물길만 흘려보내지.
흰 구름 한 조각 유유히 떠가니
청풍포에서는 시름을 견디지 못하지.
오늘밤 조각배 타고 떠도는 이 누구인가?
어느 땅 달빛 비치는 누각에서 그리움에 젖을까?
가련하게도 누각 위엔 달이 맴돌며
떠나온 이의 화장대를 비추고 있으리라.
규방의 주렴 속에서도 걷어내지 못하고
다듬잇돌 위에서 쓸어내도 다시 찾아오지.
이때는 서로 그리워해도 목소리는 듣지 못하니
달빛 따라 찾아가 그대를 비추었으면!
기러기 멀리 날아도 달빛을 건너지는 못하고
물고기와 용이 물속에서 뛰니 수면에 파문 생기지.
간밤에 고요한 연못에선 꿈속에 꽃이 졌고
가련하게도 봄은 저물어 가는데 집에 돌아오지 않는구나.
강물은 봄을 흘려보내 거의 다해 가고
강과 못에 달이 지며 다시 서쪽으로 기우는구나.
기우는 달은 해무에 깊숙이 숨고
갈석산과 소상강에 길은 끝이 없구나.
달빛 타고 돌아가는 이 몇이나 될까?
지는 달은 그리움 자극하며 강과 숲에 가득하구나!

春江潮水連海平, 海上明月共潮生.
灧灧隨波千萬里, 何處春江無月明.
江流宛轉繞芳甸, 月照花林皆似霰.
空里流霜不覺飛, 汀上白沙看不見.
江天一色無纖塵, 皎皎空中孤月輪.
江畔何人初見月, 江月何年初照人.
人生代代無窮已, 江月年年只相似.
不知江月待何人, 但見長江送流水.
白雲一片去悠悠, 青楓浦上不勝愁.
誰家今夜扁舟子, 何處相思明月樓.
可憐樓上月徘徊, 應照離人粧鏡臺.
玉戶簾中卷不去, 搗衣砧上拂還來.
此時相望不相聞, 願逐月華流照君.
鴻雁長飛光不度, 魚龍潛躍水成文.
昨夜閑潭夢落花, 可憐春半不還家.
江水流春去欲盡, 江潭落月復西斜.
斜月沉沉藏海霧, 碣石瀟湘無限路.
不知乘月幾人歸, 落月搖情滿江樹.

　　청풍포(靑楓浦)는 지금의 후난성[湖南省] 류양[瀏陽]의 류수이[瀏水]에 있는 나루터 이름이다. 옛날에는 종종 이별의 장소를 대표하는 뜻으로 쓰였다. 갈석산(碣石山)은 후베이성[湖北省] 창리현[昌黎縣] 서북쪽에 있다. 또 상수(湘水)는 후난성 링링현[零陵縣]에 이르러 소수(瀟水)와 합쳐지기 때문에, 이 지역의 강물을 소상강(瀟湘江)이라고 부른다. 여기서 갈석산과 소상강은 남북 아주 멀리 떨어져 있다는 것을 가리킨다. 무엇보다도 이 작품에서 달은 떠올랐다가 하늘 높이 걸리고, 다시 서쪽으로 기울어서 마침내 완전히 지기까지 작품 전체를 관통하며 이른 바 '정경교융(情景交融)'의 시경(詩境)을 이루어 내고 있다.

전반부 여덟 구절은 큰 것에서 작은 것으로, 먼 곳에서 가까운 곳으로 시점을 이동하면서 아득한 하늘에 홀로 뜬 달로 묘사를 집중해 간다. 그리고 청명한 천지와 우주를 마주하며 시인은 인생의 철리(哲理)와 우주의 오묘한 비밀을 사색한다. "강가에서 처음 달을 본 사람은 누구이며, 달은 언제 처음 사람을 비추었나?"라는 우주와 인간의 기원에 대한 질문에는 대답 대신 "대대로 끝없이 이어지는 인생을 비추는 달빛은 해마다 그저 비슷하기만 할 뿐"이고, "강 위의 달이 누구를 기다리는지는 모르지만 그저 보이는 것이라곤 강물을 흘려보내는 장강의 모습뿐"이라는 담담한 서술로 끝난다. 중요한 것은 이런 서술 속에 짧은 인생에 대한 희미한 서글픔의 흔적이 있지만, 그것이 결코 염세적인 절망은 아니라는 사실이다. 오히려 시인은 영원히 변함없는 대자연의 아름다움을 통해 짧은 인생의 위안을 얻고 있다.

아홉 번째 구절부터 끝까지는 집을 떠난 사랑하는 이를 그리며 다시 만나 행복하게 살기를 바라는 젊은 여인의 정서를 묘사하고 있다. 이런 종류의 그리움은 어쩌면 유행가에서도 자주 언급하는 상투적이고 평범한 것이지만, 시의 전반부에서 예사롭지 않은 우주와 인생에 대한 사색을 언급했기 때문에 여기서는 그런 평범한 감정까지도 예사롭지 않게 변하게 된다. 다시 말하자면 시인은 무궁한 우주에 비해 짧고 유한한 인생이기에 행복은 더욱 소중한 가치를 지니게 된다는 긍정적인 인생관을 제시하고 있는 것이다.

한편 남송(南宋) 신기질(辛棄疾: 1140~1207, 자는 幼安)의 「목란화만(木

蘭花慢)」은 뜨는 달을 맞이하는 게 아니라 지는 달을 보내는 상황을 노래한 특이한 구상과 「천문」의 형식을 빌려서 작품 전체가 질문으로 구성된 것이 특징이다. 또한 그 질문은 기본적으로 신화에 바탕을 두고 있다. 「목란화만」은 원래 당나라 때 교방(敎坊)에서 사용하던 악곡 이름으로서, 훗날 사패(詞牌) 가운데 하나가 되었다.

(중추절에 술을 마시다가 날이 밝아오는데, 손님이 옛 사람의 시사에 달을 기다리는 것만 있지 달을 보내는 것은 없다고 하기에 「천문」의 형식으로 쓰다.)

사랑스러운 오늘밤의 달은
어디를 향해
유유히 가는가?
또 다른 인간 세계가 있어
그곳에서는 곧 볼 수 있을까
동쪽에서 떠오르는 모습을?
하늘 밖
아득한 창공에서
먼 바람만이 한가위의 달을 전송하는가?
뿌리도 없이 하늘을 나는 거울은 누가 묶어 놓았나?
시집가지 않는 항아는 누가 붙들어 두고 있는가?
바다 밑을 지난다고 하는데 물어도 이유를 모르겠나니
어리둥절 시름겹게 만드는구나.
거대한 고래가
함부로 들이받아

아름다운 건물과 누각 부수지나 않을까?

두꺼비는 본래 물에 잠기는 걸 감당할 수 있지만

옥토끼는 어떻게 수영을 배웠을까?

모두가 무사하다면

어째서 점점 고리처럼 굽어지는가?

(中秋飮酒將旦, 客謂前人詩詞有賦待月, 無送月者, 因用「天問」體賦.)

可憐今夕月, 向何處, 去悠悠.
是別有人間, 那邊才見, 光景東頭.
是天外, 空汗漫, 但長風浩浩送中秋.
飛鏡無根誰繫, 姮娥不嫁誰留.
謂經海底問無由, 恍惚使人愁.
怕萬里長鯨, 縱橫觸破, 玉殿瓊樓.
虾蟆故堪浴水, 問云何玉兎解沉浮.
若道都齊無恙, 云何漸漸如鉤.

　　사랑스러운 달은 져서 어디로 가는가? 혹시 또 다른 인간 세계가 있어서 그곳에서는 이제 곧 뜨는 달을 볼 수 있을까? 하늘 바깥의 한없이 공활한 곳에서 바람만이 전송하는 그 달은 뿌리도 없는데 누가 공중에 매달아 놓았을까? 달 속의 항아가 시집가지 않는 것은 누가 붙들고 있기 때문일까? 달은 바다 밑을 지난다고 하던데 그러면 거대한 고래가 들이받아 달 속의 화려한 건물들이 무너지지나 않을까? 그리고 달이 바다 밑에 잠기면 물에 익숙한 두꺼비는 괜찮겠지만 수영도 못하는 옥토끼는 어쩌란 말인가? 설령 그래도 전혀 문제가 없다면 둥근 달은 왜 점점 고리 모양으로 변하는가? 과학적 지식의 한계를 논외로 치고 보면, 자유분방하고 기발한 신화적 상상력을 바탕으로 한 재치 있는 질문들이 숨 가쁘게 이어지지만 답은 제시하지 않는다. 당연히 너무나 어려운 질문들이기 때문에 대답하지 못한 것도 사실이지만, 애초에 대답을 기대하지 않은 질문의 나열을 통해 우주와 인생의 의미를 사색한다. 하지만 그 사색은 침울하지 않고 오히려 남송(南宋) 호방파(豪放派) 사인(詞人)의 노래라는 사실이 무색하지 않게 호쾌함마저 담겨 있다.

술잔을 들고 달에게 묻는 것은 결국 우주와 인생의 의미에 대한 거부할 수 없는 호기심의 표출이자 삶의 의미에 대한 성찰의 계기를 마련하는 행위이다. 인간은 대자연의 일부로서 그것과 조화를 이루며 살아갈 수밖에 없으면서도 종종 생로병사의 짧고 유한한 삶에 대해 아쉬움과 회한을 가진다. 또한 짧은 인생 속에서도 단순히 먹고 사는 수준을 넘어선 부귀영화와 명예를 위한 치열한 경쟁에 매몰되기 십상이다. 이러한 인생의 기구한 여정을 달관하기란 쉽지 않지만, 적어도 동진(東晉)의 도잠(陶潛: 365?~427, 일명 淵明, 자는 元亮)에게는 그렇지 않았던 듯하다. 그의 걸작 가운데 하나인 「신석(神釋)」에서 도잠은 이렇게 설파했다.

조물주는 사적으로 힘을 쓰지 않으니
모든 사물 저절로 번성하지.
사람은 삼재 가운데 하나이거늘
어찌 나로 인해 나온 것이 아니겠는가?
그대들과는 비록 모습이 다르지만
태어나 서로 의존하며 붙어살지.

서로 의지해 살기는 선악이 마찬가지이거늘
어찌 서로 얘기조차 나누지 않을 수 있으랴?
삼황은 위대한 성인이었지만
지금은 다시 어디에 있는가?
팽조는 오래 사는 것 좋아했지만
인간 세상에 머물고 싶어도 그럴 수 없었지.
늙은이나 젊은이나 죽기는 마찬가지요
현명하고 어리석은 것도 더 이상 운명이 아니지.
날마다 취해 있으면 잊을 수도 있으니
수명을 단축시키는 물건만은 아닌 게지!
선한 일이야 늘 기꺼워하는 바이지만
누가 그대를 칭찬해 주랴?
내 목숨 해치게 될까 염려하여 무엇 하리?
마땅히 자연의 순리에 따라야지.
대자연의 변화 속에 자유자재로 노닐면서
기뻐하지도 두려워하지도 말지라.
죽어야 한다면 죽게 마련이니
혼자 너무 많은 걱정 하지 마시게!

大鈞無私力, 萬理自森著.
人爲三才中, 豈不以我故.
與君雖異物, 生而相依附.
結托善惡同, 安得不相語.
三皇大聖人, 今復在何處.

彭祖愛永年, 欲留不得住.
老少同一死, 賢愚無復數.
日醉或能忘, 將非促齡具.
立善常所欣, 誰當爲汝譽.
甚念傷吾生, 正宜委運去.
縱浪大化中, 不喜亦不懼.
應盡便須盡, 無復獨多慮.

　날마다 취해 있으면 생로병사(生老病死)와 부귀빈천(富貴貧賤), 현우
(賢愚)의 모든 굴레를 잊게 되니 술이라는 것이 수명을 단축시키는 나
쁜 물건만은 아니라는 변호는 과연 애주가로서 도잠의 면모를 여실히
보여 준다. 하지만 뒤집어 살펴보면 결국 술은 사람으로 하여금 인생
과 우주에 대해 진지하게 반성하고 사색하게 만드는 훌륭한 촉발제가
될 수 있음을 알 수 있다.

하늘도 잊었노라

~~~~~~~~~~

수레 밀고 북쪽 상동문(上東門)으로 가니
멀리 성 북쪽에 무덤들이 보이는구나.
백양나무는 어쩌나 쓸쓸한지!
넓은 길 양쪽에는 소나무 측백나무 늘어섰구나.
그 아래에 오래 전에 죽은 이 있나니
캄캄하게 기나긴 밤을 맞았구나.
황천 아래에서 깊이 잠들어
천 년이 지나도 깨어나지 않는구나.
세월은 거침없이 흐르고
인간의 수명은 아침이슬 같구나.
인생은 나그네 길처럼 순식간이라
수명은 쇠나 돌처럼 단단하지 않지.
예로부터 지금까지 번갈아 보내나니
성현이라도 그것을 초월한 이는 없었지.
복식(服食)으로 신선의 길을 추구하지만
대부분 약물에 몸만 망쳤을 뿐.

차라리 좋은 술 마시고
알록달록 비단옷 입고 즐기는 게 낫지!

驅車上東門, 遙望北郭墓.
白楊何蕭蕭, 松柏夾廣路.
下有陳死人, 杳杳卽長暮.
潛寐黃泉下, 千載不覺寤.
浩浩陰陽移, 年命如朝露.
人生忽如寄, 壽無金石固.
萬歲更相送, 賢聖莫能度.
服食求神仙, 多爲藥所誤.
不如飮美酒, 被服紈與素.

이것은 유명한 '고시십구수(古詩十九首)' 가운데 하나인 「구거상동
문(驅車上東門)」이다. 여러 사람의 손을 거쳐 다듬어진 것으로 여겨지는
이 시가 완성된 때는 대개 동한(東漢) 말엽으로 보고 있다. 당시는 정치
적으로도 대단히 혼란하고 환관(宦官)의 전횡 속에서 관료들의 부패도
극에 달해 있었다. 민생은 이미 황건기의(黃巾起義)가 임박했을 정도로
절망적인 파탄 상태에 빠져 있었고, 실의에 찬 지식인들도 대부분 삶
의 의미를 찾지 못하던 시기였다. 낙양(洛陽) 북쪽의 공동묘지인 북망
산(北邙山)을 보며 노래한 이 작품은 이런 상황이 야기한 비관적인 인생
관을 극단적으로 표출한다.
    거침없이 흐르는 세월 앞에 아침이슬 같은 수명을 가진 인간의
삶은 여관을 들르듯 이 세상에 잠시 왔다가 어디론가 떠나 버리는 나
그네 같다. 물론 천지만물을 '일기(一炁)'의 변화 과정으로 간주하는 도

36   제1부 술잔에 비친 우주와 인생

가에서는 기가 모이면 태어나서 기가 흩어지면 죽는 것이 인간을 포함한 모든 존재의 생명이라고 생각한다. 그래서 열자(列子)에서는 "삶과 죽음의 관계는 한 번 갔다가 한 번 돌아오는 것이다. 그러므로 여기서 죽은 이가 저기 살지 않으리라는 것을 어찌 알겠는가?(『列子』「天瑞」: 死之與生, 一往一反, 故死於是者, 安知不生於彼)"라고 했고, 장자(莊子)도 "삶이란 죽음과 같은 무리이고 죽음은 삶의 시작이니, 뉘라서 그 벼리를 알겠는가?(『莊子』「知北遊」: 生也死之徒, 死也生之始, 孰知其紀)"라고 했던 것이다. 그러나 이러한 '제물(齊物)'의 세계관을 모르거나 거기에 동의하지 않는 평범한 이들에게 짧은 인생이 아쉽고 허무하게 느껴지는 것은 당연한 일이다. 아니, 심지어 '성인'조차도 그 한계와 제약을 '헤아려 넘어서지[度=渡]' 못했다. 그러니 몸만 망치는 저 어리석은 '복식(服食)' 행위야 말해서 무엇 하겠는가?

한나라 때에 '복식' 특히 '오석산(五石散)'—대개 종유석(鐘乳石)과 유황(硫黃), 백석영(白石英), 자석영(紫石英), 적석지(赤石脂)라는 다섯 가지 광물을 기본으로 하여 다른 몇 가지 약재를 배합한 것으로 값이 대단히 비쌌다고 알려져 있음—이라는 독극물에 가까운 약을 먹는 것을 유행시킨 사람으로 흔히 동한 명제(明帝) 때의 하안(何晏: ?~249)을 꼽는다. 얼굴이 마치 분을 바른 것처럼 새하얗고 잘 생겼다고 알려진 그는 이것을 복용하고도 당장 중독되어 죽는 것을 막아 주는 '산발(散發)'이라는 방법을 개발했다고 한다. 즉 이 약을 먹은 후에 즉시 산보를 해서 약의 독기를 발산하는 '행산(行散)'을 하고, 가벼운 옷차림에 찬 음식을 먹고 냉수로 샤워를 해야 했다. 이 때문에 오석산은 '한식산(寒食散)'이라고도 불렸다. 다만 술의 경우에는 굳이 차가운 것을 먹지 않아도 괜

찾았다고 한다. 이런 현상들은 오석산을 먹으면 열이 나고 피부가 약해지기 때문에 두껍고 끼이는 옷보다는 얇고 헐렁한 옷을 입어야 했던 것과도 관련이 있는데, 루쉰[魯迅]은 진(晉)나라 때 사람들이 가볍고 헐렁한 옷차림이 많은 이유가 당시 사람들의 소탈하고 고상한 인격을 나타내기 위한 것이 아니라 그런 약을 먹었기 때문에 어쩔 수 없이 선택한 행동이었다고 한껏 비웃은 바 있다.(魯迅, 「魏晉風度及文章與藥及酒之關係」—九月間在廣州夏期學術演講會의 강의 원고)

물론 수은과 같은 중금속이 포함된 그 약을 먹으면 통증과 함께 열이 올라 겉으로 보기에는 얼굴에 발그레한 혈색이 돌고 (땀 때문에) 피부가 반질반질 윤기가 나는 것처럼 보였을 테고, 일시적이긴 하지만 몸에 활력이 생기는 듯한 착각도 들었을 테니, 그야말로 젊음과 건강을 가져다주는 '주안(朱顔)'의 명약처럼 보였을 수도 있겠다. 그러나 사실은 이렇게 피부가 약해지니 양말과 신을 신기에도 불편하여 맨발로 나막신을 신어야 했고, 옷도 새 옷보다는 헌 옷을 입고 자주 빨지도 못해서 이[虱]가 득실거렸다고 한다. 이런 정도는 아니었지만 '서성(書聖)'으로 유명한 왕희지(王羲之: 303?~361?)와 그의 아들 왕헌지(王獻之: 344~386)의 경우에도 '복식'으로 인해 생긴 갖가지 합병증으로 고생했다는 기록이 있으니, 그 폐해가 청나라 때의 아편에 못지않았음을 짐작할 수 있다. 게다가 '복식'의 폐해가 이미 「구거상동문」이 완성되던 동한 말엽에 상당히 널리 알려져 있었다는 사실을 감안하면, 그 기나긴 시간 동안 소위 '지식인'들이 저지른 황당한 짓은 거의 부조리한 희극에 가깝다고 할 수 있겠다.

어쨌든 이 노래의 작자(들)는 혼란한 현실과 덧없는 인생에 대한 자포자기의 심정으로 차라리 술을 마시며 '지금 이 순간의 삶'을 즐기는 게 낫겠다고 선언한다. 일반적으로 중국인들의 세계관이 기독교 세계에 비해서 대단히 세속적 혹은 현실적이라고 여겨지고 있는데, 그런 '세속성' 혹은 '현실성'이 이런 자포자기와 연관되어 있다고 생각하면 씁쓸하기 그지없다. 그러나 현실적 삶에 내재된 절망적 씁쓸함은 저 특정한 시기의 중국인들뿐만 아니라 사실상 전 인류, 아니 모든 생명체가 타고난 원죄가 아닐까? 어떤 역사적, 자연적, 물리적, 사회경제적, 정치적 상황에서도 태어난 이상 생명체는 살아야 하고, 나아가 본능적으로 그 목숨에 집착하기 마련이다. '지금 이 순간의 삶'에 대한 철학—구체적으로 존재론—적인 성찰이 없이도, 그 삶의 가치가 무겁거나 가볍거나 상관없이 목숨은 모든 생명체들에게 공히 소중한 것이다. 다만 인간은 그 소중한 목숨을 좀 더 '즐길' 수 있는 이성과 지혜를 가지고 있고 또 파멸하고 죽일 수 있는 잔인함과 냉혹함도 지니고 있음으로 인해 목숨의 존재와 소멸에 관한 복잡한 문제를 야기한다. '불편한 삶' 또한 이러한 인간의 이율배반적인 능력이 만들어 낸 불쾌한 현실이다.

그래도 양주(楊朱)가 강조하는 '제물'은 오히려 인생의 허무함을 강조하는 듯하다.

십년을 살아도 죽고 백년을 살아도 죽는다. 어진 성인도 죽고 흉악한 바보도 죽는다. 살아서 요·순이라도 죽으면 썩은 해골이요, 살아서 걸왕(桀王)이나 주왕(紂王) 같은 폭군일지라도 죽으면 썩은 해골이다. 똑같이 썩은 해골이니 그 차이를 누가 알겠는가?

十年亦死, 百年亦死. 仁聖亦死, 凶愚亦死. 生則堯舜, 死則腐骨, 生則桀紂, 死則腐骨. 腐骨一矣, 孰知其異.

비슷한 맥락에서 삼국시대에서 서진(西晉)의 천하통일로 이어지는 풍운의 시대를 살았던 육기(陸機: 261~303, 자는 士衡)는 「단가행(短歌行)」에서 이렇게 노래했다.

> 화려한 집에 술상 차려놓고
> 술잔 앞에서 슬피 노래한다.
> 사람의 수명은 얼마나 되랴?
> 아침 서리처럼 쉬이 가 버린다.
> 가 버린 시절은 다시 오지 않고
> 저 버린 꽃은 다시 피지 않는다.
> 개구리밥은 봄 햇살에 자라고
> 난초는 가을에 향기 풍기지.
> 올 날은 너무나 짧고
> 가 버린 날은 너무나 길다.
> 지금은 즐겁지 않으니
> 즐거움도 때맞춰 누렸어야 했다.
> 즐거운 것은 벗과 만나 흥겹기 때문이요
> 슬픈 것은 헤어져야 하기 때문.
> 어찌 감회가 없다 하겠는가마는
> 그대로 인해 근심을 잊었구려.

　　　　　　　　　　제1부 술잔에 비친 우주와 인생

내 술은 맛있고
안주도 훌륭하여
짤막한 노래 읊을 만하니
긴 밤을 황량하게 보내지 맙시다.

置酒高堂, 悲歌臨觴.
人壽幾何, 逝如朝霜.
時無重至, 華不再陽.
蘋以春暉, 蘭以秋芳.
來日苦短, 去日苦長.
今我不樂, 蟋蟀在房.
樂以會興, 悲以別章.
豈曰無感, 憂爲子忘.
我酒旣旨, 我肴旣臧.
短歌有詠, 長夜無荒.

　　짧고 덧없는 인생이니 마음 맞는 벗과 함께 때맞춰 즐기자는 이
노래는 의도적으로 조조(曹操: 155~220, 자는 孟德)의 「단가행」을 본뜨면
서도 조조와 같이 공을 세워서 천하를 경영하려는 야망은 깨끗이 씻어
버림으로써 일종의 풍자를 나타내기도 한다.

　　휠휠 나는 삼청조야
　　아름다운 깃털 사랑스럽구나.
　　아침엔 서왕모 심부름하고
　　저녁이면 삼위산으로 돌아가지.

나는 이 새를 통해
서왕모께 말씀 전하고 싶구나.
이 세상에선 바라는 것 없고
그저 술과 더불어 오래도록 살고 싶노라고!

翩翩三靑鳥, 毛色奇可憐.
朝爲王母使, 暮歸三危山.
我欲因此鳥, 具向王母言.
在世無所須, 惟酒與長年.

이것은 도잠의 「『산해경』을 읽고[讀山海經]」라는 총 13수의 연작시 가운데 제5수이다. 이 연작시는 시인이 벼슬을 버리고 전원에 은거한 후 평온한 마음으로 드넓은 자연과 우주를 관조하며 그 안에 사는 인생의 의미를 사색한 걸작 가운데 하나로 꼽힌다.

첫 구절의 '삼청조'는 일반적인 인간 세상의 새가 아니다. 서왕모에게 편지 심부름을 보내야 하니 그것은 당연할 터인데, 『산해경(山海經)』에는 다음과 같은 기록들이 있다.

삼청조가 있는데 머리는 붉은 색에 눈은 까맣다. '대려', 또는 '소려', '청조'라고도 한다.

「大荒西經」: 有三靑鳥, 赤首黑目, 一名曰大鵹, 一名曰少鵹, 一名曰靑鳥.

또 서쪽으로 220리 떨어진 곳에 삼위산이 있는데 삼청조가 거기에 산다.

「西山經」: 又西二百二十里, 曰三危之山, 三靑鳥居之.

제1부 술잔에 비친 우주와 인생

속세의 부귀공명을 접고 전원에 들어가서 "밭도 갈고 씨도 뿌렸으니 이따금 마음에 드는 책이나 읽고, ······순식간에 우주를 다 둘러보니 즐겁지 않을 수 있으랴!(제1수: 旣耕亦已種, 時還讀我書······俯仰終宇宙, 不樂復何如)"하는 삶을 즐기고 있는 그에게 이제 이 세상에서는 더 이상 바랄 게 없다. 그런데 그저 술이나 마시며 오래도록 살고 싶을 뿐이라는 화통한 선언 뒤에는 묘한 욕심이 숨어 있다. 왜냐하면 바로 이 말을 굳이 삼청조를 통해 서왕모에게 전했기 때문인데, 그는 불로장생하는 신선 서왕모가 즐겨 마시는 술이 있음을 알고 있었던 것이다. 이 연작시의 제3수는 다음과 같다.

옥대에 노을 속에 빼어나고
서왕모 고운 얼굴에 기쁨이 어렸구나.
천지와 함께 태어났으니
그 나이 얼마나 되었을까?
신령한 조화는 끝이 없고
사는 집은 어느 산 한 곳이 아니지.
거나하게 취해 새 노래 부르나니
어찌 속세의 말 흉내 내랴?

玉臺凌霞秀, 王母怡妙顔.
天地共俱生, 不知幾何年.
靈化無窮已, 館宇非一山.
高酣發新謠, 寧效俗中言.

그러니까 세상에 바랄 건 없고 "그저 술과 더불어 오래도록 살리라[惟酒與長年]"라고 한 속셈은 서왕모에게 불로장생의 술을 좀 나눠 달라는 바람을 내비치기 위한 수작이었던 셈이다. 그러나 도잠의 이 장난스러운 수작이 속세의 목숨에 연연하는 욕심에서 비롯된 것은 아닌 듯하니, 그것은 「여럿이 함께 주씨 집안 묘지의 측백나무 아래에 나들이를 가다[諸人共遊周家墓栢下]」라는 시를 보면 알 수 있다.

오늘은 날씨 좋아서
맑은 피리소리와 거문고 소리 어울리는구나.
저 측백나무 밑에 누운 사람 생각하니
어찌 즐겁게 놀지 않을 수 있나?
청아한 노래는 새로운 가락 퍼뜨리고
새로 빚은 초록빛 술에 얼굴이 꽃처럼 활짝 핀다.
내일 일이야 모르는 터지만
내 마음은 이미 시원하게 풀려 버렸다.

今日天氣佳, 淸吹與鳴彈.
感彼栢下人, 安得不爲歡.
淸歌散新聲, 綠酒開芳顔.
未知明日事, 余襟良已殫.

이 시 역시 그가 전원으로 돌아간 뒤에 지은 것으로 여겨지고 있다. 『진서(晉書)』에 기록된 도잠의 전기를 토대로 이날 주씨 집안의 묘지에 함께 나들이 갔던 이들을 추측해 보면 시골 친척인 장야(張野) 및 자주 어울리던 양송령(羊松齡)과 방준(龐遵) 등 소수였던 듯하다. 주씨 집안의 무덤은 도잠의 조부 도간(陶侃: 259~334, 자는 土行 또는 土衡)의 친한 벗이었던 주방(周訪: 260~320, 자는 土達)의 집안 묘지였을 것으로 보인다. 역시 『진서』에 기록된 주방의 전기에 따르면 도간이 벼슬을 얻기 전에 어느 노인의 도움으로 부친의 무덤을 만들 명당자리를 얻게 되었고, 그 다음으로 좋은 명당자리를 친구인 주방에게 주었다고 했다. 이후 도간은 시중(侍中) 겸 태위(太尉)로서 형주(荊州)와 강주(江州) 두 곳의 자사(刺史)를 맡아 8주(州)의 모든 군사업무를 지휘했으며, 장사군공(長沙郡公)에 봉해졌다. 또 죽은 뒤에는 대사마(大司馬)에 추증되고 환(桓)이라는 시호(諡號)를 받았다. 그리고 그의 벗 주방은 안남장군(安南將軍) 겸 양주자사(梁州刺史)까지 올라 출세가도를 달렸다. 이후 주방은 자신의 딸을 도간의 아들과 결혼시켰고, 이후 3대에 걸쳐서 사돈 관계를 유지했다고 한다.

재미있는 것은 도잠 등이 그렇게 좋은 날씨에 풍악까지 울리며 나들이를 간 곳이 쓸쓸한 묘지였다는 사실이다. 그런 곳에서, 내일 죽을지 살지도 모르는 상황[未知明日事]에서 풍악을 울리며 신나는 잔치를 벌이고 거나하게 취해 마음의 앙금을 '죄다 없앤[揮]' 것은 예사로운 사고방식과 감정 구조를 가진 평범한 이로서는 도저히 다다를 수 없는 경지라고 할 수 있다. 이것은 죽음에 대한 공포와 연민, 삶에 대한 욕심과 집착을 모두 벗어 던진, 그야말로 '초탈의 경지'인 것이다. 자포자기의 절망과는 질적으로 다른 이런 경지는 도잠이 줄곧 추구하던 것이었으니, 「연이은 비에 홀로 술을 마시다[連雨獨飮]」라는 작품 또한 그것을 입증해 준다.

천운에 따라 태어나면 죽어 돌아갈 날 있으리니
예로부터 지금까지 그러했다고 하지.
세상에 적송자(赤松子)와 왕자교(王子喬)가 있었다는데
지금은 대체 어디 있는가?
벗이 내게 술을 주면서
마시면 신선이 될 수 있다고 했지.
첫 잔에 온갖 잡념이 멀리 사라지더니
큰 잔에 다시 마시니 갑자기 하늘도 잊어버렸지.
하늘이 어찌 여기를 떠났으랴?
천진한 자연에 맡기는 것보다 중요한 것은 없지!
구름 속의 학은 훌륭한 날개 있어
팔방의 밖을 순식간에 다녀오지.
돌이켜보니 나는 이 '하나'를 품고
40년 동안 노력해 왔구나.
육신은 이미 오래전에 변했지만
마음은 여전히 있으니 또 무슨 말을 하랴?

運生會歸盡, 終古謂之然.
世間有松喬, 於今定何間.
故老贈余酒, 乃言飮得仙.
試酌百情遠, 重觴忽忘天.
天豈去此哉, 任眞無所先.
雲鶴有奇翼, 八表須臾還.
顧我抱玆獨, 僶俛四十年.
形骸久已化, 心在復何言.

도잠은 신선이 되어 하늘로 올라갔다는 적송자나 왕자교의 전설이나 신선이 되는 술 따위는 믿지 않는다. 하지만 술을 마시고 나자 온갖 잡념이 사라지고 하늘이니 운명이니 하는 굴레를 잊어버린다. 그렇다고 자연의 법칙이 사라진 것은 아니니 그것을 거스르거나 동화(同化)되겠다는 생각마저 잊어버린 채 '천진(天眞)'의 자연에 그대로 '맡겨[任]' 버린다. 그리고 그러한 삶을 위해 노력한 것이 벌써 40년이라, 육신은 늙어 변했으되 그 마음은 여전히 변함없이 간직하고 있다고 했다. 이러한 그의 인생관은 전원의 삶에서 그대로 반영되었던 듯하다.

봄가을엔 좋은 날 많아
높은 곳에 올라가 새로운 시를 짓지.
대문 지나면 서로 부르고
술 있으면 함께 마시지.
농사일 있으면 각자 돌아갔다가
한가하지면 곧 서로 보고 싶어지지.
보고 싶으면 바로 옷을 걸치고 찾아가니
담소 나누노라면 물릴 때가 없지.
이런 이치를 어찌 따르지 않으랴?
갑자기 이것을 버릴 까닭이 없지.
먹고 사는 것이야 당연히 챙겨야 하나니
힘써 농사지으면 나를 기만하지 않지.

春秋多佳日, 登高賦新詩.
過門更相呼, 有酒斟酌之.

農務各自歸, 閒暇輒相思.
相思則披衣, 言笑無厭時.
此理將不勝, 無爲忽去玆.
衣食當須紀, 力耕不吾欺.

　　이것은 2수의 연작시 「이사[移居]」 가운데 제2수이다. 벼슬을 버리고 전원으로 이사하여 몸소 농사를 짓고, 이웃과 진솔하게 담소를 나누고, 또 날씨 좋고 여유가 있을 때에는 근처의 산에 올라 느긋하게 시를 쓰는 삶은 더할 나위 없이 현세적이다. 하지만 그런 나날은 소박해도 행복하기 그지없기 때문에 굳이 신선 세계를 갈망할 이유를 찾지 못한다.

　　전설에 따르면 두강(杜康)은 문인과 무사, 지저분한 바보의 피를 섞어서 술을 만들었다고 하는데, 도잠의 음주는 술에 내재된 그 세 가지 주요 특징들마저 뛰어넘은 듯하다. 그리고 이런 초탈함은 총 20수의 연작시인 「음주(飮酒)」의 제5수에서 언어로 표현할 수조차 없는 절정의 깨달음으로 승화되었다.

사람 사는 곳에 초가를 지었지만
수레와 말 시끄러운 소리 들리지 않는다.
여보시오, 어떻게 그럴 수 있소?
마음이 멀어지면 있는 곳도 저절로 치우치게 된다오.
동쪽 울타리 아래에서 국화 따고
느긋하게 남산을 바라본다.

산의 기운은 해가 저물어 아름답고
나는 새들 더불어 돌아간다.
이 속에 참 뜻이 들어 있지만
말로 표현하려니 어느새 언어를 잊었다.

結廬在人境, 而無車馬喧.
問君何能爾, 心遠地自偏.
採菊東籬下, 悠然見南山.
山氣日夕佳, 飛鳥相與還.
此中有眞意, 欲辯已忘言.

　　훗날 송나라 때의 장뢰(張未: 1054~1114, 자는 文潛)는 「도잠의 음주
시 운을 빌려[借韻淵明飮酒詩]」라는 제목으로 19수의 연작시를 지었는
데, 전체적으로 작품성은 좀 떨어지는 편이라고 할 수 있겠다. 어쨌든
개중에 도잠의 「음주」 제5수의 운을 빌린 것이 제4수로서 그 내용은
다음과 같다.

　　즐거운 곳에 사는 것도 방종하기 때문은 아니요
　　조용한 곳에 사는 것도 시끄러운 것을 피하기 위해서가 아니다.
　　과장하는 것과 초췌하게 사는 것은
　　각기 한쪽에 치우친 것이다.
　　느긋하게 혼자 즐기는 것은
　　산이 아니라 내게 달렸다.
　　복희씨의 흔적도 이미 멀어졌지만

석 잔을 마시면 다시 불러올 수 있을 터.
한 동이 마시면 늘 홀로 잠드나니
손님에게 얘기할 필요도 없다.

處樂非縱情, 處靜非避喧.
豪夸與枯槁, 彼各據一偏.
悠然獨樂處, 在我不在山.
羲皇迹已遠, 三酌呼可還.
一罇每獨睡, 不待賓客言.

철학적 이치를 얘기하기 좋아하는 송나라 시의 특징이 뚜렷하기
도 하거니와 산문에 가까운 표현 방법이나 내용이 투박하다는 느낌을
피할 수 없다. 그나마 장뢰의 연작시 가운데 도잠이 술을 마신 뜻을 더
정확히 표현해 낸 것은 오히려 마지막 제19수인 듯하다.

평생 스스로 만사에 게을렀지만
유독 술 마시는 데만 근면했다.
일이 생기면 모든 인연 소원해졌지만
유독 술하고는 친해졌다.
황망한 공자를 두고
은자는 그가 길을 알 거라며 비웃었지.
나는 떠나고 싶으면 바로 떠나는데
조촐한 수레에 옷차림도 꾸밀 필요 없지.
그저 평생 술 마시는 동안

진정한 술꾼에게 부끄럽지 말아야지.

平生自百懶, 而獨於酒勤.
生事萬緣疏, 而獨於酒親.
皇皇東家丘, 隱者笑知津.
我欲去卽去, 柴車不勞巾.
但飮百年中, 不愧飮酒人.

연작시 전체의 문맥을 놓고 보면 마지막 구절 '진정한 술꾼[飮酒人]'은 바로 도잠을 가리킨다고 할 수 있을 것이다. 이 작품에서 시인이 황망한 세상사에 얽매이지 않고 언제든지 단출하게 떠날 수 있는 것은 다름 아니라 평생 술 마시는 데는 근면했기 때문이라고 할 수 있다. 세상사의 성패는 인간의 인연을 소원하게 만들지만, 술 덕분이라 할지라도 거기에 대한 미련을 떨칠 수 있었기에 훌훌 털고 떠날 수 있는 통달한 마음을 가질 수 있었던 셈이다.

명나라 때의 유명한 희곡 작가인 양신어(梁辰魚: 1521~1594, 자는 伯龍)의 증손자로서 청나라 초기의 인물인 양일(梁逸: ?~?, 자는 逸民)은 호가 춘은(春隱)인데, 평생 벼슬길에 뜻을 두지 않고 시를 읊으며 유유자적했던 것으로 알려져 있다. 그가 쓴 「복사꽃 아래에서 술잔을 들고[把酒桃花下]」는 이러하다.

초가집은 물소리에 둘러싸였고
보이는 곳마다 복사꽃이 붉다.
깊은 잔에 홀로 얕게 술 따르니

꽃잎이 떨어져 술잔을 채운다.

오늘은 꽃을 보며 취하지만

내일은 가지가 텅 빌 테지.

피고 지는 것은 본래 때가 있는 법이니

봄바람에게 탄식해 본들 무슨 소용이랴?

茅屋水聲裏, 面面桃花紅.

深杯獨淺酌, 花落盈杯中.

今日向花醉, 明日枝頭空.

開落固有時, 何用嗟春風.

"피고 지는 것은 본래 때가 있는 법"이고 그것을 모르는 이들도 거의 없겠지만, 사람들은 생명이라는 것은 본능적으로 화려하게 피어나는 시절을 동경하기 마련이라는 선입견을 버리지 못하니 문제일 터이다. 그럼에도 하늘마저 잊는 경지에 이르는 이가 드물게나마 나타날 수 있었던 데는 술의 역할이 적지 않았다고 하겠다.

한편 불로장생하는 신선의 꿈은 당나라 때까지도 많은 이들의 관심거리여서, 그와 관련된 시들이 손가락과 발가락을 합쳐도 이루다 헤아릴 수 없을 정도이다. 다만 당나라 후기로 접어들면서 신선의 허망함에 공감하는 이들이 점차 늘어나고 있었던 듯하다. 당나라 중엽의 은사였던 장표(張彪: ?~?)는 「신선(神仙)」에서 이렇게 선언했다.

신선은 배워서 될 수 있는 것인가?

백 살이면 대략적인 수명이지.

천지는 얼마나 아득한지?

인간 세상에는 슬픔과 기쁨이 반반이지.

떠도는 삶에는 정말 의혹도 많아

선한 일이 오히려 악한 일로 변해 버리지.

앞 다퉈 열심히 뛰어다니지만

중도에 이르면 너무나 몸이 허약해지지.

오래 살며 수명을 늘리고 싶어 하지만

후세 사람들은 적막하다고 비웃을 테지.

오곡을 먹는 것은 불로장생의 길이 아니요

사계절의 기운이 바로 신령한 약이지.

열자를 기다릴 필요 있으랴?

내 마음은 드넓은 우주를 가득 채웠거늘!

神仙可學無, 百歲名大約.
天地何蒼茫, 人間半哀樂.
浮生亮多惑, 善事翻爲惡.
爭先等馳驅, 中路苦瘦弱.
長老思養壽, 後生笑寂寞.
五穀非長年, 四氣乃靈藥.
列子何必待, 吾心滿寥廓.

　　시인이 보기에 내단(內丹)이든 외단(外丹)이든 간에 양생술(養生術)을 익혀 신선이 되겠다는 생각은 후세 사람들의 비웃음을 살 만한 일이다. 이런 이유로 오곡 대신에 사계절의 기운을 빌려 그가 취하고자

한 신선의 길은 열자(列子)처럼 바람을 타고 시공을 초월하여 날아다니는 존재가 되기 위함이 아니라 드넓은 우주에 자신의 마음을 가득 채우는 것, 다시 말해서 자연과 내가 물아일체(物我一體)의 경지로 융합하는 것이다. 대략 '백 살'의 수명을 인정하고 자연에 순응하는 삶에서 진정한 가치를 찾으려는 이런 생각은 동쪽 울타리 아래에서 국화 한 송이 따서 들고 느긋하게 남산을 보며 자연 속의 삶을 몸으로 깨달은 도잠의 경지에 대한 긍정적 재발견이라고 할 수 있겠다.

제1부 술잔에 비친 우주와 인생

높은 곳에서 내려다본 세상

형가가 연나라 저자에서 술 마실 때
얼큰히 취하면 기세를 더욱 떨쳤지.
애달픈 노래로 고점리(高漸離)의 연주에 맞추고
주변에 다른 사람이 없는 것처럼 애기 나눴지.
비록 사나이의 절조 이뤄내지는 못했지만
세속의 일반 사람들과는 또 부류가 달랐지.
높다란 곳에서 아득히 조그마한 천하를 살펴보았으니
권문세가쯤이야 말할 필요 있었겠는가!
신분 높은 이들은 스스로 거드름 피우지만
그들을 마치 먼지처럼 가벼이 여겼고
신분 낮은 이는 스스로 천하다고 여기지만
그를 마치 삼만 근만큼 무겁게 중시했지.

荊軻飮燕市, 酒酣氣益震.
哀歌和漸離, 謂若傍無人.
雖無壯士節, 與世亦殊倫.
高眄邈四海, 豪右何足陳.

貴者雖自貴, 視之若埃塵.
賤者雖自賤, 重之若千鈞.

이것은 진(晉)나라 때 좌사(左思: 250?~305, 자는 泰冲)가 쓴 「역사를 읊다[詠史]」라는 총 8수의 연작시 가운데 6번째 작품이다. 좌사는 산동(山東) 임치(臨淄) 사람으로 얼굴도 못생기고 말도 어눌하여 남들과 교유하기를 싫어했지만 글 솜씨는 빼어났다고 한다. 그러다가 태시(泰始) 9년(273)에 그의 여동생 좌분(左棻)이 궁녀로 뽑혀 들어가면서 가족이 낙양(洛陽)으로 이사하고 그도 비서랑(秘書郎)에 임명되어 한때 청운을 꿈꾸기도 했다. 하지만 친한 벗인 가밀(賈謐: ?~300, 자는 長淵)이 역모에 연루되어 처형되자 그도 벼슬을 버리고 집안에 칩거하며 독서에 빠져 지냈다. 이후 태안(太安) 2년(303)에는 시골인 기주(冀州, 지금의 河北省 衡水市에 속함)로 이사해 살다가 몇 년 후 병으로 죽었다고 알려져 있다. 그가 「역사를 읊다」 연작시를 쓴 것은 대략 낙양으로 들어간 이후부터 진나라가 동오(東吳)를 멸망시킨 태강(太康) 1년(280) 이전으로 여겨지고 있으니, 이 연작시의 제1수에 "긴 휘파람 불며 맑은 바람 속에 격정 일으키며, 동오는 안중에 없는 듯 뜻이 높았다.[長嘯激淸風, 志若無東吳]"라는 구절이 들어 있는 것이 이를 방증해 준다.

여기에 소개한 제6수는 비록 실패하기는 했지만 비장하게 진왕(秦王) 영정(嬴政)을 암살하려 했던 형가의 호쾌한 기상을 칭송하고 있다. 시의 처음 4구절은 『사기(史記)』 「자객열전(刺客列傳)」에 수록된 형가의 전기 가운데 일부를 요약한 것이다. 이어서 시인은 형가가 진왕을 암살하려 한 일이 실패—도잠은 "애석하게도 검술이 허술해서 빼어난 공 세우지 못했다.(「詠荊軻」: 惜哉劍術疏, 奇功遂不成)"라고 설명했는데—한 사실 자체보다 그의 사람됨이 세속의 일반인들과는 달랐다는 점을 강조했다. 그리고 그 구체적인 내용 가운데 시인이 가장 감동한 부분은 까마득히 높은 곳에서 천하를 내려다보면서 세속의 권문세가 따위는 안중에도 두지 않았던 호쾌하고 대범한 영웅의 기개였다. 그런 기개는 술이 얼큰해질수록 "더욱 기세를 떨친다[氣益震]"라고 했으니, 아마도 이것은 두강(杜康)이 술을 만들 때 섞은 세 방울 피 가운데 하나인 무사의 피에 의한 효과가 아닐까? 그러나 비록 '방약무인'하게 거침없이 노래하고 떠들었지만 형가와 고점리는 아무 데나 토하고 쓰러져 버리는 바보의 피는 걸러서 마신 듯하다.

물론 형가의 기개에 대한 이러한 선망 뒤에는 문벌 정치의 억압 속에서 자신의 뜻을 펼치지 못하고 원치 않는 칩거 생활을 해야 했던 좌사 자신의 처지에 대한 울분이 숨겨져 있을 터이다. 263년에 촉한(蜀漢)이 멸망하고 삼국정립(三國鼎立)의 형세가 막바지로 치닫던 시기에 진나라 사마씨(司馬氏) 정권은 '문선제(門選制)'를 실시하여 가문의 위세에 따라 관료를 선발하게 했다. 이렇게 되자 미천한 가문 출신은 아무리 뛰어난 능력을 지녔다 하더라도 벼슬길이 막힐 수밖에 없었다. 결국 여동생을 궁녀로 들였음에도 가문의 세력이 미미했던 좌사는 "스스로 황제를 따를 인물이 아니거늘, 무엇 하러 갑자기 여기로 왔던가?(제8수: 自非攀龍客, 何爲忽來遊)"라는 자조적인 후회를 남긴 채, 오랜 칩거 생활 끝에, 정치의 부패가 만연한 낙양을 떠날 수밖에 없었던 것이다. 다만 그러한 절망이 있었기에 그는 시 창작에서 화려한 수사에만 치중하던 기풍이 유행하던 시기에 현실에 대한 시인의 인식과 감정,

인생관을 담은 걸작을 써 낼 수 있었던 것인지도 모른다.

　군웅이 할거하고 사회가 어지러웠던 남북조 시기에는 또한 문벌제도(門閥制度)로 인해 평범한 집안에서 태어난 이는 아무리 뛰어난 능력을 갖추어도 순조롭게 벼슬길에 들어서지 못했고, 설령 벼슬살이를 한다 해도 높은 지위까지는 오르지 못했다. 수많은 인재들이 뜻을 펼치지 못하게 한 이 제도적 폐해로 인해 남북조 시기는 왕조 간의 분란 때문만이 아니라 학술과 문화의 여러 분야에서 강제된 침체로 인해 퇴행의 역사를 남길 수밖에 없었다. 남조 송(宋)나라 때의 포조(鮑照: 415?~466, 자는 明遠)가 쓴 18수의 연작시 「행로난을 본떠서[擬行路難]」가운데 제4수는 바로 이런 문벌제의 억압에 대한 불만을 토로한 것이다.

　　평지에 쏟아진 물은
　　각기 동서남북으로 흘러간다.
　　사람도 태어나면 정해진 운명이 있으니
　　어찌 앉으나 서나 시름겨워 탄식만 할 수 있으랴?
　　술 마시며 스스로 위로하는데
　　술잔 드느라 「행로난」 노래 중간에 끊어진다.
　　마음은 목석이 아니니 어찌 느낌이 없으랴?
　　목소리 삼키고 머뭇거리며 감히 애기하지 못한다.

　　瀉水置平地, 各自東西南北流.
　　人生亦有命, 安能行歎復坐愁.
　　酌酒以自寬, 擧杯斷絶歌路難.
　　心非木石豈無感, 呑聲躑躅不敢言.

제1부 술잔에 비친 우주와 인생

'평지에 쏟아진 물'은 하늘에서 목숨을 받아 속세에 태어난 사람을 비유하는데, 그 물들은 각자 처한 상황에 따라 각기 다른 방향으로 흘러간다. 어떤 것들은 얼마 흐르지도 못하고 흙속으로 스며들 것이고, 짐승들의 목을 축여 주고 흐름을 마칠 수도 있으며, 또 어떤 것들은 도도히 흐르는 강에 합류하여 바다에 이르기도 할 것이다. 하지만 기껏해야 수레바퀴 속의 작은 웅덩이만 채우고 있다가 덧없이 말라 버릴 물도 있기 마련이니, 그 신세가 어찌 물 자신의 탓이겠는가? 이처럼 열악한 처지, 하층민의 집안에서 태어난 불행한 시대의 시인은 길을 가다가도 탄식하고 앉아서 다시 시름에 잠기게 하는 부조리한 제도 속에서 그저 술로 자신을 위로할 뿐이다. 하지만 울분이 북받쳐 술잔을 들 때마다 목이 메니 「행로난」의 노래는 계속 중간에 끊어진다. 하지만 목석이 아닌 사람이라 불만이 쌓일 수밖에 없지만 잔혹한 통치자들의 탄압 속에서 말을 삼킬 수밖에 없는 것이 처절한 현실이다. 그러나 시 자체에서는 시름과 탄식의 이유를 직접적으로 밝히지 않았으니, 이 또한 오묘한 문학적 경지를 구현한 부분이라고 하겠다.

　이처럼 절망적인 상황에 처한 시인이 아득한 높이에서 조그마한 세상을 오시(傲視)하는 것은 고대 중국의 거의 모든 시대에 걸쳐서 이어졌으니, 어쩌면 이러한 주제로 중국 고전시의 흐름을 정리할 수 있을 정도이다. 그 가운데 특히 필자는 '피휘(避諱)'의 악습으로 인해 청운의 꿈이 좌절되어 비극적으로 요절한 당나라 중엽 이하(李賀)의 「하늘을 꿈꾸다[夢天]」를 가장 먼저 떠올린다.

　　늙은 토끼 초라한 두꺼비 하늘빛 슬퍼하여

구름 누각 반쯤 열리자 기운 벽 창백하다.

옥 바퀴 이슬 속을 굴러 둥근 빛 무리 젖어들고

난패(鸞佩) 찬 신선을 계수나무 향기 그윽한 논길에서 만나지.

삼신산 아래 누런 먼지와 맑은 물은

천년의 세월을 말 달리듯 순식간에 바뀌 버렸구나.

멀리 중국을 바라보니 아홉 가닥 연기 같고

넘실거리는 바닷물은 잔 속에서 찰랑이는 듯.

老兎寒蟾泣天色, 雲樓半開壁斜白.

玉輪軋露濕團光, 鸞佩相逢桂香陌.

黃塵淸水三山下, 更變千年如走馬.

遙望齊州九點煙, 一泓海水杯中瀉.

　　달과 구름을 내려다보는 높이에서 시작한 시인의 시선은 중국
대륙이 '아홉 가닥 연기'처럼 자그맣게 보이고, 거대한 바다도 그저
'잔 속에서 찰랑이는' 것처럼 보이는 하늘 높은 곳에 멈춰 서서 내려오
지 않는다. 어쩌면 제목을 문법과는 상관없이 「꿈에 하늘을 오르다」라
고 번역해야 할지 모를 이 작품에는 하늘에도 지상에도 소속감을 느
끼지 못하는 극단적인 소외감과 고독만이 가득 넘친다. 절망과 울분을
품고 시골에서 병들어 죽은 좌사의 비극적 말년을 채웠을 삭막한 마음
의 풍경을 오백 년 뒤의 이하가 이어받아 더욱 처절한 경지로 승화시
켰던 것이다. 하지만 이하 이전의 이백은 좌절의 비애와 분노를 거침
없는 술과 노래로 녹여 버렸다.

보게나, 황하의 물은 하늘에서 내려와

바다로 치달려 다시 돌아오지 못한다네.

보게나, 화려한 집 맑은 거울에 비친 슬픈 백발은

아침엔 푸른 실처럼 싱싱하더니 저녁엔 눈처럼 변했다네.

사람이 태어나 뜻을 얻으면 즐거움을 다 누려야 하나니

금 술잔으로 하여금 부질없이 달만 쳐다보게 하지 말지라.

하늘이 내 재능을 낳은 것은 분명 쓸모가 있기 때문이고

천금은 다 써 버려도 다시 돌아오기 마련이라네.

양 삶고 소 잡아 즐거움을 누려 보세.

한 번 마시면 모름지기 삼백 잔은 마셔야지.

잠훈(岑勳) 선생, 내 벗 원단구(元丹丘)여,

술 마시세

잔을 멈추지 말고!

그대들에게 노래 한 곡 들려줄 테니

귀 기울여 들어 주시게.

화려한 악기 훌륭한 음식도 귀하다고 할 수 없고

그저 바라기는 오래도록 취해 깨어나지 않기를!

예로부터 성현들은 모두 적막해졌지만

오직 술 마신 사람만이 그 이름 남겼다네.

진사왕(陳思王)이 옛날 평락관(平樂觀)에서 잔치 벌일 때는

한 말에 만 냥이나 되는 술 마음껏 마셨다네.

주인은 어이해 돈이 적다 말하는가?

어서 술 사 와서 마주 앉아 마셔 보세.

천하의 명마도
값비싼 여우털옷도
하인더러 갖고 나가 좋은 술로 바꿔 오라 하시게.
내 그대와 더불어 만고의 시름을 녹여 버리겠네.

君不見黃河之水天上來, 奔流到海不復回.
君不見高堂明鏡悲白髮, 朝如靑絲暮成雪.
人生得意須盡歡, 莫使金樽空對月.
天生我材必有用, 千金散盡還復來.
烹羊宰牛且爲樂, 會須一飮三百杯.
岑夫子, 丹丘生.
將進酒, 杯莫停.
與君歌一曲, 請君爲我側耳聽.
鍾鼓饌玉不足貴, 但願長醉不願醒.
古來聖賢皆寂寞, 惟有飮者留其名.
陳王昔時宴平樂, 斗酒十千恣歡謔.
主人何爲言少錢, 徑須沽取對君酌.
五花馬, 千金裘,
呼兒將出換美酒, 與爾同銷萬古愁.

이 시는 이백이 장안에서 쫓겨난 지 8년째 되던 해인 752년에 지
은 것으로 알려진 「장진주(將進酒)」이다. 「장진주」는 원래 전쟁에서 승
리하고 돌아와 제단(祭壇) 앞에서 술을 올리며 불렀던 노래라고 하는
데, 훗날 한나라 민요인 '악부(樂府)'의 고취곡(鼓吹曲) '요가(鐃歌)' 가락
가운데 하나가 되었다. 제목에서 '장(將)'은 뜻이 없는 발어사(發語詞)이
므로, 제목은 '술을 마신다'라는 뜻이다. 모함을 받고 쫓겨나 벗들과

제1부 술잔에 비친 우주와 인생

함께 통음(痛飮)하면서 이른바 '회재불우(懷才不遇)'의 불만을 거침없이 쏟아 낸 걸작이라 하겠다. 특히 시원시원하고 호방한 언어로 거침없이 이어지는 정서의 리듬은 독자의 혼을 끌어당긴다.

"그대는 보지 못하는가?[君不見]"로 시작되는 처음 네 구절은 도도한 황하로 대변되는 자연의 역사 앞에 부질없이 늙어가는 인생에 부귀영화가 무슨 의미가 있느냐는 거침없이 선언이다. 여기에는 "천지는 만물의 여관이고 시간은 영원한 나그네(李白, 「春夜宴從弟桃李園序」: "夫天地者, 萬物之逆旅也. 光陰者, 百代之過客也)"라는 비탄이 내재해 있다. "사람이 태어나 뜻을 얻으면 즐거움을 다 누려야" 하지만 현실의 그는 뜻을 펼칠 길을 잃었으니, 누릴 즐거움도 없다. 그럼에도 그는 살아 있는 지금을 즐기는 것이 중요하고, 그것을 위해서는 술이 필요하다고 제시함으로 인해 슬픔은 다시 기쁨으로 전환된다. 하늘 나를 태어나게 했으니 언젠가 어디엔가 반드시 쓸모가 있으리라는 위안을 바탕으로 삼백 잔을 넘어서도 잔을 멈추지 않는 광음(狂飮)으로 치달린다. "천금은 다 써 버려도 다시 돌아오기 마련"이라는 서술에는 양주(揚州)에 놀러 가서 일 년도 채 되지 않은 기간에 삼십만 냥이 넘은 돈을 썼던(「上安州裴長史書」) 그의 통 큰 씀씀이가 그대로 배어 있다.

부귀한 집안의 풍악도 진수성찬도 귀하다고 할 수 없고 그저 영원히 취한 채 깨지 않기를 바란다는 말 속에는 뜻을 펼치지 못하게 된 세상에 대한 울분이 담겨 있다. 천보(天寶) 1년(742)에 마흔두 살의 이백은 현종(玄宗)의 부름을 받자 "하늘을 우러러 껄껄 웃으며 대문을 나서 나니, 우리가 어찌 벼슬도 없이 초야에 묻혀 살겠는가?(「南陵別兒童入京」: 仰天大笑出門去, 我輩豈是蓬蒿人)"라고 큰소리치며 가족과 작별하고 호쾌하게 세상에 나섰다. 하지만 "큰 길은 푸른 하늘처럼 나 있건만, 나만 홀로 나갈 수 없는(「行路難」: 大道如青天, 我獨不得出)" 비틀린 현실에 직면하여 낙담하게 된 그의 심경은 예로부터 이어온 성현들의 '적막함'과 상통한다. 유일하게 이름을 거론한 옛 사람의 이름이 조식(曹植: 192~232, 자는 子建)이라는 것은 그의 「명도부(名都賦)」에 "돌아와 평락관에서 잔치 여니 좋은 술이 만 말[歸來宴平樂, 美酒斗十千]"이라는 구절이 들어 있기 때문만은 아니다. 남조(南朝) 송(宋)나라의 사영운(謝靈運: 385~433, 본명은 公義)이 감복했듯이 조식은 천하의 재능 가운데 8할을 차지한 인재였으나 형 조비(曹丕: 187~226, 자는 子桓)의 정치적 탄압에 시달려 뜻을 펼치지 못한 채 술에다 평생을 담가야 했으니, 바로 이백 자신을 투영한 인물인 셈이다. 이렇듯 자부심과 비탄이 어울려서 심지어 주인과 손님의 구별까지 술에 담가 버리고, '만고의 시름'을 함께 녹이자고 큰소리친다. 거나한 술기운과 어울려서 천과 만을 오가는 과장된 수자들이 전혀 어색하지 않은 것도 이렇게 자연스럽게 격앙되는 정서의 변화 때문일 것이다. 그러므로 양신(楊愼: 1488~1559, 자는 用修)이 말했듯이 "이백의 거침없는 노래는 사실 오묘한 이치에 들어맞기 때문에 일부러 내뱉은 광오한 말이 아닌(『唐詩廣選』: 太白狂歌, 實中玄理, 非故爲狂語者)" 것이다.

그런데 이백이 내쫓긴 것이 반드시 고역사(高力士: 684~762, 본명은 馮元一)를 비롯한 고관대작들과의 갈등으로 인한 모함 때문만은 아니고 타락한 황궁에 대한 염증도 어느 정도 영향이 있었던 듯하니, 「오서곡(烏棲曲)」에 담긴 궁중 풍경에 대한 풍자는 훗날 그가 영왕(永王)의 반란에 가담하게 된 이유를 어느 정도 설명해 준다.

고소대에 까마귀 깃들 때

오왕의 궁중에는 취한 서시가 있었지.

오나라 노래와 초나라 춤에 환락은 끝나지 않았는데

청산은 해를 반쯤 삼키려 하는구나.

은 화살 단 황금 물시계 흘린 물 많아지고

일어나 살펴보니 달은 강 물결로 떨어진다.

동방이 점점 밝아지니 이 즐거움 어쩌란 말인가!

姑蘇臺上烏棲時, 吳王宮裏醉西施.
吳歌楚舞歡未畢, 靑山欲銜半邊日.
銀箭金壺漏水多, 起看秋月墜江波.
東方漸高奈樂何.

이 시는 개원 19년(731)에 강남 일대를 유행할 때, 그러니까 장안으로 들어가서 한림학사가 된 것보다 십여 년 전인 서른한 살에 쓴 것이다. 오왕 부차는 월왕(越王) 구천(句踐: 기원전 520?~기원전 465)이 미인계로 바친 서시를 위해 지금의 쑤저우시[蘇州市] 고소산(姑蘇山)에 춘소궁(春宵宮)을 짓고 천지(天池)를 만들어 놓고 밤낮으로 환락을 즐겼다고 한다. 「오서곡」은 악부(樂府) 청상공사(淸商曲辭) '서곡가(西曲歌)'에 들어 있는 곡조 이름이다.

불길한 까마귀가 찾아오는 저물녘 고소대는 환락에 취한 서시와 극적인 대비를 이룬다. 가무가 어우러진 화려한 잔치가 끝없이 이어지는데 문득 쳐다보니 산 너머로 해가 저물고 있다는 서술도 오나라의 운명을 예시한다. '은 화살 단 황금 물시계[銀箭金壺]'는 궁중의 물시계를 가리키지만, 뒤이은 '흘린 물[漏水]'이라는 표현과 어울리면서 남녀의 성기를 연상하게 함으로써 부차와 서시의 운우지락(雲雨之樂)을 은근히 암시한다. 그리고 "일어나 살펴본다[起看]"라는 표현은 그들의 환락이 날이 샐 때까지 이어졌음을 말하고 있으니, "동방이 점점 밝아지니 이 즐거움 어쩌란 말인가!"라는 아쉬운 탄성이 그 사실을 입증해 준다. 이렇듯 절묘한 풍자는 "귀신도 눈물 흘리게 만들 수 있는(『本事詩』: 此詩可以泣鬼神矣)" 작품이라고 했던 하지장(賀知章: 659?~744?, 자는 季眞)의 찬탄이 결코 지나친 것이 아니었음을 알 수 있다. 그런데 바로 자신의 풍자했던 황궁의 모습을 열두 해 후 장안에서 직접 목도하고 일부러 술에 취해 황제의 환락에 일조하는 어용문인(御用文人)의 역할을 거부했으니, 그의 퇴출은 당연한 결말이었다고 하겠다.

다만 정치적인 역경을 겪고 천하를 방랑하면서도 그는 이따금 가슴속에서 치미는 드높은 기개를 억누르지 못했으니, 3수의 연작시인 「행로난(行路難)」의 제1수가 그것을 잘 보여 준다.

금 단지에 맑은 술은 한 말에 만 전이요
옥쟁반의 진수성찬도 값어치가 만 전인데
술잔 놓고 젓가락 내던진 채 먹지 못하고
칼 뽑아 들고 사방을 둘러보니 마음이 아득하다.
황하를 건너려 하니 얼음이 막고 있고
태항산에 오르려 하니 눈이 가득하다.
하릴없이 푸른 계곡에 와서 낚시 드리우다가
갑자기 다시 배에 올라 해 옆을 지나는 꿈을 꾼다.

길 가기 어렵구나, 어려워.

갈림길 많은데 지금 나는 어디 있는가?

세찬 바람 타고 물결 헤치는 것도 때가 있을 테니

높다란 돛 곧장 올려 걸고 드넓은 바다를 건너리라!

金樽淸酒斗十千, 玉盤珍羞直萬錢.

停杯投筋不能食, 拔劍四顧心茫然.

欲渡黃河冰塞川, 將登太行雪滿山.

閑來垂釣碧溪上, 忽復乘舟夢日邊.

行路難, 行路難, 多岐路, 今安在.

長風破浪會有時, 直掛雲帆濟滄海.

얼어붙은 황하처럼, 눈에 덮인 태항산처럼 세상에는 자신의 발걸음을 막는 장애가 가득하다. 그런 와중에도 그는 여전히 위수(渭水)의 반계(磻溪)에서 낚시를 드리우고 때를 기다리던 강태공(姜太公)과, 배를 타고 해와 달 옆을 지나는 꿈을 꾸고 결국 성탕(成湯)의 초빙을 받아 하(夏)나라를 멸하고 상(尙)나라를 건립하는 데 공을 세운 이윤(伊尹)을 떠올리며 자신의 정치적 이상을 실현할 날이 오기를 기대했다.

악부시(樂府詩)의 곡조에 가사를 넣은 총 2수의 연작시 「술잔 앞에서[前有樽酒行]」의 제1수에서도 역시 흐르는 세월에 흰머리가 늘어나도 흥겨운 술자리를 즐기며 여전히 시들지 않은 '왕년의 의기'를 노래했다.

봄바람 동쪽에서 불어와 갑자기 지나가니

금 술잔의 맑은 술에 물결이 이는구나.

어지러이 떨어지는 꽃잎 조금 많아졌다 싶었는데

미인은 취하려는 듯 얼굴이 발그레해졌구나.

푸른 난간의 복사꽃 살구꽃은 얼마나 피어 있을까?

흐르는 시간은 사람을 속이고 홀연히 지나가 버린다.

그대, 일어나 춤을 추시게.

해가 저물어 저녁이 되었네.

왕년의 의기가 수그러들지 않았거늘

명주실 같은 흰머리 탄식한들 무슨 소용 있겠는가?

春風東來忽相過, 金樽渌酒生微波.
落花紛紛稍覺多, 美人欲醉朱顔酡.
靑軒桃李能幾何, 流光欺人忽蹉跎.
· 君起舞, 日西夕.
當年意氣不肯平, 白髮如絲嘆何益.

그러나 시간이 지날수록 소망은 이루어질 가능성이 대단히 낮았
다는 것을 자신도 잘 알고 있었기 때문에, 그는 어쩔 수 없이 벼슬길을
등지고 은거하는 것을 꿈꾸기도 했다.

술 단지 하나 들고

홀로 강조석에 올라갔소.

천지가 개벽한 이래

또 몇 천 자나 더 자랐을까요?

잔을 들고 하늘 향해 웃으니
하늘이 돌아서 해가 서쪽에서 비추더이다.
영원히 이 바위에 기대 앉아
오래도록 엄광(嚴光)처럼 낚시나 드리워야겠소.
산속의 그대에게 이 시를 보내 감사하나니
그대와 함께 같은 곡조의 노래 읊조릴 수 있겠구려.

我攜一樽酒, 獨上江祖石.
自從天地開, 更長幾千尺.
擧杯向天笑, 天迴日西照.
永賴坐此石, 長垂嚴陵釣.
寄謝山中人, 可與爾同調.

이것은 「홀로 청계 강조석에서 술을 마시며 권소이에게 부침[獨
酌淸溪江石上寄權昭夷]」인데, 권소이는 한때 이백과 더불어 귀지(貴池)에서
신선이 되기 위한 도를 닦았던 인물이라고 한다. 시 가운데 언급된 엄
광(기원전 39~서기 41, 자는 子陵)은 후한(後漢) 광무제(光武帝) 유수(劉秀: 기원
전 5~서기 57, 자는 文叔)와 함께 공부한 친한 벗이었으며, 유수가 군대를
일으켜 후한을 건립하는 데 적극적인 도움을 주었다고 한다. 그러나
훗날 유수가 황제에 즉위하여 여러 차례 그를 불러 벼슬을 주려 하자,
그는 성명을 바꾸고 절강(浙江)의 부춘산(富春山)에 은거하여 생을 마쳤
다. 그러므로 이백이 엄광의 낚시를 드리운 채 여전히 산중에서 도를
닦고 있을 벗에게 '같은 곡조의 노래'를 부르자고 한 것은 자신 역시
은거하고 싶다는 뜻을 분명히 나타낸 것이라 하겠다.

안사(安史)의 반란이 일어나기 얼마 전인 천보(天寶) 12년(753) 무렵에 지은 것으로 보이는 「선주 사조루에서 교서랑 이운(李雲)을 전별함[宣州謝朓樓餞別校書叔雲]」 역시 이와 비슷한 내용을 담고 있다.

나를 버리고 떠난 것은 붙들어 두지 못한 어제
내 마음 어지럽히는 것은 시름 많은 오늘
멀리서 불어오는 거센 바람 가을 기러기 전송하니
그 모습 보노라면 높은 누대에서 얼큰히 취할 만하지.
교서랑(校書郞)의 문장에는 건안풍골(建安風骨)이 들어 있고
그 사이의 이 몸도 사조(謝朓)처럼 시가 맑고 빼어나지.
모두가 비범한 흥취를 품고 웅장한 생각 날아 움직이니
하늘로 올라가 밝은 달을 따오려 할 듯하지.
칼을 뽑아 강물 끊어도 강물은 다시 흐르고
술잔 들어 시름 씻어도 시름은 다시 피어나지.
사람이 세상에 태어나 뜻대로 살지 못하니
내일 아침에 머리 풀어헤치고 조각배나 타야겠구나.

棄我去者, 昨日之日不可留.
亂我心者, 今日之日多煩憂.
長風萬里送秋雁, 對此可以酣高樓.
蓬萊文章建安骨, 中間小謝又淸發.
俱懷逸興壯思飛, 欲上靑天覽明月.
抽刀斷水水更流, 擧杯消愁愁更愁.
人生在世不稱意, 明朝散髮弄扁舟.

선주(宣州, 지금의 安徽省 宣城 일대)의 능양산(陵陽山)에 있는 사조루(謝朓樓)는 북루(北樓) 또는 사공루(謝公樓)라고도 부르며 사조(謝朓: 464~499, 자는 玄暉)가 선성태수(宣城太守)로 있을 때에 지어서 첩장루(疊嶂樓)라고 불렀던 곳이다. 이백은 이 누대에 자주 올라서 「가을에 선성의 사조 북루에 올라[秋登宣城謝朓北樓]」와 같은 작품을 짓기도 했는데, 이번에는 숙부 이운(李雲, 이름을 李華라고 하기도 함)을 전별하면서 쓸쓸한 심사를 나타냈다. 위 시에서 봉래(蓬萊)는 동한 때의 도서관인 동관(東觀)을 가리키던 별칭이었는데, 당나라 때에는 비서성(秘書省)을 봉산(蓬山) 또는 봉각(蓬閣)이라고 부르는 경우가 많았다. 이운이 비서성의 교서랑(校書郞)으로서 궁중의 도서를 정리한 바 있기 때문에 이렇게 비유한 것이다. 강직하고 청렴하기로 명성이 높았던 이운은 천보 11년(752)에 감찰어사(監察御史)에 임명되어 임무를 수행하는 도중에 선성에 잠시 들렀던 것으로 보인다. 시 제목에서는 '숙(叔)'이라고 했지만 실제 친척은 아니고 상당히 가까운 친구 사이였던 듯하다. 소사(小謝)는 남조 송(宋)나라의 저명한 시인 사영운(謝靈運: 385~433)의 조카이자 남조 제(齊)나라를 대표하는 시인인 사조를 가리키는데, 여기서는 이백 자신을 비유하고 있다. 마지막 구절에서 머리를 풀어헤친다는 말은 본래 벼슬살이의 뜻을 접고 은거한다는 뜻이지만, 여기서는 세속의 예법에 얽매이지 않고 거침없음을 나타낸다. 또한 조각배를 탄다는 것은 춘추시대 말엽 월(越)나라의 재상을 지내면서 구천(句踐: 기원전 520?~기원전 465)을 도와 월나라를 부흥시키고 오(吳)나라를 멸망시킨 후 이름을 바꾸고 은거했다는 범려(范蠡: 기원전 536~기원전 448)의 전설을 떠올리게 하는 서술이다. 당시 범려는 치이자피(鴟夷子皮)라고 이름을 바꾸고 조각배에 탄 채 강호를 떠돌다가 정도(定陶, 지금의 山東省 荷澤縣에 속함)에 정착하여 상업으로 세 차례나 거부가 되었다가 세 차례 모두 재산을 나눠준 후 은거하면서 스스로 도주공(陶朱公)이라고 불렀다고 한다.

　이 시는 안사의 난이 일어나기 직전인 천보(天寶) 12년(753) 전후에 지어진 것으로 보인다. 천보 1년(742)에 원대한 포부를 안고 장안으로 와서 한림원(翰林院)에 들어갔던 그는 불과 두 해 남짓 후인 744년에 참소를 당해 벼슬을 잃고 분개한 마음으로 다시 유랑생활을 시작해야 했다. 거의 십년 가까운 유랑 끝에 다시 도착한 선성에서 그는 고문가(古文家)로 유명한 벗 이운을 만나 함께 사조루에 올라 '비범한 흥취[逸興]'와 '웅장한 생각[壯思]'을 공유한다. 그러나 강직하고 청렴한 심성을 견지하며 권신(權臣)을 두려워하지 않아 간신들의 질시를 받았던 이운의 글에는 '건안칠자(建安七子)'처럼 비분강개하는 기개가 담길 수밖에 없고, 참소를 당해 쫓겨난 이백 자신의 상황은 맑고 빼어난 재능을 제대로 펼쳐 보지도 못한 채 억울하게 죽은 사조를 떠올리게 한다. 이런 상황에서 하늘 높이 올라가 밝은 달을 따오고 싶은 바람을 어찌 이룰 수 있겠는가? (여기서 '밝은 달'은 하늘을 나는 기러기들이 보이는 오후에 시작된 전별의 술자리가 밤중까지 계속되었음을 암시한다고도 생각할 수 있겠다.) 그럼에도 세월은 칼로도 끊을 수 없이 하염없이 흐르고(실제로 사조루 앞에는 완계수[宛溪水]라는 작은 강이 있으니), 그에 따라 시름은 술로도 씻을 수 없어 오히려 깊어지기만 한다. 이처럼 세상사가 뜻대로 되지 않으니 결국 오늘 벗과 작별하고 나면 내일 시인은 범려처럼 조각배 타고 강호를 떠돌 수밖에 없다. 제3구에 묻어 두었던 저 가을 기러기를 전송하던 장쾌한 만리장풍(萬里長風)은 결국 그 조각배의 돛을 밀어대는 거역할 수

　　　　　　　　제1부 술잔에 비친 우주와 인생

없는 힘이 되고 말 터이다. 다만 이처럼 처절한 뜻을 담고 있음에도 작품 전체의 표현은 오히려 호탕하게 느껴질 정도이니, 명말 · 청초의 왕부지(王夫之)가 이 시를 두고 "감흥이 일어남이 초탈하다.(『唐詩評選』 권1: 興起超忽)"라고 평한 것이 아주 적절했음을 알 수 있다. 청나라 때에 유희재(劉熙載)는 이를 보충하듯이 "격앙된 언어는 흥에서 나온다.(『藝槪』: 激昂之言出於興)"라고 하면서, 격앙이란 이백이 "하늘로 올라가 밝은 달을 따오려 한다."라고 읊었을 때처럼 대개 "감정이 실제를 넘어서는(같은 책: 情過於事)" 경우라고 했다.

몽롱한 세상에서 어찌 멀쩡한 정신으로 살 수 있으랴? 도잠은 총 20수의 연작시 「음주」의 제13수에서 이렇게 노래했다.

> 어떤 손님들 항상 함께 오는데
> 취하고 버림이 너무나 판이했지.
> 한 선비는 늘 혼자 취해 있고
> 한 사람은 평생 깨어 있었지.
> 깨어 있는 이와 취한 이가 서로 비웃는데
> 하는 말은 서로 알아듣지 못했지.
> 법도에 얽매인 이는 얼마나 어리석은가?
> 거침없이 오만한 이가 조금 나은 듯했지.
> 거나하게 취한 나그네여
> 해가 저물었으니 촛불을 밝히시구려.
>
> 有客常同止, 趣捨邈異境.
> 一士長獨醉, 一夫終年醒.

醒醉還相笑, 發言各不領.
規規一何愚, 兀傲差若穎.
寄言酣中客, 日沒燭當炳.

　　세속의 예법에 얽매여 소심하게 사는 이는 맑은 정신인 것 같지만 실은 어리석기 그지없는 사람이요, 취하여 거침없이 오만하게 구는 사람이 오히려 그보다 총명하고 지혜로운 사람이라는 것이다. 애석하게도 도잠은 그 이유를 자세히 설명하지 않았지만, 우리네 평범한 속인들은 왠지 그 총명하고 지혜롭게 취할 수 있는 법을 배우고 싶어진다.

　　그러나 다시 오백 년 남짓한 세월이 흘러도 유사한 비극이 반복되었다는 사실은 생각할수록 가슴을 답답하게 한다. 명나라 초기의 임홍(林鴻: ?~?, 자는 子羽)은 「음주(飮酒)」에서 이렇게 선언했다.

유생들은 기이하고 예스러운 것을 좋아해서
입만 열면 요·순을 얘기하지.
만약 복희씨 이전에 태어났더라면
무슨 얘기를 했겠는가?
옛 사람은 이미 죽고
옛 도리는 남긴 책에 들어 있는데
한마디도 실천할 수 없으니
만 권을 읽어도 부질없이 공허할 뿐.
나는 차라리 늘 술이나 마시면서
나머지는 더 이상 알고 싶지 않아.

보게나, 취한 고을의 사람들은
바로 천지가 처음 열린 시절에 살고 있지.

儒生好奇古, 出口談唐虞.
倘生羲皇前, 所談意何如.
古人旣已死, 古道存遺書.
一語不能踐, 萬卷徒空虛.
我願常飮酒, 不復知其餘.
君看醉鄉人, 乃在天地初.

　제1~8구는 이른바 지식인이라는 '유생'들의 타고난 속성을 비꼬
는 말이기도 하지만, 그보다는 정치적 풍자의 의미가 강하다. 황제의
강력한 문화 억압의 분위기 속에서 복고 기풍이 만연했던 당시 상황에
서 현실적 실천으로 이어지지 못하는 죽은 학문에 매몰될 수밖에 없는
공허함은 시인의 음주를 부추긴다. 언뜻 현실도피처럼 보이는 제9~12
구의 내용은 사실 진정한 옛 도리를 회복해야 할 필요성을 강조하고
있다. 그에게 술은 무한한 창조의 가능성이 내재된 천지개벽 직후의
세계로 이끌어 주는 안내자이다. '취한 고을[醉鄕]'에서는 기본적으로
정치적 억압 따위에 시달리지 않고 느긋하게 삶을 즐기면서 더 밝고
즐거운 내일을 꿈꾸고 계획할 수 있는 것이다. 냉엄한 현실을 딛고 하
루하루를 살아가지만 사람들은 누구나 도피와 반항, 도전을 꿈꾸고 실
행하며 살 수밖에 없는 운명을 짊어지고 태어난 것일까?

저 강물에게 물어보시게

～～～～～～

인생에서 젊은 날에는
쉽게 헤어지며 앞날을 기약했지.
함께 늘그막에 이르게 되었으니
작별할 때가 다시 오지 않겠군.
술 한 통밖에 안 된다고 말하지 말게
내일이면 다시 들기도 어려울 테니!
꿈속에서도 길을 찾지 못하리니
무엇으로 그리움을 달랠까?

生平少年日, 分手易前期.
及爾同衰暮, 非復別離時.
勿言一樽酒, 明日難重持.
夢中不識路, 何以慰相思.

이것은 남조(南朝) 양(梁)나라의 심약(沈約: 441~513, 자는 休文)이 지은 「범수(范岫: 440~514, 자는 懋賓)와 작별하며[別范安成]」로서 이른바 '신변체(新變體)'라는, 중국 근체시(近體詩)의 물꼬를 열어 놓은 작품들 가

운데 하나이다. 심약은『송서(宋書)』등의 편찬을 주도한 빼어난 역사
학자이자『사성보(四聲譜)』와 같은 음운학(音韻學) 연구로 오언시의 창
작에서 유의해야 할 성률(聲律)의 여덟 가지 병폐[八病]을 제시함으로써
근체시의 기반을 마련해 준 것으로 평가된다.

　이 시는 전반부에서 젊은 시절의 작별은 상대적으로 '쉬웠음'을
회상하면서 후반부에서는 노년의 작별이 '어려움'을 한정된 인생에 대
한 애수(哀愁)와 함께 토로하고 있다. 시인 자신이 그랬듯이 젊은 시절
의 사람들은 종종 꿈과 야망을 실현하기 위해 동분서주하며, 그 와중
에 절친한 벗과도 헤어져야 할 때가 자주 있다. 심지어 당나라 때 왕발
(王勃: 650?~676?, 자는 子安) 같은 이는 벼슬길에 들어선 젊은 사나이들은
불가피한 떠돎을 인정하고 당당하게 이별을 맞이해야 한다고 호언하
기도 한다.「남쪽 촉 땅으로 부임하는 두 소부를 전송하며[送杜少府之任
蜀川]」에서 그는 이렇게 노래했다.

　　장안성은 삼진 땅의 호위를 받고 있는데
　　안개 날리는 바람 속에서 남쪽 촉 땅을 바라본다.
　　그대와 이별하는 마음
　　똑같이 벼슬길에 타향을 떠도는 신세라네.
　　천하에 자기를 알아주는 이 있다면
　　하늘 끝 먼 곳이라도 이웃과 같으리.
　　헤어지는 갈림길에 있다 할지라도
　　아녀자들처럼 수건에 눈물 적시진 말세!

城闕輔三秦, 風烟望五津.
與君離別意, 同是宦遊人.
海內存知己, 天涯若比隣.
無爲在歧路, 兒女共沾巾.

　　창창한 미래가 남아 있던 그 시절에는 쉽게 작별하며 조만간 다시 만나자고 기약할 수 있다. 그리고 특별히 인생이 꼬여 버리지 않는 한 그런 재회는 불가능하지 않은 경우가 더 많다. 그러나 내일을 기약하기 어려운 노년의 작별은 그렇지 않다. 그것은 심약의 시 미련(尾聯)에서 인용된 전국시대 장민(張敏)과 고혜(高惠)의 대단히 상징적인 이야기처럼 다시 만날 길이 없는, 인생 최후의 쓸쓸한 작별이 될 가능성이 크다. 친한 벗이었던 장민과 고혜가 헤어져 지내는 동안 그리움에 시달리던 장민이 꿈속에서 고혜를 찾아 나섰다. 하지만 도중에 길을 잃어버려 목적을 이루지 못한 그는 결국 쓸쓸하게 꿈에서 깨어날 수밖에 없었다. 꿈과 같은 인생에서 맺은 우정도 꿈이 끝나가는 노년이 되면서 아득한 그리움만 남기고 멀리 떠난다. 덧없는 인생에 그나마 의미를 갖게 해 준 벗과 거의 마지막이 될 수도 있는 작별의 자리에서 이후로 닥쳐올 그리움을, 그로 인한 시름을 달래 줄 무엇으로 술보다 적당한 게 또 얼마나 될까?

　　그런 의미에서 당나라 때 장적(張籍: 766?~830?, 자는 文昌)의 「봄날 작별하며[春日留別]」는 대단히 직설적이면서 의미심장한 작별인사라고 할 수 있다.

　길 떠나는 사람 작별하려 하여

꽃가지 앞에서 반쯤 취했지.
보아하니 봄이 또 저물어 가는데
젊은 시절 가벼이 보내지 마시게.
떠날 때 헤어진 곳 기억해 두었다가
돌아보며 서로 그리워합시다.
제각기 하늘 끝으로 떠나지만
다시 올 기약은 아직 없구려.

遊人欲別離, 半醉對花枝.
看著春又晚, 莫輕少年時.
臨行記分處, 回首是相思.
各向天涯去, 重來未可期.

젊은 시절의 꿈을 이루기 위해 분주히 뛰어다니며 제각기 하늘 끝으로 떠나지만 다시 올 기약도 없으니, 헤어진 곳이나마 기억해 두었다가 돌아보며 그리움을 달래자는 것이다. 이런 분위기라면 꽃가지 앞에서 반쯤 취한 술은 결국 만취로 치달리게 될 가능성이 크지만, 장적의 이 작별인사에는 여전히 젊은 활기가 넘친다. 이에 비해 최후의 술자리임을 예감한 심약의 술자리는 비장하기 그지없다. 그 마지막 작별을 한 이후 심약과 범수가 가야 할 길은 '황천(黃泉)' 아래의 다른 세상이 될 테니까!

소매 이어 휘장을 이룰 듯 많은 이들 벼슬아치 맞이하여
취루에서 술을 사니 온 성이 기쁨에 찼구나.

흰머리 영감 할멈 서로 붙들고 절을 하는데
늙어가는 몸인지라 이제부터 몇 번이나 볼 수 있을까?

連袵成帷迓漢官, 翠樓沽酒滿城歡.
白頭翁媼相扶拜, 垂老從今幾度看.

범성대(范成大: 1126~1193, 자는 至能 또는 幼元)의 「취루(翠樓)」이다. 시인 자신이 붙인 주석에 따르면 취루는 상주(相州, 지금의 河南省 安陽市 근교) 저자에 있는 "진루의 북쪽에 있으며, 누대 위아래에 모두 술 마시는 사람들로 가득했다[在秦樓之北, 樓上下皆飲酒者]"라고 했다. 범성대의 『남비록(攬轡錄)』에 따르면 그곳에는 취루와 진루 외에도 강락루(康樂樓)와 월백풍청루(月白風淸樓) 등의 술집[旗亭]이 있었다고 했다. 술집이 많은 상주는 경제적 풍요와 풍류가 넘치는 곳이기도 했겠지만, 그에 못지않게 마셔서 씻어야 할 애달픈 시름들이 가득했을 터이다. 하지만 「술잔 앞에서[對酒]」라는 5수 연작시의 제4수에서 백거이는 한층 초연한 태도로 다음과 같이 노래했다.

백년을 살아도 건강한 때 많지 않고
봄이라지만 맑은 날 며칠이나 될까?
만나면 잠시나마 술잔 사양 말아야 할지니
옛 이별노래의 네 번째 구절을 들어 보게나.

百歲無多時壯健, 一春能幾日晴明.
相逢且莫推辭醉, 聽唱陽關第四聲.

제1부 술잔에 비친 우주와 인생

길든 짧든 인생에서 건강하고 즐거운 날은 상대적으로 짧다는 씁쓸한 개괄은 결국 짧은 만남이라도 소중히 여기자는 통달한 제안을 위한 전제이다. 번역에서 '옛 이별노래'라고 한 '양관(陽關)'은 사실 백거이보다 약간 이른 시기를 살았던 왕유(王維: 701~761 또는 699~701, 자는 摩詰)의 시 「송원이사안서(送元二使安西)」―이별의 노래로 유명한 이 시는 종종 「위성곡(渭城曲)」 또는 「양관곡(陽關曲)」이라는 별칭으로도 불렸음―에 곡에 얹은 "양관삼첩(陽關三疊)"을 가리킨다. 그리고 그 노래의 '네 번째 구절'은 바로 "그대, 한 잔 더 하시게, 서쪽으로 양관을 나가면 함께 마실 친구도 없을 테니![勸君更盡一杯酒, 西出陽關無故人]"에 해당한다.

세파에 떠밀려 이리저리 다니다 보면 헤어진 친구와 다시 만나는 일은 생각보다 쉽지 않은 경우가 많다. 게다가 십 년 가까이 못 보던 친구를 저자에서 우연히 만나는 것은 거의 기적에 가까운 일일 것이다. 명나라 만력(萬曆: 1573~1620) 연간의 서통(徐熥: ?~?, 자는 惟和 또는 調侯)이 쓴 「술집에서 이대를 만나다[酒店逢李大]」라는 작품은 바로 그런 기적적인 만남을 처연하게 노래한다.

우연히 신풍의 저자를 지나다가
친구와 술 마시며 함께 슬피 노래 불렀지.
십 년 동안 흘린 이별의 눈물 얼마나 많았던가?
말할 필요도 없이 만나고 나서 흘린 눈물이 더 많았지.

偶向新豐市裡過, 故人尊酒共悲歌.
十年別淚知多少, 不道相逢淚更多.

헤어져 지내던 십 년 동안 흘린 그리움의 눈물보다 우연한 상봉으로 인한 감격과 짧은 만남 뒤에 기다리고 있을 또 다른 이별을 떠올림으로써 사무치는 비애가 끌어내는 눈물이 훨씬 많을 수밖에 없다는 것은 쓸쓸하기만 한 현실이다. 당나라 중엽에 두숙향(竇叔向: ?~?, 자는 遺直)이 쓴 「여름밤 사촌형의 집에 묵으며 옛 추억을 얘기하다[夏夜宿表兄話舊]」역시 이와 유사한 상황을 노래하는데, 사촌형제 간의 만남이라 분위기가 더욱 애틋하다.

> 야합화 피어 마당에 향기 가득한데
> 밤 깊어 내린 가랑비에 술이 막 깨었지요.
> 멀리서 보낸 안부 편지는 전달되지도 못했고
> 처량한 옛 이야기는 차마 들을 수가 없구려.
> 지난날 아이들은 모두 어른으로 자랐고
> 예전의 친구들은 반쯤 시들어 세상을 떠났지요.
> 내일 아침이면 또 홀로 배를 타고 작별해야 할 테니
> 황하 다리 곁에 펄럭이는 술집 깃발만 시름겹게 눈에 비치겠지요.

> 夜合花開香滿庭, 夜深微雨醉初醒.
> 遠書珍重何曾達, 舊事凄凉不可聽.
> 去日兒童皆長大, 昔年親友半凋零.
> 明朝又是孤舟別, 愁見河橋酒幔靑.

아침에 피었다가 밤에는 향기를 남기고 꽃잎을 닫는 야합화는 여름밤의 풍경에 운치를 더해 준다. 어린 시절 친하게 지내다가 헤어

져 오랜만에 사촌형—보아하니 나이 차이는 별로 나지 않는—을 만나니 할 얘기도 많고 술맛도 진진하다. 이렇게 밤이 깊어갈 때 가랑비까지 내리니 서늘하고 습한 분위기에 술이 다시 깨 버린다. 전란으로 어지러웠던 지난날에는 안부 편지조차 제대로 전달되지 못할 정도였는데, 그 사이에 겪은 처량하고 애달픈 이야기들은 차마 들어 줄 수가 없을 지경이다. 그 대신 꺼낸 이야기 속에는 어린 시절의 추억과 지금은 늙어 세상을 떠난 친구들에 대한 기억들이 쓸쓸하게 녹아 있다. 하지만 내일 아침이면 시인은 다시 홀로 배를 타고 떠나야 하고, 시름겨운 그의 눈에는 황하 강변 다리 곁에서 전별해 준 사촌형과 이별주를 마셨던 술집의 펄럭이는 깃발만 펄럭일 터이다.

하지만 사실 이런 예들보다 더 극적인 상황에서 벌어지는 이별도 있다.

아름다운 만남은 다시 오기 어려우니
삼 년이 천 년 같구려.
강가에서 긴 갓끈을 씻노라니
그대 생각에 슬픔이 한없이 흐르는구려.
먼 곳을 바라보니 슬픈 바람 불어오고
술상을 마주해도 주고받을 수 없구려.
나그네는 지나온 길 생각하는데
내 시름을 어찌 달래겠소?
홀로 가득 채운 술잔을 놓고
그대와 단단한 우정을 맺으려 하오.

嘉會難再遇, 三載爲千秋.
臨河濯長纓, 念子悵悠悠.
遠望悲風至, 對酒不能酬.
行人懷往路, 何以慰我愁.
獨有盈觴酒, 與子結綢繆.

한나라 때의 장수 이릉(李陵: ?~기원전 74, 자는 少卿)이 쓴 3수의 연작시 「소무에게[與蘇武]」 가운데 제2수이다. 무제(武帝) 때의 명장으로서 흉노(匈奴)들이 '비장군(飛將軍)'이라고 부르며 경외했던 이광(李廣: ?~기원전 119)의 손자인 이릉은 기원전 99년에 흉노를 정벌하러 갔다가 포위되어 어쩔 수 없이 투항했다. 당시 사마천(司馬遷: 기원전 145~?, 자는 子長)은 그를 옹호하다가 옥에 갇히고 궁형을 당하기도 했으며, 한나라 조정에서는 이릉의 삼족을 멸했다. 이 바람에 한나라와 완전히 결별한 그는 흉노의 공주와 결혼하여 우교왕(右校王)에 임명되어서 흉노를 정벌하러 출정한 한나라 장수 이광리(李廣利: ?~기원전 89)의 7만 병력을 궤멸시키기도 했다. 그 후 한나라에서 무제의 뒤를 이어 황제에 즉위한 소제(昭帝: 기원전 87~기원전 74 재위)가 흉노와 화친하여 그에게 귀국을 권했지만 또다시 모욕을 당할지도 모른다는 염려 때문에 끝내 거절했다. 결국 그는 그곳에서 이십 년 남짓 살다가 죽었다.

이 시는 사연은 다르지만 결과적으로 이릉 자신처럼 흉노 땅에 억류되는 고난을 겪어야 했던 소무(蘇武: 기원전 140~기원전 60, 자는 子卿)와 이별하고 삼 년 후에 쓴 것으로 보인다. 소무는 기원전 100년에 중랑장(中郞將)에 임명되어 흉노에 사신으로 파견되었는데, 그곳에서 일행 가운데 한 명이 음모에 연루되는 바람에 구금되는 신세가 되었다.

하지만 흉노의 회유를 끝내 거절하다가 북해(北海), 즉 지금의 러시아 바이칼 호수 근처에서 양을 치도록 유배되었는데, 숫양에게서 젖을 짤 수 있어야 돌아올 수 있다는 조건을 달았으니 사실상 종신 유배와 마찬가지였다. 그는 그곳에서 풀뿌리를 캐서 허기를 채우면서도 한나라 사신의 부절(符節)을 손에서 놓지 않았다고 한다. 그리고 한나라 소제가 흉노와 화친하게 되자 우여곡절 끝에 십구 년의 구금 생활을 끝내고 기원전 81년에 한나라로 귀국하여 전속국(典屬國) 벼슬에 봉해졌고, 이후 선제(宣帝: 기원전 74~기원전 49 재위) 때에는 관내후(關內侯)에 봉해지기도 했다.

갓끈을 씻는다는 것은 먼 길을 떠난다는 뜻이다. 소무와 헤어진 지 삼 년 후에 어딘가 먼 길을 떠나는 이릉의 마음속에 고국으로 돌아간 벗이 떠올라 슬픔이 치민다. 지나온 나날들과 걸어온 길을 돌이키니 시름도 더욱 깊어진다. 이에 술상 앞에 앉아 보지만 마주앉아 주고받을 벗도 없이 구슬픈 바람만 불어온다. 하지만 홀로라도 가득 채운 잔을 비우며 벗에 대한 우정을 더 굳게 다진다. 전체적으로 시의 분위기는 쓸쓸하지만 애틋하고 두터운 우정이 잔잔한 감동을 준다.

한편 소무는 「고시 4수(古詩四首)」의 제1수에서 이렇게 노래했다.

형제는 가지에서 자란 잎과 같고
벗 또한 서로 친해서 맺어지지.
천하 사람들이 모두 형제와 같으니
뉘라서 길가는 낯선 이라 하는가?
하물며 나는 연리지(連理枝)여서

그대와 한 몸 같은 벗이 아닌가?

옛날에는 원앙처럼 지냈는데

삼성(參星)과 진성(辰星)처럼 아득히 멀어졌구려.

그저 헤어져야 할 때를 생각하니

은혜와 우정이 나날이 새로워지는구려.

사슴이 우는 것은 들판의 풀이 그립기 때문이니

아름다운 손님에 비유할 수 있겠지요.

내게 술이 한 두루미 있으니

먼 길 떠나는 그대에게 드리고 싶소.

바라건대 머물러 따라 마시면서

이 평생의 우정을 펼쳐 보십시다.

骨肉緣枝葉, 結交亦相因.
四海皆兄弟, 誰爲行路人.
況我連枝樹, 與子同一身.
昔爲鴛與鴦, 今爲參與辰.
昔者常相近, 邈若胡與秦.
惟念當離別, 恩情日以新.
鹿鳴思野草, 可以喩嘉賓.
我有一罇酒, 欲以贈遠人.
願子留斟酌, 敍此平生親.

　　내용으로 보건대 이 시는 헤어지기 직전에 쓴 듯하다. 기본적인
내용은 형제와 부부—오해의 소지가 있지만 동성애를 암시하는 것은
절대 아니다—처럼 가까운 두 친구가 다시는 만나기 어려운 먼 곳으

로 헤어지게 되는 것을 아쉬워하고 있다. 본문 가운데 서쪽에서 뜨는 삼성(參星)과 동쪽에서 뜨는 진성(辰星)은 뜨고 지는 때가 달라서 영원히 서로를 볼 수 없다. 또한 이 두 별은 전자가 호랑이에, 후자가 용에 비유되어서 절대 함께 할 수 없는 관계를 나타내기도 한다. 그런데 어쩌면 영원할 수 있는 이런 이별의 상황에서 시인은 전혀 아쉬워하거나 원망하지도 않고 술잔을 나누며 오히려 나날이 두터워지는 우정을 확인하자고 한다는 점이 유난히 눈길을 끈다.

그런데 사실 이 두 편의 시들은 동한(東漢) 때에 이름을 알 수 없는 여러 사람들이 쓴 시들을 『문선(文選)』에서 이릉과 소무의 이름으로 수록하여 두 사람이 흉노 땅에서 아쉽게 작별하면서 시를 주고받아 우정을 확인했다는 전설에 구색을 맞춘 것이라고 설명하는 이들도 있다. 언뜻 연작시처럼 보이는 이 시들이 사실 자세히 보면 각기 벗이나 부부, 형제 사이의 이별을 얘기하고 있어서 일관성이 없다는 이유 때문이다. 솔직하면서도 어딘가 투박해 보이는 표현 수법들도 「고시십구수(古詩十九首)」를 떠올리게 한다. 그런 관점에서 다시 보면 이 시에는 첫 구절에서 형제 관계를 나타내는 나뭇가지의 잎들과 친구 사이로 교유를 맺는 일이 함께 언급되었고, 제5구와 제7구에 주로 부부나 연인 관계를 비유하는 데 쓰이는 연리지와 원앙이라는 어휘가 들어 있어 상당히 혼란스럽기도 하다. 하지만 이 모두가 벗 사이의 떼어낼 수 없이 단단하고 두터운 우정을 비유한 것이라고 주장한다 하더라도 딱히 반박할 수 없다는 점이 재미있다.

그런데 술과 함께 하는 이별시라면 이백의 「객지에서[客中作]」를 떠올리지 않을 수 없다.

난릉의 좋은 술은 울금향 풍기는데
옥 술잔에 따르니 호박 빛을 드러낸다.
그저 주인이 손님을 취하게 만들 수만 있다면
어느 곳이 타향인 줄도 모르게 될 테지.

蘭陵美酒鬱金香, 玉椀盛來琥珀光.
但使主人能醉客, 不知何處是他鄉.

　　여기에는 장안으로 들어가 한림학사가 되기 이전에 여행과 술을
좋아했던 그의 성품이 잘 드러나 있다. 객지의 나그네로 떠돌면서도
향수와 그리움에 시달리지 않고 호탕하게 술에 취한다. 이런 기분은
어쩌면 그곳의 지명과도 관련이 있을 것이다. 난릉은 옛 지명으로서
지금의 산둥성[山東省] 린이시[臨沂市]에 속한 곳이지만, 글자 그대로 난
초 향 그윽한 언덕마을이라는 뜻이어서 그대로 선경(仙境)을 암시하기
때문이다. 벼슬살이를 하여 청운의 뜻을 펼치려는 포부와 신선이 되어
우주를 소요하려는 꿈이 뒤섞인 젊은 날 이백의 모습을 연상하게 하는
작품이라 하겠다.

　　역시 장안으로 들어가기 전인 개원 14년(726)에 남경(南京)에 여행
을 가서 반 년 남짓 머물다가 양주(揚州)로 떠나면서 지은 「금릉의 술집
에서 작별을 기념하며[金陵酒肆留別]」도 이런 풍모를 느끼게 해 준다.

바람이 버들 꽃 불어 가게에 향기 가득한데
오 땅 미녀 술을 짜서 나그네에게 맛보라고 권하는구나.
금릉의 자제들 전송하러 나왔으니

가고 싶어도 가지 못하자 각자 술잔 비우지.
그대, 동쪽으로 흐르는 저 강물에게 물어보시게.
이별하는 마음과 강물 가운데 누가 더 유장한지?

風吹柳花滿店香, 吳姬壓酒勸客嘗.
金陵子弟來相送, 欲行不行各盡觴.
請君試問東流水, 別意與之誰短長.

첫 구절은 버들 솜 날리는 봄을 노래하면서 은근히 노류장화(路
柳墻花), 즉 술집 미녀의 풍류가 가게 안에 가득함을 암시한다. 사실상
버들 솜 자체는 별다른 향기가 없으니, 아름답기로 유명한 오 땅의 미
녀와 어울려야 비로소 '향기'를 풍길 수 있는 셈이다. 제2구의 '권객(勸
客)'을 '환객(喚客)' 또는 '사객(使客)'으로 쓴 판본도 있으나 필자가 보기
에는 은근한 춘정(春情)을 머금은 미녀의 유혹—술을 '눌러 짜냄'을 의
미하는 '압(壓)'자는 친근하게 유혹한다는 뜻의 '압(狎)'자를 연상하게
하므로—을 나타내는 데는 '권객'이 가장 무난한 듯하다. 또한 중국
고전시에서 '버들[柳]'은 '만류함[留]'과도 통하며, 그 때문에 종종 이별
의 장면에서 등장한다. 고향을 떠나 먼 길 가는 이에게 버들가지를 꺾
어 주어 다른 곳에 가더라도 그것을 심어 놓고 고향을 생각하라는 의
미까지 포함되어 있는 것이다. 어쨌든 당시에 풍류 넘치고 돈도 많았
던 이백은 함께 어울린 귀공자들도 많아서 그가 떠나려 하자 모두들
나와 전송했음을 알 수 있다. 그런 그들을 두고 떠나기 아쉬운 그의 마
음은 동으로 흐르는 장강의 강물보다 더욱 유장하다는 마지막 구절은
단순한 인사말 이상의 진한 아쉬움을 나타낸다. 추상적인 석별의 정을

도도히 흐르는 장강에 비유한 재치는 그야말로 "언어는 다했지만 뜻
은 무궁한[言有盡而意無窮]" 맛을 느끼게 한다.

> 취하여 작별하기까지 또 며칠이 남아 있으니
> 연못과 누대 두루 돌며 올라가 구경하세.
> 언제나 석문산 가는 길에서
> 다시 만나 금 술통 열 수 있을까?
> 가을 물결은 사수 강물에 떨어지고
> 바다 색깔은 조래산을 환히 비추는구나.
> 날리는 민망초처럼 각자 멀리 떠나겠지만
> 일단 들고 있는 술잔이나 비우세!

> 醉別復幾日, 登臨遍池臺.
> 何時石門路, 重有金樽開.
> 秋波落泗水, 海色明徂徠.
> 飛蓬各自遠, 且盡手中杯.

이것은 「노군 동쪽 석문산에서 두보를 전송하며[魯郡東石門送杜二
甫]」이다. 천보(天寶) 3년(744) 벼슬을 잃고 장안을 떠난 이백은 양송(梁
宋, 지금의 河南省 開封市와 商丘市)을 여행하던 중에 마침 당시 조모의 상을
치르느라 정주(鄭州)와 양원(梁園, 지금의 開封市) 사이를 분주히 오가던 두
보를 만나 잠시나마 함께 여행하게 되었다. 시선(詩仙)과 시성(詩聖)의
이 역사적인 만남은 둘 사이에 깊은 문학적 우의를 다지는 계기가 되
었다. 그 덕분에 이듬해 봄에 그들은 노군(魯郡, 지금의 山東省 兗州)에서

제1부 술잔에 비친 우주와 인생

다시 만나 산둥성 일대를 함께 여행했고, 가을이 되자 두보는 다시 장안으로 떠나고 이백도 강남으로 가게 되면서 이곳 석문산에서 작별하게 되었던 것이다. 그러나 그들의 작별은 여전히 호쾌하다. 이제부터 각자 자신의 길에서 민망초처럼 천하를 떠돌아야 하지만 아쉬움이나 슬픔, 염려 따위는 굳이 말할 필요 없이 그저 들고 있는 술잔이나 비우고 헤어질 뿐이다.

당연한 얘기지만 천하를 주유하며 술과 낭만을 만끽하는 삶의 이면에는 '규방(閨房)'에 갇힌 채 하염없는 기다림의 세월을 보내야 했던 봉건시대 여인들의 비애가 묻혀 있다. 이 점은 이백 자신도 느끼고 있었던 듯하다. 이미 스물네 살 때부터 고향을 떠나 유랑을 즐기다가 스물여섯 살에 호북(湖北) 육안(陸安)에서 재상을 지낸 허어사(許圉師: ?~679)의 눈에 들어 사위가 되었다. 하지만 부인과 사이가 원만해서 일남일녀의 자녀를 두고 십년 동안 오순도순 살던 와중에도 그는 육안을 중심으로 사방을 돌아다니며 자신의 명성을 높이며 벼슬길에 나아갈 길을 모색했다. 스물여덟 살인 729년에는 무창(武昌)의 황학루(黃鶴樓)에서 맹호연(孟浩然: 689~740)과 만났고, 서른세 살인 734년에는 한조종(韓朝宗: 686~750)에게 천거를 부탁하러 양주(襄州)까지 찾아가기도 했으며, 그 후에는 장안(長安)에서 일 년 남짓 머물며 하지장(賀知章: 659?~744?, 자는 季眞) 등과 교유하기도 했다. 교통도 불편했던 당시에 이렇듯 가깝지도 않은 지역을 오갔다면 집에 머물 수 있던 시간도 별로 되지 않았을 게 분명하니, 그 동안 허씨는 어린 자식들을 데리고 집에서 기다릴 수밖에 없었을 터이다. 그래서인지 그는 「아내에게[贈內]」에서 이렇게 썼다.

일 년 삼백육십일을

날마다 곤드레만드레 취해 있으니

비록 내 부인이라지만

태상의 아내와 다를 게 무엇이오?

三百六十日, 日日醉如泥.

雖爲李白婦, 何異太常妻.

　　동한(東漢) 때의 주택(周澤: ?~?, 자는 稺都)은 종묘제사를 관장하는
태상(太常) 벼슬을 맡게 되자 너무 직무에 충실해서 거의 일 년 내내 하
루도 빠짐없이 목욕재계하고 종묘의 제례를 관장했고, 이 바람에 그의
아내는 명목상 남편은 있으나 실제로는 과부와 마찬가지로 살아야 했
다고 한다. 여기서 이백도 명성을 쌓고 명사들과 교유하느라 사방을
떠도는 '일'에 몰두하는 바람에 아내의 얼굴을 보기도 힘들었고, 그나
마 집에 있던 날마저도 곤드레만드레 취해 있어서 살뜰한 대화조차 제
대로 나누지 못한 미안한 마음을 간접적으로 나타냈다.

　　하지만 737년에 허씨가 병으로 죽은 후 이백은 아내를 애도하는
시조차 남기지 않았고, 게다가 그 이듬해에 안휘(安徽) 땅에서 다른 여
자와 동거하기도 했다. 이후에도 그는 두 차례나 더 결혼을 했지만 방
랑벽은 여전했다. 이 때문에 역시 측천무후 때에 재상을 지낸 종초객
(宗楚客: ?~710, 자는 叔敖)의 손녀이자 그의 세 번째 아내가 되었던 종씨
(宗氏)는 결국 이백이 예순 살이 되던 761년에 출가하여 도사(道士)가
되고 말았다. 그러니 이듬해에 그가 안휘 땅에서 현령으로 있던 친척
이양빙(李陽氷: ?~?, 자는 少溫)의 집에서 주위에 처자식도 없는 상태로 쓸

　　　　　　　　　제1부 술잔에 비친 우주와 인생

쓸히 임종을 맞이했던 것도 어쩌면 씁쓸한 응보일 수도 있겠다.

한편 이백과 작별하고 십여 년 뒤에 안녹산의 반란을 시작으로 어지러운 시절이 십여 년 동안 계속되면서 두보는 비참한 피난생활에 시달려야 했다. 특히 그에게 잠시나마 평온한 성도(成都) 생활을 제공해 주었던 엄무(嚴武: 726~765, 자는 季鷹)가 조정의 부름을 받아 떠나면서 그는 다시 가난에 시달리며 장강을 떠돌아야 했다.

파산에 지는 달 누워 바라볼 때
천 리 떨어진 두 고을에서 서로 꿈에도 그리워하는구려.
완적처럼 술을 좋아할 뿐만 아니라
안연지처럼 시도 아주 잘 짓는 줄 알았지요.
강가에 붉은 낙엽 나그네 시름겹게 하는데
울타리 밖에 노랗게 핀 국화는 누구를 마주하고 있을까?
말에 올라 그대 그리워하는 게 한 번이 아니거늘
싸늘한 원숭이 울음과 가을 기러기 보니 슬픔을 가눌 수 없구려!

臥向巴山落月時, 兩鄕千里夢相思.
可但步兵偏愛酒, 也知光祿最能詩.
江頭赤葉楓愁客, 籬外黃花菊對誰.
跋馬望君非一度, 冷猿秋雁不勝悲.

이것은 엄무가 쓴 「파령에서 그리움 담아 보낸 두보의 시에 답함[巴嶺答杜二見憶]」이다. 보응(寶應) 1년(762) 7월에 엄무가 조정으로 돌아갈 때 두보는 면주(綿州)까지 전송했는데 마침 검남병마사(劍南兵馬

使) 서지도(徐知道: ?~?)가 반란을 일으켜 그 군대가 검문(劍門)을 압박하는지라 엄무는 성 밖으로 나가지 못했다. 두보 또한 성도(成都)로 돌아가지 못하고 재주(梓州)로 가야 했는데, 그곳에서 9월에 「중양절에 엄대부께[九日奉寄嚴大夫]」를 써서 부쳤다. 이 시는 그에 대한 엄무의 답시이다.

본문의 보병(步兵)과 광록(光祿)은 각기 보병교위(步兵校尉)를 지낸 완적(阮籍)과 금자광록대부(金紫光祿大夫)를 지낸 안연지(安延之)를 가리키는데, 둘 모두 술을 무척 좋아하고 시를 잘 짓는 두보를 비유하고 있다. 한편 『예문류취(藝文類聚)』 권4에 인용된 『속진양추(續晉陽秋)』에 따르면 어느 중양절에 도잠이 술이 없어서 집 근처에 핀 국화 떨기에서 국화를 한 움큼 따서 쥐고 그 옆에 쪼그려 앉아 있었다는 일화가 실려 있다. 그러니 이 구절 또한 피난살이의 궁핍한 상황에서 중양절에 술도 없이 추레하게 지낼 두보를 염려하는 마음을 나타낸 것이라고 할 수 있겠다.

해마다 오호의 물길 위에 있다 보니
오호의 봄 풍경 물리도록 보았소.
오래도록 취해 있는 것은 술 때문이 아니요
시름 많은 것도 가난 때문이 아니라오.
고향으로 가는 길도 찾지 못하겠고
낙양에서 벼슬살이 풍진에 곤욕을 치렀소.
오늘 조각배 타고 작별하나니
둘 다 사방을 떠도는 몸이 되었구려.

年年五湖上, 厭見五湖春.
長醉非關酒, 多愁不爲貧.
舊山迷道路, 伊洛困風塵.
今日扁舟別, 俱爲滄海人.

이것은 대숙륜(戴叔倫: 731~789, 자는 幼公 또는 次公)의 「강 위에서 장권과 작별하다[江上別張勸]」이다. 벼슬길이 뜻대로 풀리지 않아 차마 고향으로 돌아가지도 못하고 답답한 심경으로 강호를 떠도는 나그네의 심경이 아릿하게 읽힌다. 그런데 똑같이 '날리는 민망초'처럼 '사방을 떠도는' 신세지만 이백의 호탕한 노래에 비해 대숙륜의 읊조림에는 두보의 심사에 가까운 푸념이 더 뚜렷하게 나타난다.

나라를 망하게 하고, 망국의 통한을 달래다

완적이 술을 마시지 않고
혜강이 거문고 타지 않았을 때에는
적막하게 활력이 없었고
혼미하여 속된 마음 품었지.
마른 웅덩이의 붕어는 늘 물을 그리워하고
놀라 나는 새는 매번 깃들여 살 숲을 잃지.
풍운을 겪은 공신(功臣)은 안색이 변하게 되고
소나무 대나무처럼 절개 높은 선비도 슬퍼 읊조리리라.
그 이후로 뜻을 얻지 못했으니
굳이 먼 장잠(長岑)까지 갈 필요 있으랴?

步兵未飲酒, 中散未彈琴.
索索無眞氣, 昏昏有俗心.
涸鮒常思水, 驚飛每失林.
風雲能變色, 松竹且悲吟.
由來不得意, 何必往長岑.

이 시는 남조 양(梁)나라 때의 유신(庾信: 513~581, 자는 子山)의 대표작으로 꼽히는 「의영회(擬詠懷)」라는 제목의 총 27수 연작시 가운데 제1수이다.

그는 젊어서부터 천재로 명성을 날렸고 열아홉 살에 초찬박사(鈔撰博士)에 임명되어 건강령(建康令)까지 올랐지만, 양나라 무제(武帝 蕭衍: 464~549) 말엽에 후경(侯景: 503~552, 자는 萬景)의 반란으로 건강성이 함락되자 강릉(江陵)으로 쫓겨 원제(元帝 蕭繹: 508~555)에게 몸을 맡겼다. 이후 승성(承聖) 3년(554)에는 사신으로 파견되어 서위(西魏)의 수도 장안(長安)으로 갔는데, 그가 도착하고 얼마 후 서위는 강릉을 함락하고 양 원제를 살해해 버렸다. 이 바람에 그는 어쩔 수 없이 장안에 발이 묶여 표기대장군(驃騎大將軍) 개부의동삼사(開府儀同三司)라는 고위 벼슬까지 지내야 했지만, 고향인 강남을 떠나 북방에 억류된 채 망국(亡國)의 회한까지 끌어안고 살아야 했다. 바로 이런 극한의 경험을 통해 그의 사상과 문학 창작은 극적인 변화를 겪게 되었으니, 한때 나긋나긋하고 화려한 묘사로 궁정의 아름다움을 노래한 이른바 '궁체시(宮體詩)'의 경향에서 벗어나지 못하던 그의 시는 이때를 전환점으로 삼아 비유와 풍자를 통해 자신의 신세를 한탄하고 슬퍼하는 진지한 내용과 참신한 수사법을 추구하게 되었던 것이다. 그의 만년의 시 창작을 대표하는 「의영회시」는 완적(阮籍)의 「영회시」를 흉내 낸 것이기는 하지만, 그 내용은 오로지 자신만의 개성과 감성으로 채워져서 전혀 새로운 면모를 이루어 냈다.

보병교위(步兵校尉)라는 말단 벼슬을 살면서 어지러운 현실 정치와 집요한 생명의 위협 속에서 전전긍긍하던 완적은 술을 통해 자유와 해방을 만끽했고, 중산대부(中散大夫)를 지냈던 혜강(嵇康: 224~263, 자는 叔夜)은 거문고를 통해 부귀공명의 추악한 욕망과 위선적인 예교(禮敎)로 얼룩진 세속을 피해 '죽림(竹林)'에서 노닐고자 했다. 그러나 길이 끝나는 곳까지 수레를 몰고 나가 벌판 끝에서 통곡하며 가슴에 쌓인 울분을 토로하고, 두 달 동안 술에서 깨어나지 않음으로써 호시탐탐 자신의 목숨을 노리던 종회(鍾會: 225~264)와 사마소(司馬昭: 211~265)의 마수(魔手)를 피했던 완적은 끝내 강압에 못 이겨 사마소에게 황제의 자리에 나아가라는 「권진표(勸進表)」를 써 주고 한두 달 만에 한 많은 세상을 떠나야 했다. 또한 종회의 모함으로 서른아홉 살의 나이에 사마소에게 피살당한 혜강은 형장에서 거문고를 들고 유명한 「광릉산(廣陵散)」을 연주한 후 의연히 죽음을 맞이했다. 이 연작시의 첫머리에서 유신이 완적과 혜강을 거론한 것은 똑같이 난세에 처했지만 그들처럼 술이나 거문고로 세속의 추한 고뇌를 끊지 못하는 자신의 신세로 인해 그들 두 선현(先賢)에게 느끼는 부끄러움을 토로하려는 의도였을 것이다.

『장자(莊子)』「외물(外物)」에는 물이 말라 가는 수레바퀴 자국 안에서 물을 찾는 붕어의 이야기가 들어 있고,『전국책(戰國策)』에는 화살도 없이 시위를 놓는 소리만으로 기러기를 떨어뜨린 이야기가 들어 있다. 한 되의 물만 있으면 목숨을 살릴 수 있는 수레바퀴 자국 안의 붕어에게 서강(西江), 즉 촉강(蜀江)의 강물을 끌어다 줄 때까지 기다리라고 하는 것은 그 붕어의 말처럼 조만간 건어물 가게에서 보자는 것과 다를 바 없는 말이다. 또한 이미 화살에 맞아 상처를 입은 경험이 있는 기러기는 시위를 놓는 소리만으로도 충분히 놀라 정신없이 날아 달아나려 하다가 결국 무리를 잃고 만다. 막다른 궁지에 몰려 목숨이 위태로운 상황에서 전전긍긍하는 이들 붕어와 기러기는 결국 시인 자신의 현재 처지를 비유하고 있다.

전쟁의 풍운을 겪고 강릉으로 갔지만 겨우 삼 년 만에 군주가 죽고 나라가 망하는 변고가 일어났고, 사신으로 서위에 갔던 자신은 결국 절조(節操)를 지키지 못한 채 이국의 도읍에서 벼슬살이를 하며 비통한 시만 읊조리고 있다. 이리하여 그 동안 품어 왔던 뜻을 이제는 이룰 수 없는 상황이 되어 버렸으니, 상관의 심기를 거슬러 먼 요동(遼東)의 장잠현(長岑縣)의 현령으로 쫓겨났다가 결국 벼슬을 접고 귀향하여 쓸쓸히 죽어 갔던 서한(西漢) 때의 최인(崔駰: ?~92)과 같은 전철을 밟을 필요가 있겠냐는 것이다.

이처럼 북방에 머물면서 진지한 무게가 담긴 작품들을 지어 내면서 그는 「의영회시」 외에도 「원가행(怨歌行)」, 「망야(望野)시」, 「연가행(燕歌行)」, 「기서릉(寄徐陵)」, 「화간법사삼절(和侃法師三絶)」 등등의 유명한 걸작들을 다수 창작했다. 또한 이 무렵에 지은 것으로 알려진 「애강남부(哀江南賦)」를 비롯해서 「고수부(枯樹賦)」와 「죽장부(竹杖賦)」, 「소원부(小園賦)」, 「상심부(傷心賦)」 등의 서정적인 작품들도 산문의 걸작으로 꼽힌다. 이 때문에 당나라 때 두보는 「장난삼아 쓴 여섯 편의 절구[戲爲六絶句]」에서, "유신의 문장은 늙어서 다시 완성되어, 드높고 힘찬 표현으로 거침없이 뜻을 나타냈다.[庾信文章老更成, 凌雲健筆意縱橫]"라고 칭송했다.

시들어 기후는 가을이 되었나니
처량하게 원망도 많구나.

두 왕비의 울음에 상수의 대나무 말랐고

기량의 아내 통곡에 성이 무너졌구나.

하늘이 망하게 하려고 격한 전쟁 만나게 하니

태양도 움츠러들어 병사들 시름겹게 했지.

반듯한 무지개 아침이면 보루를 비추고

긴 꼬리를 가진 별 밤이면 영채에 떨어졌지.

초나라 노래에는 한 맺힌 곡조 풍성하고

남풍의 노래에는 죽음의 소리 많이 들어 있구나.

눈앞에 한 잔의 술 놓여 있거늘

누가 죽은 뒤의 명예를 따지겠는가?

搖落秋爲氣, 凄涼多怨情.

啼枯湘水竹, 哭壞杞梁城.

天亡遭憤戰, 日蹙値愁兵.

直虹朝映壘, 長星夜落營.

楚歌饒恨曲, 南風多死聲.

眼前一杯酒, 誰論身後名.

이것은 「의영회」 제11수이다.

　나라의 운세도 시인 자신의 운명도 만물이 조락하는 가을처럼
처량하고 쓸쓸하여 부질없는 원망만 늘어난다. 성스러운 순(舜) 임금
이 죽어 아황(娥皇)과 여영(女英) 두 왕비의 눈물은 상수(湘水) 강가의 대
나무에 얼룩을 만들었고, 기(杞)나라의 왕족인 식(殖, 이름을 梁이라고도
함)이 전사하자 그의 아내가 토해내는 비통한 곡소리에 그 나라 성이

무너졌다는 전설을 빌려 강릉(江陵)의 패전으로 양나라 군주와 신하들이 살육을 당하고, 수많은 백성이 죽고 다쳐서 가정마저 풍비박산해 버린 비극을 묘사했다. 적국에 사신으로 가 있던 몸으로 어쩌지도 못하는 운명 같은 비극은 이미 보루에 드리운 무지개와 영채에 떨어진 긴 꼬리의 별똥별[長星]이 예고한 것이었다. 예로부터 무지개의 머리와 꼬리가 땅에 닿으면 전쟁으로 피가 흐를 징조라는 별점의 예가 있었고, 위(魏)나라를 정벌하러 나섰다가 위수(渭水) 남쪽에서 긴 꼬리의 별똥별이 영채로 떨어진 뒤에 제갈량이 군영에서 죽고 촉한(蜀漢)의 군대는 영채를 불태우고 패전하며 장수들 간에 서로 원망하며 칼을 휘두르는 사태가 벌어진 일도 있었다. 그러므로 이런 서술은 양나라 원제가 강릉에서 패하여 죽기 전부터 하늘이 내린 징조가 있었음을 암시하는 운명론적인 관점을 반영한 것이라고 하겠다. 그리하여 사면초가(四面楚歌)의 막다른 곳에 몰린 항우(項羽)처럼, 기세가 약한 남풍처럼 허약하게 진(晉)나라에게 패전해 버린 초(楚)나라의 경우처럼, 옛 초나라 땅인 강릉에 도읍을 세운 양나라와 원제는 비극적인 운명을 되풀이할 수밖에 없었다는 것이다. 그리고 망해 버린 조국에 대한 무력한 회고와 애도의 끝에는 훗날에 대한 염려 따위는 모두 무시하고 눈앞의 술과 쾌락에만 매달렸던 원제와 조정 신하들에 대한 원망과 질책이 따를 수밖에 없었다.

때로 역사는 과거의 교훈을 까맣게 잊은 듯이 어리석은 실수를 반복하는 경우가 많고, 이러한 실수가 빚어낸 비극은 시인들의 붓끝에서 쓸쓸한 비판의 노래로 나타난다. 예를 들어서 당나라 때 두목(杜牧)은 「강남의 봄[江南春]」에서 이렇게 노래했다.

꾀꼬리 소리 천 리에 퍼지고 녹음에 붉은 꽃 비치는데
강가 마을 산발치 성곽에도 술집 깃발 바람에 나부낀다.
남조 시대의 그 많은 사찰들 가운데
얼마나 많은 누대가 남아 안개비 속에 서 있는가?

千里鶯啼綠映紅, 水村山郭酒旗風.
南朝四百八十寺, 多少樓臺烟雨中.

동진(東晉) 이후 강남에 자리를 잡은 문벌 사대부 왕조는 장강(長
江) 이북의 옛 영토를 수복하려는 생각은 내던진 채 날씨도 온화하고
물산도 풍부한 강남에서 사치와 향락을 일삼았고, 그 와중의 호사로
수많은 대규모 사찰을 건축했다. 『남사(南史)』 "순리열전(循吏列傳)"에
수록된 곽조심(郭祖深)의 전기에 따르면 당시 양나라의 수도였던 건강
(建康, 지금의 南京市)에는 불교 사찰이 500곳이 넘었다고 한다. 그러나 역
사의 창상(滄桑) 속에서 화려했던 옛날의 영화는 폐허로 변해 흐린 기
억 너머로 사라지고, 몇 개 남은 누대들만이 안개비 속에 쓸쓸히 서 있
을 뿐이다. 역시 두목의 「진회하에 배를 정박하다[泊秦淮]」에서는 이러
한 역사의 비애를 더욱 풍자적으로 노래했다.

안개는 차가운 강물을 덮고 달빛은 모래밭 덮었는데
밤중에 진회하에 정박하니 근처에 술집이 있구나.
기생들은 망한 나라의 원한을 모르고
강 건너에서 여전히 「후정화」를 노래하고 있구나!

제1부 술잔에 비친 우주와 인생

烟籠寒水月籠沙, 夜泊秦淮近酒家.
商女不知亡國恨, 隔江猶唱後庭花.

진회하(秦淮河)는 진시황이 남쪽을 시찰하다가 회계(會稽)에 이르렀을 때에 판 인공 수로라고 하는데, 지금의 난징시를 가로질러 장강으로 흘러 들어갔지만 이제는 흔적만 남아 있을 뿐이다. "십 년 만에 양주의 꿈에서 깨어나 보니 / 기생집에서 박정하다는 명성만 얻었음(「遺懷」: 十年一覺揚州夢, 贏得靑樓薄幸名)"을 깨달은 두목은 어느 날 강가 양쪽에 불야성을 이룬 기생집으로 유명했던 이곳을 찾아 정박하게 된다. 그리고 그곳에서 듣게 된 기생들의 노래는 망국의 원한과 슬픔을 모두 잊은 어리석은 이들을 두 번에 걸쳐서 풍자한다. 먼저 기생을 나타내는 '상녀(商女)'는 옛날 주(周)나라에게 멸망한 상(商)나라 궁정의 여인들로서, 대부분 정복자들의 첩실이 되거나 노비, 기생이 되었기 때문에 결국 시간이 지나면서 기생을 가리키는 뜻으로 쓰이게 된 말이다.*
또한 「후정화」는 흔히 진후주(陳後主)라고 불리는, 궁녀들과 난잡하게 주색에 빠져 지내다가 결국 나라를 망하게 한 남조 진(陳)나라의 마지

---

* 사실 '상녀(商女)'라는 말에는 좀 더 복잡한 배경이 깔려 있다. 우선 언어 문화적 배경에서는 이 단어의 형성 과정을 달리 설명하기도 한다. 그에 따르면 원래 당나라 때에는 노래하는 기생이나 여배우를 아울러 '추낭(秋娘)' 또는 '추녀(秋女)'라고 불렀다고 한다. 그런데 고대 중국의 음악에서 이른바 '오음(五音)'인 궁(宮), 상(商), 각(角), 치(徵), 우(羽)를 사계절에 대응했을 때 처량한 상음(商音)은 가을이 지닌 숙살(肅殺)의 기운과 상응하기 때문에 '상추(商秋)'라는 말이 생겨났다. 이에 따라 가을은 '상소(商素)', 가을바람은 '상풍(商風)', 가을 구름은 '상운(商雲)'으로 부르는 등의 유행이 생겨났으니, '추녀'가 '상녀'로 바뀐 것도 같은 맥락에서 이해할 수 있다는 것이다.

막 황제 진숙보(陳叔寶: 553~604, 자는 元秀)가 지었다는 「옥수후정화(玉樹後庭花)」를 줄여서 부르는 호칭이다. 남성 동성애를 연상하게 하는 이 노래는 결국 망국의 노래를 대표하게 되는데, 하필 망한 나라의 궁녀들이 나라를 망하게 하는 노래를 부르고 있다는 뜻이니, 참으로 지독한 모멸을 담은 풍자가 아닐 수 없다!

아무리 찾아다녀도
쓸쓸하기만 할 뿐
처량하고 애처롭고 슬프구나.
금방 따뜻했다가 다시 추워지는 때에는
쉬며 보양하기 가장 어렵지.
담담한 술을 두세 잔 마신들
어찌 그걸 감당하랴
날 저물면 바람 거세지는 것을!
기러기 날아 지나면
그야말로 가슴 아프니
예전에 알던 놈들이기 때문이지.

온 땅에 국화가 떨어져 쌓였구나.
너무나 초췌하게 시들어 버렸으니
이제 뉘라서 꺾어 따려고 할까?
창가를 지키고 앉아 있는데
혼자서 어떻게 어두워질 때까지 버텨 낼까?

오동잎에 듣는 가랑비는

황혼이 되자

방울방울 떨어진다.

이런 상황을

어떻게 단지 시름이라는 말로 다 표현할 수 있으랴!

尋尋覓覓, 冷冷淸淸, 凄凄慘慘戚戚.

乍煖還寒時候, 最難將息.

三杯兩盞淡酒, 怎敵他, 晚來風急.

雁過也, 正傷心, 却是舊時相識.

滿地黃花堆積, 憔悴損, 如今有誰堪摘.

守着窓兒, 獨自怎生得黑.

梧桐更兼細雨, 到黃昏, 點點滴滴.

這次第, 怎一箇愁字了得.

이것은 송나라 때 이청조(李淸照: 1084~1155, 호는 易安居士)가 쓴 「성
성만(聲聲慢)」인데 판본에 따라서는 「추정(秋情)」 또는 「추규(秋閨)」와
같은 부제가 붙어 있기도 하다.

북송(北宋) 멸망의 표지가 된 이른바 '정강(靖康) 연간의 변고'가
일어난 1126년 이후 이청조는 나라도 망하고 집안도 풍비박산이 난
상황에서 남편 조명성(趙明誠: 1081~1129, 자는 德甫)까지 세상을 떠나 그
야말로 극단적인 삶의 비애를 겪게 된다. 이 때문에 이전까지 상큼하
고 생기발랄했던 그녀의 노래들은 침울한 그리움과 처량한 고독으로
가득 차게 되는데, 정확한 창작 연대는 밝혀져 있지 않지만 이 작품은
바로 그런 시기의 대표작 가운데 하나라고 할 수 있겠다.

노래의 시작 부분에서 무려 일곱 차례나 같은 글자를 중복한 표현을 나열한 수법은 다른 이들의 작품에서는 거의 예를 찾아보기 힘들 정도로 독특하지만, 그럼에도 이 표현들은 풍부한 리듬감 속에 애타는 그리움과 처량함, 쓸쓸함, 애처로움, 비통함 등의 감정을 자연스럽게 고조시키는 역할을 한다. 시인이 애타게 찾는 그것은 더 이상 돌아오지 않을 사랑일 수도 있고 견디기 힘든 이 현실에서 벗어날 수 있는 어떤 길일 수도 있지만, 심지어 그 일곱 개의 표현이 다한 뒤에도 감정의 여운은 사라지지 않는다. 그렇기 때문에 사(詞) 양식의 정해진 곡조를 모른다 할지라도 이 부분에 이르면 독자는 잠시 숨을 멈추고 눈을 감을 수밖에 없는 것이다.

그런 참혹한 정서 속에서 날씨까지 으스스 추워지니 시름으로 허약해진 몸이 견뎌 낼 수 없다. 어쩔 수 없이 약한 술이나마 두세 잔 마셔서 몸을 데워 보려 하지만 홀로 마시는 술은 가을밤의 서늘한 바람을 견뎌 낼 만한 온기를 피워 내지 못한다. 게다가 어두워 가는 하늘을 가르며 구슬피 우는 기러기는 짝을 잃은 시인의 가슴을 더욱 후빈다. 보아하니 그 기러기는 북쪽에서 강남으로 날아왔을 테니, 북송이 망하기 전에 시인이 북방에서 보았던 녀석들일 터이다. 더욱이 예로부터 기러기는 소식을 전하는 매체로 널리 알려진 동물인바, 남편을 잃은 그녀로서는 이제 편지를 보낼 곳도 받을 것도 없어진 상태가 아닌가! 그러므로 그 기러기들은 향수와 남편에 대한 그리움을 한꺼번에 증폭시키는 매개체가 될 수밖에 없다.

문득 마당 한 구석에서 땅바닥 가득 노란 잎을 떨어뜨린 국화가 눈에 비친다. 일찍이 남편과 행복했던 시절을 보내던 어느 중양절(重陽

제1부 술잔에 비친 우주와 인생

節)의 황혼에 울타리 옆 국화꽃 그늘에서 취하여 소매 가득 밴 은은한 향기를 즐기던(「醉花陰—薄霧濃雲愁永晝」: 東籬把酒黃昏後, 有暗香盈袖) 그 국화는 이제 더 이상 세상에 없다. 오히려 가을 서리에 시들어 버려서 꺾을 사람조차 없어진 지금의 국화는 시인 자신의 모습을 대변하는 듯하다. 하릴없이 창가를 지키고 앉아 외로움과 시름에 시달리며 날이 어두워질 때까지 기나긴 시간을 버티며 기다리는 것은 생을 갉아먹는 고문과 마찬가지일 터이다. 게다가 오동나무 잎에 젖은 가랑비가 황혼이 되자 눈물처럼 방울방울 떨어져 내린다. 어쩌면 그 떨어지는 소리가 시인의 정신을 환기시켜서 결국 밤이 되었음을 깨닫게 해 주었는지도 모른다. 그러니 이 모든 상황과 감정을 어찌 '시름[愁]'이라는 하나의 단어로 표현할 수 있겠는가! 특히 이 마지막 구절은 곱씹을수록 첫 구절의 저 일곱 개의 중복 표현으로 제시된 분위기가 새록새록 깊어지는, 도저히 다른 어떤 말로 표현하기 어려운 여운을 느끼게 해 준다.

그럼에도 사람은 망각에 익숙하다. 두목이 풍자했던 기녀의 노래가 사라지기도 전에 송나라도 똑같이 어리석은 미망에 빠져서 결국 쇠망의 나락으로 떨어져 버렸던 것이다. 남송(南宋)의 임승(林昇: ?~?, 자는 雲友)은 이런 상황을 「임안의 저택에 쓰다[題臨安邸]」에서는 씁쓸하게 노래했다.

산 너머 청산 누대 바깥엔 또 누대
서호의 가무는 언제나 그칠까?
따뜻한 바람 스며들어 나들이객들 취하게 하니
그대로 항주를 변경으로 만들어 버리는구나!

山外靑山樓外樓, 西湖歌舞幾時休,
暖風熏得遊人醉, 直把杭州作汴州.

　　오늘날 항저우시[杭州市] 시후[西湖] 근처에서 가장 유명한 음식점의 이름이 '루외루(樓外樓)'인데, 아마도 이 시의 첫 구절에서 따오지 않았을까 짐작된다. 하지만 이 시 전체를 고려하면 그 식당의 이름은 뭔가 찜찜한 느낌을 준다. 게다가 그 집의 대표적인 요리 가운데 하나가 연잎에 싸서 찐 통닭 요리인 '규화계(叫化鷄)'인데, '규화'는 "한 푼 줍쇼!"를 외치는 거지를 가리키는 말이 아닌가? 나라를 망하게 하는 요릿집에서 거지가 개발한 닭 요리를 먹는다니, 그 집의 명성만큼 높은 가격을 생각하면 헛웃음이 나올 수밖에!
　　한편 남송의 애국시인으로 유명한 육유(陸游: 1125~1210, 자는 務觀)는 망국의 한을 예술로 승화시켰다. 적어도 서예에서는 방옹(放翁)이라는 호가 무색하지 않았던 그는 특히 초서를 잘 쓰기로 유명했다고 한다. 하지만 그의 이런 '거침없음'도 종종 술의 힘을 빌려야 했던 모양이니, 이것은 그의 「초서가(草書歌)」에도 잘 나타나 있다.

　　집안 살림 기울여 술 삼천 석 담갔는데
　　시름이 만 휘라서 술도 감당하지 못한다.
　　오늘 아침 취하여 눈앞이 흐릿한데
　　붓을 들고 사방을 돌아보니 천지가 좁게 느껴진다.
　　홀연히 휘둘러 쓰면서 자신도 모르나니
　　풍운이 가슴으로 들어와 하늘이 힘을 빌려 준다.

　　　　　　　　　　　　제1부 술잔에 비친 우주와 인생

신룡이 들판에서 싸우니 어둑한 안개는 비린내를 풍기고

기이한 귀신 산을 무너뜨려 대지가 깜깜하다.

이때에 가슴속 시름을 모두 몰아내려

침상을 치고 크게 고함지르며 머리띠 거칠게 벗어 던진다.

오 땅의 종이와 촉 땅의 흰 비단도 기껍지 않아

높은 집 세 길 담벼락에 휘갈겨 주었다.

傾家釀酒三千石, 閒愁萬斛酒不敵.
今朝醉眼爛巖電, 提筆四顧天地窄.
忽然揮掃不自知, 風雲入懷天借力.
神龍戰野昏霧腥, 奇鬼摧山大陰黑.
此時驅盡胷中愁, 槌床大叫狂脫幘.
吳牋蜀素不快人, 付與高堂三丈壁.

　　당시 송나라는 아직 망한 것은 아니었지만 기울어가는 나라의
운명이 빤히 내다보이는 상황이었으니, 그의 가슴에 쌓인 시름이 어디
'만 휘'에 그쳤겠는가? '오랑캐'가 장강 이북을 점령하여 금(金)나라를
세우고 나서 다시 그곳을 점령한 몽고가 강남의 한족 정권을 호시탐탐
노리는 상황에서, 황제는 무능하고 조정에는 간신만 득실대고 지방의
관료들은 부패한 탐관오리들이 횡행하고 있었다. 하지만 시골로 내쫓
긴 채 추세를 만회할 힘도 없이 우울한 나날을 보내는 늙은 선비의 흉
금이 술기운을 따라 거칠게 뿜어지는 모습이 눈앞에 생생하다. 그러므
로 그 폭발하는 울분은 작은 종이나 비단 같은 것으로는 감당할 수 없
고, 커다란 건물의 높이가 세 길이나 되는 큼지막한 담벼락에다 쏟을

수밖에 없는 것이다.

어쨌든 역사는 한족의 송 왕조가 몽고족의 원 왕조에게 자리를 물려주는 쪽으로 흘러갔다. 그리고 망해 버린 나라에서 스승 원호문(元好問: 1190~1257, 자는 裕之)의 지도로 학문을 익히고 문장력을 키웠지만 그 뜻과 재능을 마음껏 펼치지도 못하고 평생 벼슬길을 뒤로 한 채 문학 창작에만 전념해야 했던 백박(白樸: 1226~1306, 본명은 恒, 자는 仁甫 또는 太素)은 「기생초(寄生草)─환음(歡飮)」에서 이렇게 노래했다.

거나하게 취한 뒤엔 거리낄 게 무엇이며
술 깨지 않았을 땐 무슨 고민 있으랴?
공명(功名)이라는 두 글자는 술지게미에 섞어 띄우고
천고 왕조의 흥망사는 막걸리에 담가 버리고
드높은 출세의 뜻일랑 누룩에 묻어 버리세.
멋모를 때는 모두들 굴원(屈原)이 잘못했다고 비웃지만
오직 지음자만은 다들 도잠(陶潛)이 옳았다고 하지.

長醉後方何礙, 不醒時有甚思.
糟醃兩個功名字, 醅渰千古興亡事, 麴埋萬丈虹霓志.
不達時皆笑屈原非, 但知音盡說陶潛是.

이민족에게 나라를 빼앗긴 채 사대부로서 응당 펼쳐야 할 경세제민(經世濟民)의 사명이 좌절된 상황에서 술은 모든 것을 잊게 해 준다. 부귀공명의 욕망도, 나라가 흥망성쇠하는 역사도, 충효애국의 윤리도 취중에서는 모두 남의 일이다. 세상사의 이치에 통달하지 못한 이들은

제1부 술잔에 비친 우주와 인생

혼탁한 세상에서 절조를 고집하다가 좌절하여 스스로 강물에 몸을 던진 굴원(屈原: 기원전 340~기원전 278, 자는 靈均)을 비웃지만, 정작 굴원을 비웃었던 그 옛날의 어부 역시 혼탁한 세상의 추한 통치자들 밑에서 고생해야 했던 속된 민초(民草)였을 뿐이다. 그러므로 지고한 뜻을 지닌 채 은거를 택한 도잠의 선택이야말로 백박과 같이 궁한 처지에 놓인 사대부가 자존심을 지키고 도덕적 순결을 유지하기 위해 취할 수 있는 최선의 길일 수밖에 없다는 것이다.

재미있는 것은 유신에서 임승, 육유, 백박에 이르기까지 망국 혹은 망해 가는 나라의 시인들이 피를 토하듯 절규하고, 안타깝게 풍자하고, 쓸쓸하게 조롱한 일련의 시들이 모두 술과 관련이 있다는 사실이다. 그리고 그 술은 때로 나라를 망하게 만들기도 하고, 망한 나라를 돌이키는 회한에 젖은 이들의 마음을 달래기도 하는 이율배반적인 역할을 한다. 심지어 육유의 경우처럼 범인을 뛰어넘는 예술정신으로 표출되기도 한다. 하지만 이것은 결국 사후의 판결일 뿐이니, '지금 이곳'을 사는 우리는 그래도 여전히 눈앞에 놓인 술잔 앞에서는 한없이 약해질 뿐이다.

> 이날 저물어가는 가을에 놀라며
> 각기 하늘 한 끝에서 서로 그리워했지요.
> 이별의 심정은 탁주에 씻고
> 시름겨운 눈으로 국화를 바라보았지요.
> 천지간에 충의의 마음 남겨 놓았으니
> 강산이 세어 버린 살쩍을 입증해 주겠지요.

천 리 먼 곳에서 소식 보내 주셨는데
쫓기듯 떠도는 이 몸은 이미 돌아갈 집도 없소이다.

是日驚秋老, 相望各一涯.
離懷消濁酒, 愁眼見黃花.
天地存肝膽, 江山閱鬢華.
多蒙千里訊, 逐客已無家.

　　명말·청초의 위대한 학자로서 '3대가' 가운데 한 명으로 꼽히는
고염무(顧炎武: 1613~1682, 자는 寧人)가 쓴 「처사 왕위기(王煒曁)의 시 '중양
절 감회'에 답함[酬王處士九日見懷之作]」이다. 젊은 시절 문인들의 결사(結
社)인 '복사(復社)'에 참가하여 환관과 그들에 결탁한 무리들에 대항하
던 고염무는 청나라 군대가 남하하자 의병을 일으켰다. 하지만 거사가
실패하자 청나라에서 벼슬살이를 거부하며 은거하여 학술 연구에 전
념했다. 그런 와중에도 그는 화북(華北) 지역을 두루 여행하여 수집한
자료로 변방의 지리를 연구하고 황무지를 개간하여 동료들을 모아 살
면서 평생 명나라 부흥의 꿈을 버리지 않았다.
　　이 작품은 바로 명나라가 망한 후 화북을 유랑할 때 절친한 친구
왕위기가 보낸 시에 화답한 것이다. 표면적으로는 이별한 뒤에 그리움
을 적어 보낸 벗의 시에 답하고 있지만, 뒷부분의 내용을 보고 나면 그
의 가슴을 채운 '이별의 심정[離懷]'이 결코 왕위기에게 국한되는 것이
아님을 알게 된다. 어느덧 국화를 바라보며 노년이 되어 버린 자신을
발견하고 시름겨운 와중에도 그는 명나라에 대한 충정을 견지하고 있
으니, 그의 유랑은 결코 낙백한 선비의 그것처럼 절망에 짓눌린 것이

　　　　　　　　　제1부 술잔에 비친 우주와 인생

아니다. '돌아갈 집' 즉 고국이 없음을 확인하는 마지막 구절에는 오히려 언젠가는, 심지어 죽어서라도 그곳으로 돌아갈 것이라는 부흥에 대한 열망이 담겨 있다.

충효(忠孝) 이데올로기의 세례를 받고 자란 유가 사대부들에게는 나라와 군부(君父)의 운명이 그들 자신의 운명일 수밖에 없었다. 왕조가 바뀌고 '이성(異姓)'의 왕조가 들어선다는 것은 거칠게 말하자면 집안에 친아버지를 내쫓거나 죽인 이가 새아버지로 들어와 가장의 자리를 차지하게 된 상황과 마찬가지이다. 하지만 혈통과 가장의 지위가 최우선으로 여겨지던 종법사회(宗法社會)에서 그것은 가족 성원의 존재 조건을 상실한 것과 마찬가지이다. 친아버지를 버리고 새아버지를 섬길 수는 없으니, 최소한 도의적으로 새 왕조에서 벼슬살이를 할 수도 없다. 하지만 '독서' 즉 공부를 통해 과거시험에 급제하여 군주를 보좌하는 벼슬아치가 되는 것이 유일한 목표이자 생계수단인 사대부 집단에게 이런 상황은 곧 죽음을 강요하는 것과 마찬가지이다. 물론 질시와 모욕을 감수하고 '변절(變節)'하여 일신의 안위를 구하는 이들도 없지 않았지만, 그들의 가치체계에서는 변절 또한 '순절(殉節)'에 못지않은 용기가 필요한 극단적인 선택이었다. 그렇기 때문을 양자택일의 극단을 감행하지 못한 이들은 대부분 '유민(遺民)'이라는 명목으로 나름의 은거 생활을 택했다.

그러나 시간은 사람의 수명을 노쇠하게 하고, 유민의 존재 가치를 풍화시켜서 쇠약하게 만든다. '절조(節操)'를 지키려는 의지가 꺾이기 전에 병이나 노년으로 인해 무난히 죽을 수만 있다면 그나마 다행이겠지만, 그렇지 않은 이들도 적지 않았다. 이런 상황에서 적극적으로 생활전선에 뛰어들어 생계를 꾸리고 여가시간을 이용하여 학문 연구와 문학을 비롯한 예술 창작에 열중할 수 있는 열정과 건강, 의지를 가진 이들은 그야말로 극소수일 수밖에 없다. 하지만 벼슬길이 좌절된 상황에서 그들이 필사적으로 추구할 수밖에 없는 것이 학문과 예술이었다는 특수한 상황이 오히려 왕조 교체기라는 혼란과 절망의 상황 속에서 역사에 길이 남을 뛰어난 예술가와 학자가 나타날 수 있게 해 주었으니, 이 또한 풍자적인 사실이라 하겠다.

이 즐거움 아는 이 몇이나 될까?

초 땅 사람 한수의 물을 길어
옛 의성에서 술을 빚었지.
봄바람 불어 술이 익었는데
오히려 한수 강물처럼 맑았지.
옛 사람들 중에 남은 이 누구인가?
무덤의 봉분도 이미 평평해졌지.
오직 죽엽청만이 남아
천고의 정감을 여기에 남겨 두었지.

楚人汲漢水, 釀酒古宜城.
春風吹酒熟, 猶似漢江清.
耆舊何人在, 丘墳應已平.
惟餘竹葉在, 留此千古情.

　　소식의 「죽엽주(竹葉酒)」이다. "예로부터 성현은 모두 적막해졌지
만 / 오로지 술 마신 이들만 이름을 남겼다[古來聖賢皆寂寞, 惟有飮者留其
名]"라는 이백의 「장진주(將進酒)」를 연상하게 하는 노래이다. 다만 그

는 쉰두 살의 만년에 "나를 유명하게 해 준 것은 오로지 술(「次韻王定國得翟卿酒相留夜飲」: 使我有名全是酒)"이라고 했을 정도로 술을 좋아했지만 역사적으로 유명한 완적(阮籍)이나 유령(劉伶), 하지장(賀知章: 659?~744?), 이백 등에 비해 술꾼으로서 명성은 떨어지는 것이 사실이다. 그는 진심으로 술과 술자리 분위기를 즐겼지만, 주량이 크지는 않았던 탓에 술에 빠지지는 않았다. 오히려 그는 "나쁜 술은 나쁜 사람과 같아서 / 칼이나 화살보다 사납게 공격한다(「金山寺與柳子玉飲書其壁」: 惡酒如惡人, 相功劇刀箭)"라고 경계했는데, 여기서 '나쁜 술'이란 술의 품질뿐만 아니라 술버릇까지 포함하는 말이라고 할 수 있겠다. 그러므로 이따금 "백주는 소리 없이 기름처럼 매끄럽게 넘어가서 / 취중에 둑 위를 걸으며 시름을 흩어 버린다(「陳州與文郎逸民飲別攜手河堤上作此詩」: 白酒無聲滑瀉油, 醉行堤上散吾愁)"라는 약간 상투적인 표현을 쓰기는 했어도, 소식의 시문(詩文)에는 대체로 술을 빌려 시름을 씻는 내용이 의외로 적다.

> 술잔 들고 멀리 하늘 가 달에게 권하나니
> 부디 가득 차서 이지러지지 말기를!
> 술잔 들고 다시 꽃가지에게 권하나니
> 또한 부디 오래도록 피어 있어
> 어지러이 떨어지지 말기를!
>
> 술잔 들고 달빛 아래 꽃 앞에서 취하나니
> 세상사의 영고성쇠 묻지 마오.
> 이 즐거움 아는 이 몇이나 될까?

제1부 술잔에 비친 우주와 인생

술잔 마주하고 꽃을 만났는데 마시지 않는다면
어느 때를 기다릴까?

持盃遙勸天邊月, 願月圓無缺.
持盃更復勸花枝, 且願花枝長在, 莫離披.
持盃月下花前醉, 休問榮枯事.
此歡能有幾人知, 對酒逢花不飮, 待何時.

「우미인(虞美人)」이라는 제목의 이 노래는 소식이 자신의 주량을
알고 적당하게 마시면서 사람들과 어울리는 자리 자체를 즐기고, 그 분
위기를 문학과 예술 창작의 배경으로 승화시키는 뛰어난 면모를 지니
고 있었음을 잘 보여 준다. 여기에는 기분 좋게 취하여 세상사를 잊고
아름다운 자연과 어울려 즐기는 낙천적인 분위기로 가득하다. 실제로
그는 종종 술기운을 타고 오른 흥을 빌려 시문을 짓고 일필휘지로 서
화(書畫) 걸작을 창작하곤 했다고 알려져 있으니, "시에는 정해진 격률
이 없으니 그대가 응당 장군이 될 수 있을 것이요 / 취중에 진정한 이상
향이 있으니 나는 기다릴 수 있다.(「次韻王定國得晉卿酒相留夜飮」: 詩無定律君應
將, 醉有眞鄕我可俟)"라는 노래가 허튼 주정(酒酊)이 아님을 알 수 있다. 이
런 사실은 그의 제자인 황정견이 "한림학사를 지내신 동파노인은 / 술
에 취하면 가슴에 품은 먹을 토해 내신다.(「題子瞻畫竹石」: 東坡老人翰林公, 醉
時吐出胸中墨)"라고 서술한 데서도 짐작할 수 있다. 하지만 무엇보다도
소식 자신이 「동정춘색(洞庭春色)」에서 직접 실천으로 보여 주었다.

    이 년 묵은 동정산의 가을

향긋한 안개를 오래도록 손에 뿜는다.

올해 동정산의 술

옥빛이 마치 술이 아닌 듯하다.

어진 왕의 편지글 술을 마셔서

취한 붓이 이무기처럼 내달렸다.

취하고 나니 군왕께서 술 깰까 염려하는데

멀리 내게도 보내 축수(祝壽)를 해 주셨다.

병을 여니 자리에 향기가 떠돌고

잔에 가득 따르니 광채가 창을 비춘다.

반악(潘岳)의 좋은 술 막 기울였으니

나공원(羅公遠)에게 냄새 맡게 하지 말지라!

마땅히 이름을 지어야 하지만

술인지는 물을 필요 없지.

응당 시를 낚는 바늘이라 부르고

또한 시름 쓰는 빗자루라고 불러야지.

그대도 알겠지, 포도주는 열악해서

그야말로 어두운 밤중에 다니는 못난 모모(嫫母) 같지.

모름지기 그대 잔에 가득 따라서

말주변 좋은 내 입에 부어 주오.

二年洞庭秋, 香霧長噀手.
今年洞庭春, 玉色疑非酒.
賢王文字飮, 醉筆蛟蛇走.
旣醉念君醒, 遠餉爲我壽.

　　　　　　　　　　　　　　제1부 술잔에 비친 우주와 인생

餅開香浮座, 盞凸光照牖.
方傾安仁醴, 莫遣公遠嗅.
要當立名字, 未用問升斗.
應呼釣詩鉤, 亦號掃愁帚.
君知蒲萄惡, 正是嫫母黝.
須君灔海杯, 澆我談天口.

　　이 작품의 첫머리에는 "안정군왕(安定郡王)이 태호(太湖) 동정산
(洞庭山) 특산의 귤[黃柑]로 술을 담가 '동정춘색(洞庭春色)'이라고 불렀는
데 색깔과 향기, 맛이 모두 뛰어났다. 그가 그것을 조카인 조덕린(趙德
麟: ?~?)에게 주었는데, 조덕린이 내게 맛을 보게 해 주어서 이 시를 쓴
다.[安定郡王以黃柑釀酒, 謂之洞庭春色, 色香味三絶, 以餉其猶子德麟, 德麟以飲予, 爲作此
詩]"라는 내용의 서문이 달려 있다. 서문의 말미에서는 "취중에 붓 가
는 대로 써서 상당히 산뜻하지 못한 기풍이 있다.[醉中信筆, 頗有沓拖風氣]"
라는 겸사를 덧붙였지만, 중간과 마지막 부분에 쉽지 않은 전고가 있
음에도 전반적으로 자연스럽게 읽힌다.

　　제11구의 '안인령(安仁醴)'은 일찍이 반악(潘岳: 247~300)이 「생부
(笙賦)」에서 "노란 보따리 열어 귤을 담고 / 옥색 사기잔에 좋은 술 따
르지.[披黃包以授柑, 傾縹瓷以酌醴]"라고 노래한 바 있음을 염두에 둔 묘사
이다. 또 제12구는 당나라 현종(玄宗)과 관련된 일화를 전고로 활용했
다.『개원천보유사(開元天寶遺事)』에 기록된 바에 따르면 현종이 귤[柑]
을 먹는데 천 개가 넘는 귤에 모두 알맹이가 한 알씩 빠져 있었다. 이에
귤을 진상한 사자에게 물으니 도중에 어떤 도사가 귤에 코를 대고 냄
새를 맡은 적이 있다고 대답했는데, 아마 그가 나공원(羅公遠: 618?~758,

이름을 思遠이라고도 함)이었을 것이라고 했다. 제14구의 '승두(升斗)'는 술을 가리키는 별칭이다. 제18구의 '모모(嫫母)'는 전설에서 황제(黃帝)의 네 번째 부인으로서 얼굴은 못생겼지만 현숙했으며, 거울을 발명한 인물로 알려져 있다. 마지막 제 20구는 전국시기 제(齊)나라의 사상가로서 오행설(五行說)의 창시자인 추연(鄒衍: 기원전 324?~기원전 250?)의 별명이 '담천(談天)'이었고, 역시 제나라의 황로사상가(黃老思想家) 전변(田騈: 기원전 370?~기원전 291)의 별명이 '천구(天口)'였다는 점을 활용한 묘사이다. 즉 이들 둘은 기상천외한 이야기를 달변으로 쏟아 내는 재능이 있었으니, 자신 또한 그들처럼 말을 잘한다는 뜻이다. 이런 예들을 보면 오히려 그가 "취중에 붓이 가는 대로" 썼기 때문에 자연스러우면서도 빼어난 묘사를 해 낸 것이 아닐까 의심스러울 정도이다.

사실 소식은 자신이 술이 세지 않다는 사실을 널리 알림으로써 스스로 무리하게 술을 마시지 않는 이유를 설명하면서 아울러 남들이 억지로 술을 권하는 것을 미연에 방지하는 영리한 방법을 택했다. 그가 만년에 왕적(王績: 585~644, 자는 無功)의 전기에 대해 쓴 후기에는 다음과 같은 내용이 들어 있다.

나는 하루 종일 술을 마셔도 반 되를 넘기지 못하니 천하에서 술을 못 마시기로 나보다 못한 이는 없다. 하지만 남들이 마시는 것은 좋아해서 손님을 만나 술잔을 들고 천천히 마시면 마음이 호탕해지고 활달해져서 상쾌하고 편안한 맛을 손님보다 더 많이 느낀다. 한가하게 지내면서 하루도 손님이 없는 날이 없고, 손님이 오면 늘 술상을 차리니, 천하에서 술 마시기 좋아하기를 또한 나보

　　　　　　　　　　　　　　제1부 술잔에 비친 우주와 인생

다 더한 이가 없다.

予飮酒終日, 不過五合, 天下之不能飮, 無在予下者, 然喜人飮酒, 見客擧杯
徐引, 則予胸中爲之浩浩焉, 落落焉, 醺適之味, 乃過於客, 閒居未嘗一日無
客, 客至未嘗不置酒, 天下之好飮, 亦無在予上者.(「書東皐子傳後」)

또한 소식은 술을 마시는 것뿐만 아니라 빚는 것도 좋아하여, 누룩을 만드는 것에서부터 재료를 골라 술을 담드는 양조(釀造) 과정 전체를 기록한 『동파주경(東坡酒經)』을 쓰기도 했다. 알려진 바에 따르면 만년의 그는 꿀로 술을 빚으면서 「밀주가(蜜酒歌)」라는 시를 쓰고 『동파지림(東坡志林)』에 그 술을 빚는 방법을 기록했고, 또 계화(桂花)로 술을 담그고 「계주송(桂酒頌)」을 쓴 적이 있다. 그 외에도 그는 중산송료(中山松醪)니 진일선주(眞一仙酒), 천문동주(天門冬酒)과 같은 각종 '보양주(保養酒)'들을 빚은 바 있다고 한다.

이처럼 소식은 술이 약했지만 술을 두려워하지 않고 오히려 즐겼다. 그는 직접 술자리를 마련하거나 남이 마련한 자리에 참여하기 좋아했고, 종종 그런 자리에서 훌륭한 시사(詩詞)를 지어 냈다. 「구양비(歐陽棐: 1047~1113)가 진사도(陳師道: 1053~1102)는 술을 안 마시기 때문에 시를 안 지었다고 하면서 그에게 마시라고 권함[叔弼云履常不飮故不作詩勸履常飮]」이라는 제목으로 쓴 비교적 긴 시의 첫머리에서 소식은 이렇게 밝혔다.

나는 본래 술을 두려워하지만
술잔 앞에서 하소연해 본 적은 없다.

평생 시 짓기가 궁했기 때문에
구절을 생각해 내고도 차마 토해 내지 못했다.
술을 토하고 좋은 시를 생각해 내려 하면
뱃속에 때가 생겨난다.(이하 생략)

我本畏酒人, 臨觴未嘗訴.
平生坐詩窮, 得句忍不吐.
吐酒茹好詩, 肝胃生滓汗.(下略)

이처럼 소식에게 두렵지만 피하고 싶은 생각도 들지 않는 술이지
만 어떤 이들에게는 끊고 싶지만 차마 그럴 수 없는 어떤 이유 때문에
애증의 대상이 되기도 했다. 예를 들어서 소식보다 조금 후대의 신기질
(辛棄疾: 1140~1207, 자는 坦夫 또는 幼安)은 경원(慶元) 2년(1196)에 표천(瓢泉)
에서 한가로이 지낼 때에 쓴 「심원춘—술을 끊으려고 술잔에게 다가오
지 말라고 경고함[沁園春—將止酒, 戒酒杯使勿近]」에서 이렇게 노래했다.

너 술잔이여, 이리 와 봐라!
이 늙은이가 오늘 아침
몸을 점검하였다.
어찌하여 오랜 세월 동안 주갈병에 걸려
목구멍이 솥처럼 타들어 갔는가?
지금은 잠자기 좋아해서
코고는 소리가 우레와 같다.
너는 말하지, "유령(劉伶)은

제1부 술잔에 비친 우주와 인생

고금의 통달한 사람이라
취한 뒤 죽으면 바로 묻혀도 괜찮다 하지 않았소이까?"
감히 이런 말을!
너는 지기인 내게
정말로 야박하구나!

더욱이 가무를 매개로 삼으니
인간 세상의 짐독(鴆毒)이라고 할 수 있겠구나.
하물며 원한이란 크든 작든 간에
떨치지 못하는 미련에서 나오는 것이요
사물도 훌륭한 것이든 나쁜 것이든 간에
지나치면 재앙이 되지!
너와 약속하리니
"여기 있지 말고 속히 떠나라!
내 아직 너를 깨 버릴 힘은 남아 있다."
술잔은 재삼 절하며 말하지.
"가라시면 바로 가고
부르시면 꼭 오겠소이다."

杯汝來前, 老子今朝, 點檢形骸.
甚長年抱渴, 咽如焦釜.
於今喜睡, 氣似奔雷.
汝說劉伶, 古今達者, 醉後何妨死便埋.
渾如此, 歎汝於知已, 眞少恩哉.

更憑歌舞爲媒. 算合作人間鴆毒猜.
況怨無大小, 生於所愛.
物無美惡, 過則爲災.
與汝成言, 勿留亟退, 吾力猶能肆汝杯.
杯再拜道, 麾之卽去, 招卽須來.

이 작품은 전통적인 사의 창작 기풍에서 벗어나서 의인화된 술잔과 시인 자신의 대화로 설정된 논쟁을 서술하고 있다는 점이 독특하다. 첫 구절에서 술잔을 부르는 시인의 목소리에는 분노가 이글거린다. 젊은 시절 오랫동안 마치 주갈병(酒渴病)에 걸린 것처럼 술을 탐하다가 (이처럼 술을 탐한 이유를 여기서 굳이 따질 필요는 없을 듯하고) 쉰일곱 살의 늙은 몸으로 병을 얻어 기력이 쇠해지고 나니 내 건강을 아랑곳하지 않은 '지기'인 술이 야박하게 느껴지고, 심지어 가무로 유혹하여 세상을 해치는 독극물처럼 여겨졌기 때문이다. 하지만 원한을 키우는 미련도 지나침으로 인한 재앙도 이성적으로는 인식하고 있지만, 술잔을 깨 버리겠다고 위협하는 시인의 목소리는 어딘가 힘이 빠져 있는 듯하다. 물론 그의 지기는 공손하게도 "가라시면 바로 가고, 부르시면 꼭 오겠소이다."라고 유머를 담아 대답하지만, 그 대답의 행간에는 언젠가는 반드시 다시 부를 날이 있으리라는 기대가 숨겨져 있다.

그런데, 아니나 다를까! 그는 과연 얼마 후에 금주의 결심을 깨고 만다. 같은 운을 사용해서 쓴 또 다른 「심원춘—성 안의 여러 사람이 술을 가지고 산에 들어가는데, 나는 술을 끊었다고 설득시키지 못해서 마침내 결심을 깨고 한바탕 취했다. 다시 같은 운으로 씀[沁園春—城中諸公載酒入山, 余不得以止酒爲解, 遂破戒一醉, 再用韻)]」에서 그는 이렇게 노래했다.

술잔이여 너는 아느냐?

주천후(酒泉侯)가 파면되면

술 자루도 은퇴해야 하느니라.

더구나 술꾼이 뵙자고 찾아와도

모두 끊었다고 사양했고

두강(杜康)도 벼슬길에 나가려고 점을 쳐 보니

바로 둔괘(屯卦)가 나와서 술 빚을 겨를이 없어졌지.

예전 일을 자세히 헤아려 보니

넘치는 회한을 견딜 수 없나니

긴 세월을 죄다 누룩 속에 묻어 버렸기 때문이지.

그대의 훌륭한 시는

마치 제호(提壺) 새처럼 권하는데

술을 사서 어쩌라는 것인가!

그대는 병에는 원인이 있기 마련인데

마치 술잔에 비친 벽에 걸린 활 그림자를 뱀인 줄로 여긴 듯하다

고 하면서

기억을 떠올렸지, 취해 잠든 도잠은

천수를 누리며 지극한 즐거움을 누렸지만

홀로 깨어 있던 굴원은

멱라강(汨羅江)에 투신하는 재앙에서 벗어나지 못했음을!

그대들 말에 따르려 하니

부끄러워라, 용기가 없어

사마예(司馬睿)처럼 술잔을 엎을 줄 몰랐구나.

그래도 비웃을 만하지만

오늘 밤은 한바탕 취하리라

친구들을 위해서!

杯汝知乎, 酒泉罷侯, 鴟夷乞骸.

更高陽入謁, 都稱麴臼.

杜康初筮, 正得雲雷.

細數從前, 不堪餘恨, 歲月都將麴蘗埋.

君詩好, 似提壺却勸, 沽酒何哉.

君言病豈無媒, 似壁上雕弓蛇暗猜.

記醉眠陶令, 終全至樂.

獨醒屈子, 未免沉菑.

欲聽公言, 慚非勇者, 司馬家兒解覆杯.

還堪笑, 借今宵一醉, 爲故人來.

    주천(酒泉)은 지금의 간쑤성[甘肅省]에 속하는 지역으로서 그곳 성
아래에 있는 금천(金泉)의 샘물에서 술맛이 난다고 해서 그런 지명이
생겼다고 한다. 그곳 태수가 파면되면 술 자루도 은퇴해야 한다는 것
은 술을 끊었음을 의미한다. 다음 구절의 고양(高陽)은 지금의 허난성
[河南省] 치현[杞縣]을 가리키는데, 여기서는 그곳 출신의 '술꾼[酒徒]'을
자처한 역이기(酈食其)의 일화를 차용한 묘사이다. 제구(韲臼)는 삼국시
대 위(魏)나라의 양수(楊修: 175~219)가 조아비(曹娥碑)의 뒷면에 적힌 '황
견유부(黃絹幼婦), 외손제구(外孫韲臼)'라는 구절을 '절묘하게 잘 사양했
다[絶妙好辭]'*라고 해석했다는 『세설신어(世說新語)』「첩오(捷悟)」의 일

                  제1부 술잔에 비친 우주와 인생

화를 활용한 묘사이다. 그러므로 이 두 구절은 술꾼이 찾아와도 술을 끊었다는 이유로 만나는 것을 거절했다는 뜻이 된다. 두강(杜康)은 술을 처음 만들었다는 사람인데 그가 벼슬길에 나서면서 친 점괘가 둔괘 (屯卦)라는 것은『주역(周易)』의 '상사(象辭)'에서 설명했듯이 "군자가 천하를 경륜하는(君子以經綸)" 것을 의미하기 때문에, 더 이상 술을 빚을 여력이 없게 된다는 뜻일 터이다. 이렇듯 술에 묻어 버린 지난 긴 세월을 후회하고 있는데 벗들은 시를 써서 마치 제호(提壺)라는 이름을 가진 새가 "술병을 들어라![提壺]"하고 지저귀는 것처럼 술을 권하니, 참으로 난감한 상황이 아닌가!

게다가 이어지는 벗들의 설득은 더욱 집요하다. 그들은 시인의 병이 술 때문이라는 것은 벽에 걸린 활 그림자가 술잔에 비치는데 뱀인 줄로 착각했다가 병을 얻은 두선(杜宣)이라는 이의 일화(應邵,『風俗通』「怪神記」)처럼 근거 없는 의심일 뿐이라고 단정하면서, 평생 술을 즐겼던 도잠과 술을 경계하며 맑은 정신은 유지하던 굴원의 대조적인 운명을 증거로 제시하여 반박의 여지를 없애 버린다. 본문의 '沉菑(침치)' 를 다른 판본에서는 '沈災(침재)'로 표기하기도 한다. 어쨌든 이렇게 되니 벗들의 말을 따를 수밖에 없고, 시인 자신은 왕도(王導: 276~339, 자는 茂弘)의 간언에 따라 평소 좋아하던 술을 단호하게 끊은 동진(東晉) 원제(元帝) 사마예(司馬睿: 276~323)와 같은 용기가 없음을 부끄러워한다. 하지만 마지막에는 큰일을 하기 위해 술을 끊었다가 먼 길을 떠날 때

* ――――――――――――――――――――
이 구절은 원래 '절묘하게 잘 지은 글'이라는 뜻이지만 여기서는 '절묘하게 잘 사양했다'라는 뜻으로 응용했다.

전별연을 마련해 준 스승과 친구들을 위해 기꺼이 술잔을 들고 하루 종일 술을 마신 삼국시대 병원(邴原: ?~?)의 일화를 가져와서 친구를 위한다는 핑계로 삼았다.

사실 술맛을 알아 버린 사람이 술을 끊기란 쉬운 일이 아니다. 그렇기 때문에 술꾼으로 유명한 도잠이 「술을 끊자[止酒]」라고 선언했을 때에 그 문장은 문자 그대로 읽혀지지 않는다.

거처는 성읍보다 못하나
느긋하게 노닐며 스스로 한가하게 쉰다.
앉는 건 높은 그늘 밑에 그치고
걷는 건 사립문 안에 그친다.
좋아하는 맛은 텃밭의 아욱뿐이고
큰 기쁨은 어린 아들뿐이다.
평생토록 술은 끊지 않았으니
술 끊으면 마음에 기쁨이 없기 때문.
저녁에 끊으면 편히 자지 못하고
아침에 끊으면 일어나지 못한다.
항상 끊으려고 했지만
몸의 기능 멈춰 작동하지 않는다.
그저 끊는 게 즐겁지 않다는 것만 알 뿐
끊는 게 몸에 이롭다는 건 믿지 않는다.
비로소 끊는 게 좋다는 걸 깨달았으니
오늘 아침에는 정말로 끊어 버려야겠다.

제1부 술잔에 비친 우주와 인생

지금부터 일단 끊고 나면

신선 나라 부상의 물가에 이르겠지.

맑은 얼굴은 이전의 모습일 뿐

어찌 천만 년에 이어지겠는가!

居止次城邑, 逍遙自閑止.

坐止高蔭下, 步止蓽門裏.

好味止園葵, 大歡止稚子.

平生不止酒, 止酒情無喜.

暮止不安寢, 晨止不能起.

日月欲止之, 營衛止不理.

徒知止不樂, 未信止利己.

始覺止爲善, 今朝眞止矣.

從此一止去, 將止扶桑涘.

淸顔止宿容, 奚止千萬祀.

제12구의 營衛(영위)는 옛날 중국 의학에서 기혈(氣血)의 작용을 가리키는 말로서, 육체의 기능이 유지된다는 뜻이다. 제18구의 '扶桑(부상)'은 전설 속의 나무 이름으로, 해가 밤에는 그 나무 아래 있다가 낮이 되면 떠오른다고 했다. 여기서는 전설 속의 신선이 사는 나라를 가리키고 있다. 그런데 오늘날 『한어대사전』의 '止(지)' 항목에는 무려 24가지의 뜻이 나열되어 있다. 이 가운데 동사에 해당하는 것만 몇 가지 들어보면 다음과 같다: 살다[居住], 이르다[至, 到], 멈추다[停止], 그만두다[終止], 만류하다, 붙잡아두다[扣留], 사로잡다[俘獲], 기다리다[等待], 제지하다[制止], 줄이다[減省]. 또한 이 글자는 '職(직)'과 서로 통하는 글자여서 '직분(職分)', '직사(職事)'를 나타내기도 하고, 부사로 쓰이면 '겨우[僅]', '단지[只]'라는 뜻이 되기도 하며, 단순히 어기사(語氣詞)로 쓰이기도 한다. 이런 점을 고려하면 이 시는 해석이 전혀 달라지며, 심지어 단순히 문장만 놓고 보면 '술을 끊는다[止酒]'는 내용 또한 전혀 반대로 해석할 수도 있다. 가령 제15~16구인 "始覺止爲善, 今朝眞止矣."를 이렇게 해석하는 것은 어떤가?

비로소 지극히[至] 좋다는 것을 깨달았으니
오늘 아침에는 정말로 (술상 앞에) 나아가야지[至].

이런 식으로 다양한 해석의 가능성을 살펴보다 보면 시인은 도대체 술을 끊겠다는 것인지 아니면 이제부터 마음껏 마셔보겠다는 것인지 아리송하기만 하다. 차라리 그런 면에서는 이백처럼 솔직하게 취생몽사(醉生夢死)의 느긋한 '자연인'을 꿈꾸는 것이 술꾼다울 수도 있겠다. 「산중에서 은자와 마주앉아 마시다[山中與幽人對酌]」라는 유명한 시에서 이백은 이렇게 노래했다.

둘이 마주앉아 술 마실 때 산에는 꽃이 피고
한 잔 한 잔 또 한 잔
나는 취해 자고 싶으니 그대는 일단 가셨다가
내일 아침에 생각 있으면 거문고 안고 오시게.

兩人對酒山花開, 一杯一杯復一杯.
我醉欲眠卿且去, 明朝有意抱琴來.

제2부

술로 푸는
세상사

멋진 손님

~~~~~~~~~~

남쪽에 멋진 물고기 있어
무리 지어 꼬리를 살랑살랑
그분께 술이 있어
멋진 손님과 즐거운 잔치 벌이지.

남쪽에 멋진 물고기 있어
무리 지어 물결 따라 헤엄치지.
그분께 술이 있어
멋진 손님과 신나는 잔치 벌이지.

남쪽에 아래로 굽은 나무 있어
조롱박 덩굴이 휘감고 있지.
그분께 술이 있어
멋진 손님과 평안한 잔치 벌이지.

훨훨 나는 산비둘기

제2부 술로 푸는 세상사

무리 지어 찾아오네.
그분께 술이 있어
멋진 손님과 술 권하며 잔치 벌이지.

南有嘉魚, 烝然罩罩. 君子有酒, 嘉賓式燕以樂.
南有嘉魚, 烝然汕汕. 君子有酒, 嘉賓式燕以衎.
南有樛木, 甘瓠纍之. 君子有酒, 嘉賓式燕綏之.
翩翩者鵻, 烝然來思. 君子有酒, 嘉賓式燕又思.

이것은 『시경(詩經)』「소아(小雅)」에 들어 있는 「남쪽의 멋진 물고기[南有嘉魚]」로서 흔히 주공(周公)과 성왕(成王)이 다스리던 태평성대에 재야에 있는 어질고 현명한 이들을 찾아 적합한 직위를 주어 모두 정성을 다하게 함으로써 그 즐거움을 함께 하기 위해 잔치를 벌인 것을 주제로 한 노래라고 풀이한다. 물속의 물고기와 뭍의 조롱박, 하늘의 비둘기를 이용하여 점점 고조되는 잔치의 분위기를 비유한 수법도 예사롭지 않다. 아래로 굽은 나무[樛木]가 조롱박 덩굴이 타고 오르도록 길을 만들어 주는 것으로 어진 인재를 자연스럽게 구하는 군주의 모습을 비유한 것도 재치가 넘친다. 또한 노래 가사답게 박자를 맞추기 위해 각 절[章]의 마지막 구절에 '식(式)', '이(以)', '지(之)', '사(思)'와 같이 뜻이 없는 글자[虛詞]를 안배한 점도 눈에 띈다.

그러나 고대와 현대의 논자에 따라서 본문의 해석에는 약간의 차이가 있다. 예를 들어서 위 번역은 '증연(烝然)', '조조(罩罩)', '산산(汕汕)' 등을 부사나 의태어로 번역한 경우인데, 『모시주소(毛詩注疏)』와 같은 옛 문헌에서는 '증연'의 뜻도 '오래[久如]'라고 풀이하고 '조조'는

'(고기 잡는) 발[筍]'을 쓰는 동작으로, '산산'은 '(물고기를 떠 올리는) 그물 [樔]'을 쓰는 동작으로 풀이한다. 그리고 '추(雛)'도 산비둘기가 아니라 '둥지를 틀고 자는 나무에 대해 오롯이 변함없는 마음을 지닌 새[壹宿 之鳥]'라고 풀이하고, '우(又)'도 술을 권한다[侑]는 뜻이 아니라 잔치를 '다시[復]' 연다는 뜻으로 풀이한다. 이런 점들을 감안하면 위 노래는 다음과 같이 번역될 수도 있다.

남쪽에 멋진 물고기 있어
오래도록 통발로 잡지.
그 분께 술이 있어
멋진 손님과 즐거운 잔치 벌이지.

남쪽에 멋진 물고기 있어
오래도록 그물로 떠 올리지.
그 분께 술이 있어
멋진 손님과 신나는 잔치 벌이지.

남쪽에 아래로 굽은 나무 있어
조롱박 덩굴이 휘감고 올라가지.
그 분께 술이 있어
멋진 손님과 평안한 잔치 벌이지.

훨훨 날아 쉴 가지 찾는 새

오래도록 찾아오길 고대했지.

그 분께 술이 있어

멋진 손님께 다시 잔치 벌여 접대하지.

'멋진 손님'은 백성을 다스리는 '그분[君子]'이 아래로 휜 나무처럼 몸소 몸을 숙여 정중하게 초빙하고 즐거운 잔치로 융숭하게 대접해 주는 존재이다. 옛날의 주석이나 현대 연구자들의 설명에서 공통적으로 그 '손님'들은 현명한 군주의 조정에서 능력에 적합한 직위에 임명되어 태평한 나라를 만드는 데 일조하고, 그 기쁨을 함께 누리는 이들이라고 설명하고 있다. 이것은 또 신하는 군주를 어버이처럼 섬기고, 군주는 신하와 백성을 자식처럼 아껴야 한다는 유가의 '충효(忠孝)' 관념이 형성되기 전의 군주와 신하 사이의 모습이다. '손님'은 바라는 바가 있어서 찾아오고, 주인이 내치지 않더라도 자신이 바람을 다 이루고 나면 떠나는 존재이다. 그런데 주인이 바라는 바가 있어서 모셔온 손님이라면 떠나지 말도록 최대한의 배려를 아끼지 말아야 할 것이다. 그런 주인과 손님 사이는 믿음과 배려, 존중과 공경을 바탕으로 베풀고 보답하는 관계가 형성된다. 이것은 '핏줄'이라는 더없이 가까운, 그러나 다른 관점에서 보면 벗어날 수 없는 굴레에 해당하는 관계를 강요하는 '충효' 관념에 의한 관계와는 본질적으로 다르다.

혈연은 사회적으로 확대되어 제도화된 본능에 가깝기 때문에 이성적 판단에 의해 소속과 서열을 부정할 수 없다. 그리고 그것이 가부장제(家父長制)라는 특수한 가족제도와 결합되었을 때에는 권위에 의한 강제의 기제가 첨가되며, 서열과 남녀의 차별이 수반된다. 그렇기 때문에 유가 이데올로기에 근거한 한나라 이후의 중국식 왕조는 근세 유럽의 왕정과 외형은 비슷해 보여도 실질이 다르다. 근세 유럽의 왕들이 신권과 왕권을 동일시하여 절대왕정을 추구했던 적도 있지만, 그것은 어쨌든 백성들에게 권위에 대한 복종을 강요하는 외부의 물리적인 압력을 중시한다. 이 때문에 그런 체제 하의 백성들은 수동적으로 굴복하고, 물리적인 압력이 느슨해지면 언제든지 벗어날 준비를 하고 있었다. 그러나 소속으로부터 벗어날 가능성이 전무한 중국의 왕조에서 백성들은 자발적이고 능동적인 복종을 이데올로기적으로 강요당한다. 그들에게 국가는 확대된 가정이고, 왕은 아버지의 다른 이름이다. 지배와 복종이라는 권력 체제를 이처럼 교묘하게 변형하여 주입시킨 결과 신하와 백성은 심지어 하늘의 권위까지 함께 얹은 '천자(天子)'로부터 벗어날 수 있는 가능성을 원천적으로 봉쇄당한다. 남송(南宋)이 망할 무렵, 그리고 명(明)나라가 망할 무렵 수많은 선비들이 '순국(殉國)'—삶의 희망을 잃고 출구를 찾을 수 없는 절망의 나라에서 택한 극한적인 '자살'의 다른 이름인—의 길을 택할 수밖에 없었던 것도 저 주입된 유가 이데올로기가 이루어 놓은 놀라운 비극이었다. 이렇듯 맹목적인 '충효절의(忠孝節義)'를 합리적이라는 명분으로 "배우고 때에 맞춰 익혀야[學而時習之]" 했다니!

그런 이데올로기의 왜곡이 일어나기 전, 유교가 국교가 된 한나라 이전에 신하와 군주는 '훨훨 나는 새'와 '나뭇가지'의 관계였다. 안전하고 아늑한 쉼터로서 보금자리를 준비하는 적극성을 지닌 군주라 할지라도 다른 관점에서 보면 그저 오롯한 마음으로 그를 아끼고 지켜줄 새들이 찾아와 주기만을 기다리는 수동적 존재일 뿐이다. 그런 관계에서 군주의 실패는 분명히 신하들에게 "지켜 주지 못해서 미안한" 깊은 슬픔과 상실감을 주겠지만, 그들이 군주를 따라 죽는 극단적인 선택을 할 가능성은 현실적으로 극히 미약하다. 그보다 그들은 아쉬움을 뒤로 하고 새로운 '나뭇가지'를 찾아 떠나게 될 것이다. 이러한 모습 또한 처량하고 초라하기는 마찬가지이겠지만, 그들에게는 '순국'이라는 겉모양만 그럴 듯한 자멸적인 선택이 외부에서든 내부에서든 강요되지 않는다는 점에서 한나라 이후 유가 왕조의 신하들과는 근본적으로 달랐다. (한나라 이후 유가 왕조에서, 특히 '과거제(科擧制)'가 확립된 당나라 이후의 왕조에서 조상으로부터 풍족한 가산[家産]을 물려받지 못한 '유생[儒生]' 또는 '문인[文人]', '사대부[士大夫]'들이 가질 수 있는 거의 유일한 '직업'이자 생계 수단이 '벼슬살이[出仕]'를 통해 '봉록'을 받는 것으로 한정되었기 때문에 왕조의 멸망이 그들에게 더 충격적인 절망을 안겨 주었을 것이라는 점은 일단 논외로 하자.)

이런 상황을 알고 나서 「남쪽의 멋진 물고기」를 다시 읽어 보면 소박한 노래 안에 담긴 풍부한 '자유'를, 신분에 관계없이 나라 안의 모두가 존중을 받는 아름다운 '인도주의'를 느낄 수 있다. 그런 가치가 가득 담긴 즐거움을 표현한 잔치에서 마시는 술은 얼마나 향기롭겠는가! 그런 자리라면 술이라는 것이 슬픔을 고조시키기도 (그래서 결국 씻어 주기도) 하지만, 그보다는 다수의 즐거움을 고조시키는 데 더 탁월한 효능이 있음을 실감하게 될 것이다. 그리고 무엇보다도 이 노래는 태평성대를 위해 백성을 다스리는 '그분'에게 필요한 것은 법과 권위에 의한 규제와 강제보다 즐거움을 공유하는 매개로서 '술'이라는 것을 일깨워 주고 있다고 한다면 지나친 해석일까?

거의 2,500년 이상 옛날의 노래를 기록한 것으로 여겨지는 『시경』에는 술과 관련된 노래들이 적지 않다. 『시경』의 첫 편인 「주남(周南)」에는 사랑하는 이를 멀리 떠나보낸 여인이 슬픔과 그리움을 달래기 위해 술을 마시는 모습을 묘사한 「도꼬마리[卷耳]」가 수록되어 있다. 또 「소아」에 수록된 음주와 관련된 노래들 가운데는 풍성한 안주와 더불어 주연을 벌이는 주인과 손님을 묘사한 「물고기 떼[魚麗]」와 군주의 덕을 칭송하며 장수를 기원하는 주연의 모습을 묘사한 「남산의 누대[南山有臺]」가 「남쪽의 멋진 물고기」를 사이에 두고 마치 세 편의 연작처럼 연결되기도 한다. 「소아」에서는 제일 첫 노래인 「사슴이 우네[鹿鳴]」에서부터 주연(酒宴)을 벌이는 장면—이것이 화목한 군신(君臣) 관계를 칭송한 노래인지 통치계층의 사치를 풍자한 노래인지에 관한 논쟁은 일단 논외로 치고—이 언급되고 있으며, 하급 관리가 돌아가신 부모를 그리는 내용을 담은 「작은 새[小宛]」에도 지혜로운 이와 어리석은 이의 술 마시는 모습의 차이를 묘사하고 있다. 한편 음란한 노래가 많이 들어 있는 것으로 유명한 「정풍(鄭風)」의 「닭이 울어요[女曰鷄鳴]」는 새벽 잠자리에서 남녀가 오리와 기러기 잡아 안주 만들어 함께 술 마시며 해로하자고 노래하는 내용이다.

　　한나라 때의 유학자들은 이러한 노래 속에 한족의 역사와 바람직한 정치적 윤리적 교훈들이 담겨 있다고 여겼다. 또한 그들은 그러한 『시경』의 정신을 계승해서 '시(=노래)란 뜻을 말하는 것[詩言志]'이라는 특별한 의식을 정립하여 후세에 견고하게 물려주었다. 그런 경향, 특히 '뜻[志]'의 범주에 사상과 정감을 아우르는 경향은 오언시 형식이 정립되고 개인이 자신의 이름을 내걸어 시를 쓰게 된 동한 말엽에는 더욱 뚜렷하게 나타났다.

술잔 앞에 놓고 노래하나니

사람이 살면 얼마나 살랴?

마치 아침이슬 같지만

떠나는 날 괴로움은 더 많지.

개탄하는 마음 응당 울분에 찬 노래로 불러야 하리니

수심은 잊기 어렵구나.

근심을 어떻게 풀까?

그저 술이나 마시는 수밖에!

푸르구나, 그대의 옷깃이여!

하염없어라, 내 마음이여!

오로지 그대 때문에

지금까지 깊은 생각에 잠겨 있다오.

우우! 사슴이 울며

들판의 쑥대를 먹네.

내게 멋진 손님 있어

거문고 타고 생황 불며 잔치 벌이지.

달처럼 밝은 그를

언제나 얻을 수 있을까?

가슴에서 피어나는 시름

끊어 버릴 수 없구나.

뒤얽힌 길을 지나

문안하러 왕림해 주셨구나.

오랜 그리움 얘기하며 잔치 벌이니

멋진 손님

옛날의 은혜 마음으로 떠올리지.

달이 밝으니 별들은 흐려지고

까막까치들 남으로 날아가는구나.

나무 주위를 빙빙 돌아보지만

의지할 만한 가지는 어디 있는가?

산은 높은 것을 싫어하지 않고

바다는 깊은 것을 싫어하지 않지.

주공은 아랫사람들에게 예의 지켜 대해 주어

천하가 그에게 마음으로 귀의했었지!

對酒當歌, 人生幾何.

譬如朝露, 去日苦多.

慨當以慷, 憂思難忘.

何以解憂, 唯有杜康.

青青子衿, 悠悠我心.

但爲君故, 沈吟至今.

呦呦鹿鳴, 食野之苹.

我有嘉賓, 鼓瑟吹笙.

明明如月, 何時可掇.

憂從中來, 不可斷絕.

越陌度阡, 枉用相存.

契闊談讌, 心念舊恩.

月明星稀, 烏鵲南飛.

繞樹三帀, 何枝可依.

山不厭高, 海不厭深.

周公吐哺, 天下歸心.

조조(曹操: 155~220, 자는 孟德)의 「단가행(短歌行)」으로, 총 2수 가운데 제1수이다. 제목과는 달리 분량이 제법 긴 이 작품은 중국 고전시를 대표하는 오언시와 칠언시의 형식이 확립되기 전에 지은, 『시경』의 흔적이 뚜렷한 사언시이다. 원래 「단가행」은 동한 악부(樂府) 가운데 「상화가사(相和歌辭)」 "평조곡(平調曲)"에 속한 악곡의 제목으로, 당시에 수집된 같은 제목의 노래만 하더라도 24편이나 된다. 그 가운데 조조의 이 노래는 가장 시기가 빠른 작품으로 여겨지고 있다.

작품 가운데 일단 "푸르구나, 그대의 옷깃이여! / 하염없어라, 내 마음이여![靑靑子衿, 悠悠我心]"라는 구절은 『시경』 「정풍(鄭風)」 「그대의 옷깃[子衿]」에 들어 있는 구절이다. 원작은 젊은 아가씨가 사랑하는 남자를 그리는 내용인데, 여기서는 학식을 갖춘 인재를 기다리는 간절한 마음을 나타내기 위해 인용되었다. 원작에서는 바로 뒷부분에 "설령 내가 찾아가지 않는다 하더라도 / 당신은 왜 소식조차 없는 건가요?[縱我不往, 子寧不嗣音]"라는 구절이 이어져 있는데, 조조는 이 부분을 생략하여 교묘한 은유의 효과를 이뤄내고 있다. 그 다음에 인용된 『시경』 「소아(小雅)」의 「사슴이 울다[鹿鳴]」가 네 구절을 인용하고 있다는 사실과 대비해 보면 그의 의도가 한층 뚜렷해진다. 「사슴이 울다」에서 인용한 부분은 "우우! 사슴이 울며 / 들판의 쑥대를 먹네. / 내게 멋진 손님 있어 / 거문고 타고 생황 불며 잔치 벌이지.[呦呦鹿鳴, 食野之苹. 我有嘉賓, 鼓瑟吹笙]"까지이다. 이 노래의 주제에 대해서는 역대로 상반된 견해가 많지만 개중에 유력한 해설 가운데 하나는 이것이 군주와 신하 사이의 신분적 위계질서가 분명한 가운데 종족(宗族)의 단결을 찬미하는 풍성한 잔치의 모습을 묘사한 작품이라는 것이다. 「단가행」에서도 이

부분은 긍정적인 의미로 인용된 것이 분명해 보이기 때문에 이와 같이 이해해도 무방할 듯하다.

　그 다음에는 훌륭한 인재를 구하려는 간절한 바람을 가진 자신에게 오랫동안 헤어져 있던 인재들이 먼 길을 달려 찾아와 문안해 준 데 감사하고 잔치를 벌인 내용과 밝고 큰 영웅의 기개에 무색해진 별들처럼 기댈 곳 없는 인재들을 암시하는 까막까치들에게 보금자리를 제공할 수 있는 튼튼한 가지와 같은 자신의 기반, 그리고 높은 산과 깊고 큰 바다처럼 포용력으로 인재를 받아들일 수 있는 자신의 크기를 자랑한다. "바다는 물을 마다하지 않아서 그렇게 크게 되었고, 산은 흙을 마다하지 않아서 그렇게 높게 되었고, 현명한 군주는 사람을 싫어하지 않아서 그렇게 많은 사람이 따르게 했다.(『管子』「形解」: 海不辭水, 故能成其大, 山不辭土, 故能成其高, 明主不厭人, 故能成其衆)"라고 하지 않았던가! 그리고 마지막으로 밥을 먹다가도 손님이 찾아오면 입 안에 있던 것을 뱉어내고 서둘러 의관을 갖추어 정중하게 맞이했던 주공(周公)처럼 자신보다 신분이 낮은 사람이라도 예의에 맞춰 대함으로써 천하의 인심이 자신에게 돌아와 의지하기를 바라는 마음을 나타냈다.

　종합하자면 이 시는 풍부한 서정과 상당히 뛰어난 문학적 수사법을 통해 조조 자신의 정치적 이상을 표현한 걸작이라고 할 수 있겠다.

　소설 『삼국지연의(三國志演義)』의 영향으로 조조는 전형적으로 비열한 간웅(奸雄)이라는 이미지에서 벗어나기 어렵게 되어 버렸다. 물론 동한 말엽이라는 난세의 군사 전략가이자 정치가로서 자신의 안위를 지키고 출세하기 위해서는 누구라도 상당한 책략과 속임수를 쓰지 않으면 안 되었을 것이다. 그러나 『삼국지연의』의 저자는 똑같은 지모와 속임수라도 제갈량(諸葛亮) 등의 그것은 기발하지만 광명정대한 것처럼 서술하고, 조조의 거의 모든 행위에는 '위선(僞善)'이라는 딱지를 붙여 버렸다. 그리고 이 소설의 인기에 힘입어 민간에서 조조는 역사의 승리자임에도 불구하고 사악한 인물로 낙인이 찍혀 버렸다.

　　하지만 객관적으로 보았을 때 그는 동한 말엽 건안(建安: 196~220) 시기에 정치와 문화를 주도하면서 대단히 뛰어난 업적을 남긴 인물이다. 환관 집안의 후손이라는 사실상 '비천한' 신분에서 출발하여 '승상(丞相)'이라는 '일인지하, 만인지상(一人之下, 萬人之上)'의 권력과 재력을 지닌 그의 후원에 힘입어 활발하게 활동한 이른바 '건안칠자(建安七子)'—왕찬(王粲: 177~217, 자는 仲宣)과 진림(陳琳: ?~217, 자는 孔璋), 서간(徐干: 170~217, 자는 偉長), 유정(劉楨: 186~217, 자는 公干), 응창(應瑒: 177~217, 자는 德璉), 공융(孔融: 153~208, 자는 文擧), 완우(阮瑀: 165?~212, 자는 元瑜)—는 중국 시문학의 발전에 중요한 기반을 다져 놓았다. 그리고 그 자신은 물론 두 아들인 조비(曹丕)와 조식(曹植)도 뛰어난 시인이자 이론가로 활약하며 이러한 발전에 유력한 힘을 보탰다. 무엇보다도 그가 위(魏)나라를 중심으로 추진했던 '구품중정제(九品中正制)'라는 새로운 관료선발 제도는 재능과 학식보다 도덕적 인품을 중시하던 기존의 '찰거제(察擧制)'가 지닌 문제점을 개선하여 개성과 재능을 갖춘 인재를 중시함으로써 이후 남북조시기에 문학을 비롯한 예술과 학술, 철학 등의 광범한 분야에서 획기적인 발전을 추진하는 촉발제가 되었다. 남북조시기 중국 지식인 사회에 크게 유행했던 '명사(名士)' 기풍은 바로 남다른 개성을 중시하는 사회 분위기가 만들어 낸 독특한 문화 현상이었던 것이다.

이렇듯 정치와 군사, 문화를 주도하는 책임자로서 조조의 사
명감과 원대한 포부는 그가 지은 여러 작품들에서 고루 나타나는데,
예술적인 면은 논외로 하고 그 안에 담긴 조조의 사상만 놓고 볼 때
이 「단가행」과 짝을 이룰 만한 작품이 바로 「술잔 앞에서[對酒]」이다.

　　술잔 앞에서 노래하노라!
　　태평한 시절이라
　　대문 앞에서 소리치는 아전도 없지.
　　군주는 어질고 현명하며
　　재상과 측근들은 모두 충성스럽고 현량하지.
　　모두들 예절 차려 겸양하고
　　백성들은 소송으로 다툴 일 없지.
　　삼년 농사지으면 구년 몫을 수확하니
　　창고에는 곡식이 가득하지.
　　늙은이는 짐 지고 다닐 필요도 없지.
　　비가 이렇듯 풍성히 내리니
　　모든 곡식 잘 자라지.
　　말을 달리면
　　그 배설물로 좋은 밭에 거름을 주지.
　　제후를 비롯한 고관대작들
　　모두 그 백성을 사랑하여
　　관리를 내쫓고 승진시킴에 공정한 원칙이 있지.
　　자식은 부모 형제 공경하도록 가르치지.

예법을 어기더라도

경중에 따라 형벌을 내리니

길에는 남이 흘린 물건 주워 가는 이도 없지.

옥사는 텅 비고

동지에도 계속 이어지지.

사람들은 팔구십 살까지

모두 천수를 누릴 수 있나니

은덕이 초목과 곤충에게까지 널리 미치지!

對酒歌, 太平時, 吏不呼門.

王者賢且明, 宰相股肱皆忠良.

咸禮讓, 民無所爭訟.

三年耕有九年儲, 倉穀滿盈.

斑白不負戴.

雨澤如此, 百穀用成.

卻走馬, 以糞其土田.

爵公侯伯子男, 咸愛其民, 以黜陟幽明.

子養有若父與兄.

犯禮法, 輕重隨其刑.

路無拾遺之私.

囹圄空虛, 冬節不斷.

人耄耋, 皆得以壽終.

恩德廣及草木昆蟲.

유토피아 같은 태평성대에 대한 상상이다. 가뭄과 홍수 같은 자

연재해로 인한 기근과 전란, 관리의 부패로 인해 민생이 파탄에 이르렀던 동한 말엽의 상황에서 이런 상상은 너무나 비현실적이고 심지어 반(反) 현실적이라고 할 만하다. 그러나 혼란을 종식시키고 평안한 정국에서 백성의 복지를 꿈꾸는 것은 '승상' 조조에게는 하루, 아니 한시도 잊지 못할 책임감이었을 것이다. 그러나 분란이 가라앉을 기미가 보이기는커녕 점점 삼국 분립의 형국으로 치닫고, 그 와중에 조정은 나날이 부패해 가고 백성의 삶은 바닥이 보이지 않는 현실의 정세는 울분을 넘어서 절망에 가까워진다. 필자가 보기에 이 「술잔 앞에서」는 바로 이런 착잡하기 그지없는 상황에서 시름을 잊기 위해 만취에 가깝게 술을 마신 조조가 심장을 쥐어짜며 외친 비명이자 노호(怒號)이다. 그렇기 때문에 우리는 이 작품의 희망적이고 긍정에 찬 어휘들 사이사이로 뚝뚝 떨어지는 피 냄새를 맡을 수 있다. 이 작품은 심지어 「단가행」과 같은 소박한 문학적 기교조차 없어서, 마치 그대로 내던져진 살코기를 대하는 듯한 섬뜩한 인상을 풍긴다.

이 모두가 술 때문일까? 비록 공융의 반대로 무산되고 말았지만, 어쩌면 조조가 한때 금주령(禁酒令)을 내리려고 했던 것은 단순히 그 해에 기근이 들었는데 군사를 일으켜야 할 필요가 있었기 때문만은 아닌 듯하다.

사족(蛇足)이지만, 공융은 사사건건 조조에게 대들기로 유명했던 인물로서, 금주령을 두고 맞붙은 것은 여러 극적인 사건들 가운데 하나일 뿐이다. 어쨌든 당(唐)나라 때 장회태자(章懷太子) 이현(李賢: 655~684)의 주도로 이루어진 『후한서』의 주석에는 공융이 조조의 금주령에 반대하면서 쓴 글이 인용되어 있는데, 거기에는 다음과 같은 독

설이 들어 있다: "하(夏)나라와 상(商)나라도 아낙 때문에 천하를 잃었
는데, 지금 혼인을 하지 말라는 명령은 내리지 않고 술만 시급하게 생
각하는 것은 혹시 그저 곡식이 아까워서가 아닙니까?" 결국 공융은
'불효(不孝)'라는 조금 억지스러운 죄명을 뒤집어쓰고 조조에게 피살당
하고 말았다.

부귀에 취한 세상사

옛날 곽 장군 댁 하인 중에
풍자도라는 이가 있었지.
장군의 권세를 믿고
술집의 북방 아가씨를 조롱했지.
북방 아가씨는 열다섯 살
봄에 혼자 술집을 보고 있었지.
옷자락 긴 치마에 허리띠 매고
소매 넓고 짝 맞춰 수놓은 저고리 입었지.
머리에는 남전의 옥으로 만든 장식 꽂고
귀 뒤에는 대진국(大秦國)의 진주를 장식했지.
양쪽으로 쪽진 머리 얼마나 고상하고 아름다운지
확실히 세상에 비할 데가 없었지.
쪽진 머리 한 쪽은 오백만 냥이고
두 쪽을 합치면 천만 냥이 넘었지.
뜻밖에 금오 나리가
멋지게 우리 집에 찾아왔지.

은 안장이 얼마나 눈부시던지!

푸른 깃털 덮개 얹은 수레가 집 앞에서 머뭇거렸지.

내게 다가와 청주를 달라고 하기에

옥병에 담아 끈으로 묶어 주었지.

좋은 안주 달라고 하기에

금 쟁반에 잉어회 썰어 주었지.

내게 청동 거울 주면서

내 붉은 치맛자락에 묶어 주더군.

치맛자락 찢어지는 건 아깝지 않아.

하지만 어찌 천한 몸을 함부로 굴린다는 욕을 먹으랴!

남자는 후처를 사랑하고

여자는 이전의 남편을 중시하지요.

인생에 새 사람과 옛 사람이 있다지만

신분의 높낮이는 넘어서지 않는 법이지요.

금오 나리, 고맙긴 하지만

짝사랑으로 괜히 마음만 쓰셨네요!

昔有霍家奴, 姓馮名子都.
依倚將軍勢, 調笑酒家胡.
胡姬年十五, 春日獨當壚.
長裾連理帶, 廣袖合歡襦.
頭上藍田玉, 耳後大秦珠.
兩鬟何窈窕, 一世良所無.
一鬟五百萬, 兩鬟千萬餘.
不意金吾子, 娉婷過我壚.

銀鞍何煜燿, 翠蓋空踟躕.
就我求清酒, 絲繩提玉壺.
就我求珍肴, 金盤鱠鯉魚.
貽我靑銅鏡, 結我紅羅裾.
不惜紅羅裂, 何論輕賤軀.
男兒愛後婦, 女子重前夫.
人生有新故, 貴賤不相踰.
多謝金吾子, 私愛徒區區.

이것은 동한(東漢)의 신연년(辛延年: ?~?)이 쓴 「우림랑(羽林郎)」으로, 한 편의 짤막한 연극 장면을 보는 듯한 이야기를 서술하고 있다. 우림(羽林)은 대개 황제의 처소를 호위하고 시중을 드는 등의 임무를 담당하는 관청이며, 거기에 소속된 무관을 흔히 '우림랑'이라고 불렀다. 그러나 여기서는 그냥 한(漢)나라 때의 악부(樂府)라는 관청에서 수집한 민간 노래의 제목 가운데 하나일 뿐이어서, 제목의 뜻 자체는 노래의 내용과 별로 긴밀한 관계가 없다. 물론 원래의 노래는 제목과 관련이 있겠지만, 신연년은 옛 제목에 새로운 내용을 담아 교묘하게 당시의 상황을 풍자한 것으로 보이기 때문에, 작품을 꼼꼼히 살펴보면 감칠맛이 느껴진다.

처음 네 구절은 하나의 이야기처럼 엮어진 이 작품 전체의 내용을 개괄하고 있다. 첫 구절에 언급된 곽 장군은 원래 서한(西漢) 때에 대사마대장군(大司馬大將軍)을 지낸 곽광(霍光: ?~기원전 68)을 가리키는데, 여기서는 신연년이 살던 시대의 어느 장군을 암시하고 있다. 그리고 『한서(漢書)』에 수록된 곽광의 전기에 따르면, 둘째 구절에 언급된 풍자도(馮子都)는 곽광의 하인이자 동성애 관계를 맺고 있던 사람이었다. 이런 두 가지 상황을 종합하여 후세의 연구자들은 신연년이 풍자하고 있는 대상이 동한의 대장군으로서 안풍후(安豊侯)에 봉해진 두융(竇融: 기원전 16~서기 62)의 아우 두경(竇景: ?~?), 정확하게 말하면 그의 하인이거나 수하일 가능성이 있다고 설명한다. 그 증거로는 대개 『후한서(後漢書)』에 수록된 두융의 전기에서 언급된 두경에 관한 설명이 제시된다.

> 두경은 집금오(執金吾)가 되고 그의 아우 두괴(竇瓌)는 광록훈(光祿勳)이 되어서 권세가 드높아 경사를 진동했다. 그들 모두 교만하고 방종했는데 그 가운데 두경은 더욱 심했고, 노비나 문객(門客), 호위병들이 그 권세를 믿고 백성들을 무시하면서 재물을 강탈하고 죄인들을 탈취하고 남의 부녀자를 납치하여 제 아낙으로 삼았다. 이에 장사꾼들은 문을 걸어 닫고 마치 강도나 원수를 피하듯이 그들을 피했다. 담당 관리도 두려워하고 힘이 없어서 아무도 감히 상부에 보고하지 못했다.
>
> 景爲執金吾, 瓌光祿勳, 權貴顯赫, 轟動京城. 雖俱驕縱, 景爲尤甚, 奴客縱騎 依倚形勢, 侵陵小人, 强奪財貨, 篡取罪人, 妻略婦女. 商賈閉塞, 如避寇讐. 有司畏懾, 莫敢擧奏.

이와 같은 두경과 그 하인, 문객, 호위병들의 모습은 「우림랑」에 묘사된 '금오 나리[金吾子]'보다 더 심하지만, "장군의 권세를 믿고" 안하무인으로 설치는 부분에서는 상당히 유사한 면이 있다. 게다가 두경이 '집금오(執金吾)'가 되었으니, 노래에 등장하는 '금오 나리'의 상관이 바로 그일 것이라고 쉽게 연상할 수 있다. '금오(金吾)' 또는 '집금오'는 황제와 대신의 경호 및 의장(儀仗)을 담당하고 경사(京師)를 순찰하며 치안을 담당하던 무관(武官)이었으니 그 위세가 대단할 수밖에 없었다. 대개 동한 무렵에 집금오 휘하에는 이백 명의 호위병[緹騎]들이 있었다고 한다. 특히 재미있는 것은 제16구에서 '금오 나리'의 몸동작을 '멋지게[娉婷]'라고 묘사한 부분이다. 대개 이 어휘가 여자의 자태를 묘사할 때 쓰는 것이라는 점을 고려하면, 이 '금오 나리' 또한 자신의 상관인 '장군'과 외설적인 관계를 맺고 있을 수도 있다는 혐의에서 자유로울 수 없는 것이다.

제5구부터는 열 구절에 걸쳐서 '북방 아가씨'의 미모와 화려한 치장을 묘사한다. 방년(芳年) 열다섯 살의 미녀는 귀한 남전(藍田)의 옥과 대진국(大秦國)—옛날 중국에서 로마 제국 및 근동(近東) 지역을 일컫는 호칭—의 수입 명품 진주로 치장할 만큼 아름답고 부유하고 화려하지만, "세상에 비할 데가 없는" 것은 북방 이민족인 그녀의 빼어난 미모뿐만 아니라 순수하지만 도도한 자존심이라는 것이 은근히 강조되고 있다.

이러한 묘사가 끝난 후, 제15구부터는 화자가 북방 아가씨로 바뀌어 1인칭 시점에서 '금오 나리'의 파렴치한 작태를 서술하고 있다. 은 안장을 얹은 말과 푸른 깃털로 장식한 덮개를 얹은 수레는 그의 호사로운 행차를 짤막하면서도 확실하게 묘사했다. 그녀에게 '다가와[就]' 값비싼 청주와 진귀한 안주를 주문하는 허세에는 이미 불순한 의도가 담겨 있는데, 이에 대해 옥병을 끈으로 묶어 준 것은 남성의 성기를 묶은 것을 연상시키고, 잉어[鯉語] 회는 이별의 말[離語]을 연상시키니 완곡한 거부의사를 나타낸 것이다. 그런데 상대는 깨닫지 못하고 심지어 부부나 서로 사랑하는 남녀 간의 관계를 상징하는 '청동 거울'—옛날 부부나 연인들은 헤어질 때 거울을 쪼개어 나눠 가진 채 다시 합칠 날을 기다렸다고 하니—을 붉은 치맛자락에 '묶어[結]' 줌으로써 더욱 노골적으로 희롱한다. 게다가 '묶어' 준다는 동사는 남녀의 결합(結合)을 암시하기도 하니, 자존심 강한 북방 아가씨의 입장에서는 그 뻔뻔함이 치가 떨릴 지경이었을 터이다.

이에 마지막 여덟 구절에서 그녀는 부드러움과 고아함을 안에서 지탱해 주던 강인한 자존심을 이끌어 낸다. 치맛자락 찢어지는 것은 아깝지 않다는 말은 그녀가 청동거울을 잡아서 단호하게 떼어 내는 바람에 붉은 비단으로 만든 비싼 치맛자락이 찢어졌음을 말해 준다. 그리고 미천한 신분이지만 자신에게는 이미 마음을 준 남자가 있다는 사실과 그에 대한 자신의 마음이 변함없음을 확인해 준다. 이것은 역시 한나라 때 악부에서 수집한 민가(民歌) 가운데 하나인 「맥상상(陌上桑)」에서 여주인공 진나부(秦羅敷)가 자신을 유혹하려는 관리에게, "나리께는 당연히 부인이 계실 테고, 저도 물론 남편이 있지요.[使君自有婦, 羅敷自有夫]"라고 했던 것과 상통하는 구절이라고 할 수 있겠다. (어떤 이는 열다섯 살의 아가씨가 벌써 결혼을 했겠느냐는 의문을 제기할 수도 있겠다. 하지만 당시의 사회에서는 그럴 가능성이 없는 것도 아니고, 무엇보다도 그녀의 이 말 자체가 '금오 나리'의 수작을 거부하기 위한 명분으로 제시된 것이기 때문에 사실 여부는 그다지 중요하지 않다고 봐야 할 것이다.)

나아가 "신분의 높낮이는 넘어서지 않는 법"이라는 말은 또한 미천한 자신과 잘난 '금오 나리'가 애초부터 어울리는 상대가 아니라는 확실한 선 긋기이기도 하다. 또한 전혀 반대의 측면에서 이 구절은 장군 가문의 하인과 술집 아가씨 사이의 신분적 차이라는 게 어디 있기에 그렇게 잘난 행세를 하느냐는 조롱일 수도 있다. 다시 말해서 잘난 척하는 '금오 나리'는 사실 비천한 존재이고, 술집에서 술이나 팔지만 나는 자존심이 굳건한 고귀한 몸이라는 뜻인 셈이다. 어쨌든 이런 불쾌한 기분에도 그녀는 "고맙기는 하다[多謝]"라는 정중한 인사로 유연하게 상황을 마무리한다. 결연히 거울을 떼어 내던 행동과는 어울리지 않는 듯한, 어딘가 조롱하는 듯한 어감이지만 예의를 잃지 않고 있으니, 노래에서 끝까지 서술하지는 않았지만 그 잘나고 무례한 '금오 나리'는 결국 머쓱해져서 돌아설 수밖에 없었을 것이다.

사실 '푸른 기와집'이나 권력층을 끌어들여 이런저런 사기를 벌이거나 불공정한 이득을 챙기는 범죄자와 부패한 하급 공무원들, 대기업과 관련된 비리 등은 오늘날도 여전히 '인기' 있고 발표 빈도도 높은 뉴스 소재이다. 인간이 사회적 동물이라 조직과 정치에서 자유롭지 못하는 한 이런 일들은 이후로도 그치지 않을 것이다. 그러나 인간이 인간인 한 그런 현상은 사라지지 않을 것이라는 씁쓸한 예언을 거의 아무도 부정하지 못하는 상황에서도 우리는 여전히 개인의 자존을 중시하고 사회적 정의를 추구한다. 그런 병폐를 완전히 없애지는 못하겠지만 적어도 '최소화'할 수는 있지 않겠느냐는 희망을 가지고 있는 이들이 아직은 대다수일 거라고 믿고 싶은 것은 필자만이 아닐 것이다.

어쨌든 이 작품은 노래의 형식을 빌려서 시대의 병폐를 고발하거나 풍자하는 고대 중국의 전통적인 '사시(史詩)'에 선구적인 모델이 되는 작품 가운데 하나이기도 하다. 훗날 '시성(詩聖)' 두보도 '안사의 난[安史之亂]'을 전후로 한 시대의 참상과 관리들의 부패를 고발한 걸작으로 꼽히는 '삼리삼별(三吏三別)'을 쓰면서 이 작품과 유사한 방식을 채용했고, 그 후의 백거이(白居易: 772~846, 자는 樂天) 등이 썼던 '신악부(新樂府)' 또한 이러한 전통의 연장선상에 있는 것이다.

거만한 의기 길에 가득하고
번쩍이는 안장과 말 먼지를 비춘다.
누구냐고 물었더니
다들 환관이라고 한다.
붉은 관복 입은 이들은 모두 대부요
간혹 자줏빛 인끈 찬 장군도 있다.
거들먹거리며 군중의 잔치에 갔다가
말 달려 구름처럼 떠나간다.
술통엔 구온주(九醞酒)가 넘쳐나고
산해진미들 펼쳐져 있구나.
과일은 동정산의 귤이요
회는 천지(天池)의 물고기로구나.
배불리 먹으니 마음도 느긋해졌고
술이 얼큰하니 기개는 더욱 진작된다.
올해는 강남땅에 가뭄이 들어서
절강 땅 구주에서는 사람이 사람을 잡아먹는다는데!

意氣驕滿路, 鞍馬光照塵.
借問何爲者, 人稱是內臣.
朱紱皆大夫, 紫綬或將軍.
夸赴軍中宴, 走馬去如雲.
尊罍溢九醞, 水陸羅八珍.
果擘洞庭橘, 膾切天池鱗.
食飽心自若, 酒酣氣益振.
是歲江南旱, 衢州人食人.

백거이의 『진중음(秦中吟)』「경비(輕肥)」인데, 일설에는 부제를 「강남한(江南旱)」이라고 하기도 한다. 『구당서(舊唐書)』「헌종기(憲宗紀)·상(上)」과 『자치통감(資治通鑑)』 권237 등에 따르면 강남 일대에 가뭄과 기근이 든 것은 원화 3년(808)과 4년이라고 했으니, 이 시도 그 무렵에 지어졌을 터이다. 당나라 때에 붉은 관복[緋衣]는 5품 이상의 관리들이 입는 것이고, 자주색 끈에 인장과 옥 장식을 매단 것은 2, 3품 관리들이 차는 것이었는데 그런 고위 관직을 차지한 환관들은 연일 거드름 피우며 사치와 향락을 일삼는다. 『서경잡기(西京雜記)』와 『당국사보(唐國史補)』 등의 기록에 따르면 구온주(九醞酒)는 주주(酎酒) 또는 순주주(醇酎酒)라고도 부르며, 정월에 담가 팔월에 마시는 진한 향의 귀한 술로서 의성(宜城, 지금의 安徽省 安慶市) 특산품이라고 했다. 게다가 안주는 산해진미는 물론이고 태호(太湖) 동정산(洞庭山)의 특산품으로 황실 진상품이기도 했던 귤과 천지(天池) 즉 『장자(莊子)』「소요유(逍遙遊)」에 언급된 저 먼 남쪽 바다[南冥]에서 잡아온 생선으로 썰어 마련한 회까지 차려 놓았다. 이렇게 배불리 먹고 거나하게 취해서 위세를 부리며 요

제2부 술로 푸는 세상사

란하게 돌아가는 그들은 정치도 국방도 전혀 모르고 신경조차 쓰지 않는다. 본인 스스로 향락에 빠진 황제의 이목을 가리고 멋대로 당파를 지어서 조정 정치를 좌지우지하고, 병법(兵法)도 전혀 모른 채 황실을 호위하는 '신책군(神策軍)'의 지휘를 맡아 연일 흥청망청 술잔치만 벌인다. 강남에 가뭄과 기근이 들어 사람이 서로 잡아먹는 지경에 이르렀지만, 제 알 바가 아니었던 것이다.

유리 술잔에
호박처럼 노란 술
작은 주전자에 떨어지는 술 방울 진주처럼 붉구나.
용 삶고 봉황 구우니 옥 같은 기름 눈물처럼 흐르고
비단 휘장 수놓은 장막 향긋한 바람을 둘러싸고 있다.
용무늬 조각된 피리 불고
악어가죽 북을 치니
하얀 이 드러내며 노래하고
가는 허리 흔들며 춤을 추네.
하물며 푸른 봄날 해는 저물어 가고
복사꽃 붉은 빗방울처럼 어지러이 떨어지고 있지 않은가?
그대여, 종일토록 얼큰하게 취해 보세나.
유령(劉伶)의 무덤 위 흙에는 술이 이르지 않나니!

琉璃鍾, 琥珀濃, 小槽酒滴眞珠紅.
烹龍炮鳳玉脂泣, 羅幃繡幕圍香風.
吹龍笛, 擊鼉鼓, 皓齒歌, 細腰舞.

況是靑春日將暮, 桃花亂落如紅雨.

勸君終日酩酊醉, 酒不到劉伶墳上土.

　　당나라 때 이하(李賀: 790?~817?, 자는 長吉)의 「장진주(將進酒)」이다.
'피휘(避諱)'라는 얼토당토않은 풍속의 제약 때문에 뜻을 펼칠 기회가
막힌 채 울분의 나날을 보내다가 하얗게 센 머리로 스물일곱 살에 요
절한 '시귀(詩鬼)'는 산해진미를 넘어서 "용 삶고 봉황 구운" 신선들의
안주상을 상상하며 풍악과 무희들의 가무(歌舞) 속에서 몽롱하게 취하
는 술잔치를 상상한다. 어지러운 세상에서 '무위(無爲)'를 외치며 술에
묻혀 환란을 피했던 유령의 답답한 생애와 자신의 삶을 중첩시키면서,
죽은 뒤에는 술마저 마시지 못하는 안타까움을 미리 애도한다. 탈출구
를 찾을 수 없는 절망의 나락에서 청춘은 저물어 가고, 술은 붉은 핏빛
을 머금었다.
　　역시 당나라 말엽의 우분(于濆: 832~?, 자는 子漪)은 「고연곡(古宴
曲)」에서 이렇게 풍자했다.

　　치미선이 봉래궁에 거둬들여지자
　　조정의 수레 장안 교외의 큰길로 돌아간다.
　　겹겹 대문 안에 울부짖는 말들 모이는데
　　고관대작 저택에서 잔치가 열린다지.
　　연 땅의 미녀가 술잔 올리는데
　　고개 숙인 모습으로 교태부리지.
　　열 가구 농민들 손에 못이 박여도

봉황비녀 한 짝밖에 사지 못하지.
높다란 누각에서 일제히 내려다보는데
햇살이 비단옷의 색채를 비추는구나.
웃으며 땔감 짊어진 사람 손가락질하면서
그 역시 중국에 살고 있음을 믿지 않지.

雉扇合蓬萊, 朝車回紫陌.
重門集嘶馬, 言宴金張宅.
燕娥奉卮酒, 低鬟若無力.
十戶手胼胝, 鳳凰釵一隻.
高樓齊下視, 日照羅衣色.
笑指負薪人, 不信生中國.

　꿩 꼬리 깃털로 손잡이를 장식한 치미선(雉尾扇)은 본래 제왕의
의장(儀仗) 가운데 하나이고 봉래궁은 바로 대명궁(大明宮)을 가리킨다.
그러므로 제1~2구는 조회가 끝나고 황제가 내궁으로 들어가자 대신
들이 수레를 타고 교외의 저택으로 돌아간다는 뜻이다. 겹겹의 대문에
둘러싸인 그곳에는 벌써 건장한 말들이 모여 있으니, 한나라 때의 김
일제(金日磾: 기원전 134~기원전 86, 자는 叔翁)나 장안세(張安世: ?~기원전 62,
자는 子儒) 같이 대대로 고관대작을 지낸 벼슬아치 집안에서 잔치가 벌
어졌기 때문이다. 술잔 올리며 교태부리는 미녀의 머리에는 열 가구
농민들이 손이 못이 박이도록 일해도 겨우 한 짝밖에 살 수 없는, 봉황
문양이 장식된 값비싼 비녀가 꽂혀 있다. 마치 다른 세상과도 같이 높
다란 누대에서 아래 세상을 내려다보는 그들의 몸에 걸친 비단옷은 햇

빛을 받아 현란하게 반짝인다. 그런 그들의 눈에 비친 땔감 짊어지고 가는 가난한 백성은 너무나 강렬한 대비로 제시되어 마치 딴 세상에서 온 존재인 듯하다. 땔감 짊어진 백성이 그들과 같이 중국에서 태어나 살고 있음을 믿지 않는다는 마지막 서술은 신분과 경제적 불평등을, 그리고 백성의 곤궁한 삶에 대해 전혀 모른 채 향락에 빠진 상류층의 모습을 절묘하게 나타냈다.

물론 이런 신분과 경제의 불평등이 비단 당나라 때만의 일은 아니었고, 그 유래는 인류가 사회생활을 시작한 시점까지 거슬러 올라갈 수도 있을 터이다. 하지만 『시경』처럼 통치자들에 의해 걸러진 노래가 아닌, 진정한 의미의 기록된 '민요(民謠)' 내지 '민가(民歌)'들은 동한 말엽부터나 문헌에 등장한다. 개중에 총 5수로 된 북조(北朝)의 민가 「유주마객음(幽州馬客吟)」 제1수도 대표적인 예로 꼽을 수 있는 작품이다.

　　빨리 뛰는 말은 늘 야위어 고생하고
　　애써 일하는 이는 늘 가난에 찌들지.
　　좋은 곡식은 야윈 말도 일으키고
　　돈이 있어야 비로소 사람 노릇도 하게 되지.

　　快馬常苦瘦, 勤兒常苦貧.
　　黃禾起羸馬, 有錢始作人.

예나 지금이나 육신이 고달프게 노동하는 이들은 대개 그 대가를 온전히 자기 몫으로 챙기지 못하고 가난에 시달리는 경우가 많다. 특히 비현실적인 '최저임금'에 시달리는 사람들은 "돈이 있어야 비로소 사람 노릇도 하게 되는" 사회 구조 안에서 사람으로서 대접조차 제 대로 받지 못한다. 하루하루 끼니가 걱정인 사람들에게는 심지어 계절 의 변화조차도 감상의 대상이 아니라 겪어 내야 할 고난일 뿐이다.

떠오른 해가 화려한 누각 밝게 비추는데
봄바람은 먼지조차 일으키지 않지.
귀공자는 취해 잠들어 아직 일어나지 않았고
미녀들은 다투어 봄나들이 가지.
봄나들이는 뽕잎 났나 보러 가는 것도 아니고
봄나들이는 보리밭 살피러 가는 것도 아니지.
날마다 서쪽 정원을 나와
오로지 꽃과 버들 색깔만 바라보지.
이제야 알겠구나, 농가의 봄이
귀족들의 저택에는 들어가지 않음을!

旭日朱樓光, 東風不驚塵.
公子醉未起, 美人爭探春.
探春不爲桑, 探春不爲麥.
日日出西園, 只望花柳色.
乃知田家春, 不入五侯宅.

이것은 당나라 때 맹교(孟郊: 751~814, 자는 東野)가 쓴 「장안의 초봄 [長安早春]」이라는 칠언고시(七言古詩)이다. 초봄 농가의 분주하고 간절 한 바람과는 달리 한가롭기 그지없이 밤늦게 연회를 즐기고 꽃구경,

버들잎 구경하러 봄나들이 다니는 귀족 집안 자녀들의 모습이 극명한 대조를 이룬다. 물론 이 작품의 마지막 두 구절을 자연은 부족한 것 없이 호사를 누리는 귀족들뿐만 아니라 평범한 사람들의 일상에도 고루 혜택을 나눠준다는 뜻으로 풀이할 수도 있을 것이다. 하지만 그보다 농가의 봄은 한 해 농사의 시작을 알리는 신호 이상의 무엇이 아니지만, 그런 것을 체감하지 못하는 귀족들에게 봄은 그저 생명의 순환을 연출하는 신비로운 구경거리로 간주된다. 이처럼 노동이 일상이 되어 있는 일반 백성들과 귀족 사이의 봄을 대하는 대조적인 태도에 초점을 맞춘 시인의 시선은 같은 제목으로 쓴 다른 시인의 작품들과 확연히 다르다. 예를 들어서 역시 당나라 때 시견오(施肩吾: 780~861, 자는 希聖)가 쓴 「장안의 초봄」은 다음과 같다.

꽃소식 전하는 것은 봄바람인데
어디부터 먼저 붉게 만들었는지 모르겠구나.
아마도 향기로운 정원은 열흘 남짓 지나면
수많은 이들 모두 그림 같은 병풍 속에 있겠구나!

報花消息是春風, 未見先敎何處紅.
想得芳園十餘日, 萬家身在畵屛中.

역시 당나라 때 왕건(王建: 768~835, 자는 仲初)은 같은 제목의 시에서 이렇게 노래했다.

무성하고 드넓은 화초들 장안을 둘러쌌는데

눈 녹이고 추위 쫓는 것은 마음대로 할 수 없지.

먼저 여인들에게 새벽 잠 더해 주었는데

어찌하여 흰머리로 새로운 시름 안겨 주는가?

따뜻한 날씨는 옷에 비단 인승(人勝) 꿰매라고 재촉하고

맑은 하늘은 창에 오색 공 걸라고 알려준다.

매번 몰래 왔다가 몰래 떠나니

올해는 나비더러 붙들어 두라고 해야겠구나!

霏霏漠漠繞皇州, 銷雪欺寒不自由.

先向紅粧添曉夢, 爭來白髮送新愁.

暖催衣上縫羅勝, 晴報窓中點彩球.

每度暗來還暗去, 今年須遣蝶遲留.

　　『전당시(全唐詩)』의 교주(校註)에 따르면 이 작품에서 몇몇 글자들은 판본에 따라 다르다고 하지만 의미에는 큰 차이가 없을 듯하다. 제 5구의 '인승(人勝)'은 정월 초이레에 비단으로 만들어 머리에 달았던 사람 모양의 장식을 가리킨다. 인력으로 어쩔 수 없는 세월의 흐름을 따라 찾아온 봄은 흰머리 늘어 가는 장안의 여인에게도 봄맞이를 준비하게 한다. 하지만 여기서도 따뜻한 계절을 반기는 차분한 정서가 주를 이룰 뿐이다.

　　한편 한유(韓愈: 768~824, 자는 退之)는 「초봄[早春]」에서 이렇게 노래했다.

　　장안 거리의 가랑비는 연유(煉乳)처럼 매끄럽고

멀리 보이는 풀빛은 가까이 가 보면 없어져 버린다.
지금이 일 년의 봄 가운데 가장 좋은 때이니
안개 머금은 버들가지가 황성에 가득할 때보다 훨씬 낫지!

天街小雨潤如酥, 草色遙看近却無.
最是一年春好處, 絶勝烟柳滿皇都.

초봄의 가랑비에 아련한 풀빛이 막 피어나는 시기의 산뜻한 생
명력을 칭송하고 있다. 평범한 묘사 같지만 몽롱한 가랑비에 의해 우
유처럼 자양분이 적셔진 대지에서 보일 듯 말 듯 움직이는 생명의
신선한 색깔을 절묘하게 포착해 냈다.
　　역시 당나라 때의 양거원(楊巨源: 755~?, 자는 景山)은 「성 동쪽의 초
봄[城東早春]」에서 이렇게 노래했다.

　시인의 맑은 풍경 새봄에 있는데
　푸른 버들 막 노래져서 반은 아직 고르지 않네.
　상림원(上林苑)에 꽃들이 비단처럼 피어날 때면
　대문 나서는 이들은 모두 꽃구경하려는 것일 테지.

　詩家淸景在新春, 綠柳才黃半未勻.
　若待上林花似錦, 出門俱是看花人.

　　이것은 시인의 눈에 비친 초봄의 싱그러움과 조만간 다가올 풍
성한 꽃 사태에 대한 기대를 묘사했다. 그리고 이 안에는 장안 상류계
층의 느긋한 삶과 평온한 정서가 가득하다.

하지만 이상의 여러 작품들을 두루 비교해 보면 누구도 맹교처럼 화려한 장안성의 성벽 너머 교외의 농부들에게 시선을 돌리지 않고 있음을 알 수 있다. 여기 언급된 시인들이 대부분 지방관을 역임한 경력이 있음을 감안한다면, 진정으로 백성을 위했던 이가 누구였을지 쉽게 짐작할 수 있을 터이다. 물론 혹독한 기근에 시달리는 모진 세월이 아니라면 시골에서 농사지으며 살아가는 평범한 백성에게 봄은 '구경거리'가 아니라 그 자체의 일부가 되어 '즐기는' 것이니, 만년에 귀향하여 전원생활을 즐긴 육유(陸游: 1125~1210, 자는 務觀)가 쓴 「동산(東山)」은 농사꾼 속에 어울린 사대부의 관점에서 봄을 즐기는 법을 잘 보여 준다.

오늘 모임은 얼마나 훌륭했는가?
관문에 들어가 실컷 마시고 이제야 돌아왔지.
산에 오르면 그야말로 천하를 하찮게 볼 수 있으니
바다 건너 봉래산 찾을 필요 어디 있으랴?
푸른 하늘이 기꺼이 나를 위해 모습 드러내고
고운 해는 피어난 매화처럼 아름다웠지.
술을 거르면 초록빛이 사랑스러워
한 번 취하니 정말 천 독이라도 비우고 싶었지.
치즈와 술은 농우(隴右) 지역에서 나고
백옥 같은 웅백(熊白)은 검남(黔南)에서 난 것이지.
눈이 붉어지고 귀가 달아올라 밤이 된 줄도 몰랐고
그저 은촛대에 높이 꽂힌 촛불 꺼져 가는 것만 보았지.
도읍의 벗들은 태반이 죽어서

즐거움이 극에 이르면 종종 남모를 슬픔 생겨나지.
애오라지 거침없는 호탕함으로 그윽한 근심 누르나니
풍악소리가 우레처럼 땅을 울렸지.

今日之集何佳哉, 入關劇飮始此回.
登山正可小天下, 跨海何用尋蓬萊.
靑天肯爲陸子見, 姸日似趣梅花開.
有酒如酷綠可愛, 一醉眞欲空千罍.
酏酥鵝黃出隴右, 熊肪玉白黔南來.
眼花耳熱不知夜, 但見銀燭高花摧.
京華故人死大半, 歡極往往潛生哀.
聊將豪縱壓幽患, 鼓吹動地聲如雷.

　치즈[酏酥]와 아황주(鵝黃酒), 백옥처럼 희고 매끄러운 곰 등짝의
지방 덩어리[熊白] 등은 보통의 시골에서는 맛볼 수 없는 특미일 테지
만 '거침없는 호탕함으로 그윽한 근심 누르기' 위한 떠들썩한 모임을
위해 준비한 것이리라. 봉래산을 찾을 필요도 없이 그 자체로 신선 세
계가 부럽지 않은 전원의 풍요롭고 자유로운 정취가 가득하다. 다만
밤이 된 줄도 모르고 눈이 붉어지고 귀가 달아오르도록 거나하게 취했
다는 진술로 보건대 이런 모임은 흔하지 않은 것이었으리라고 짐작할
수 있다. 이렇게 보면 봄은 귀족의 저택뿐만 아니라 사대부의 집에도
들어가지 않는 것이 분명하다. 그러니 다들 봄이 오면 이렇게 밖으로
나가려고 안달하겠지!
　하지만 이 시점에서 문득 떠오르는 메를로-퐁티(M. Merleau-
Ponty)의 단호한 선언은 참으로 묘한 기분이 들게 한다.

예술가가 말하려는 것의 의미는 실상 이 세상 어디에도 존재하지 않고 있다. 그것은 아직 의미를 지니고 있지 않은 사물 속에 있는 것도 아니며, 예술가 자신이나 그의 모호한 삶 속에 있는 것도 아니다. 그것은 소위 '문화인(cultured man)'들이 스스로를 감금시키고 있는 일로 만족하고 있는 기존의 이성으로부터 떠나, 그 자체의 고유한 근원을 가진 다른 이성으로 우리를 불러들이고 있는 것이다.*

번역문의 문투가 난삽한 면이 없지 않지만 대략적인 의미는 명백하다. 시인을 포함한 예술가는 '세상 어디에도 존재하지 않은 의미'를 말하려고 하며, 그것은 사물이나 예술가의 삶과도 무관하다는 것이다. 더욱이 그것은 기존의 이성과는 다른 '그 자체의 고유한 근원'을 가진 이성을 갖추고 있다. 그렇다면 저렇듯 뚜렷한 언어로 표현된 시인들의 작품들이 필자가 읽은 것과 같은 비판적인 의미가 아니라면 대체 어떤 의미를 말하고 있는 것일까?

*   메를로-퐁티, 오병남 역, 『현상학과 예술』, 서광사, 1983, 202쪽.

술에 빠져 지낸 속내

유령은 폐관(閉關)을 잘 하여
감정을 숨기고 보고 듣는 것을 없앴지.
음악도 즐거움 주기에 부족했으니
아름다운 색이 어찌 눈을 현혹할 수 있었으랴?
정명(精明)함을 숨긴 채 날마다 술에 빠져 지내지만
뉘라서 그것이 잔치에 빠져 지내는 게 아님을 알까?
술을 칭송한 글은 비록 짧았지만
깊은 속내가 여기에서 드러났지.

劉伶善閉關, 懷情滅聞見.
鼓鍾不足歡, 榮色豈能眩.
韜精日沈飮, 誰知非荒宴.
頌酒雖短章, 深衷自此見.

이것은 남조(南朝) 송(宋)나라 즉, 유송(劉宋)의 안연지(顔延之: 384~456, 자는 延年)가 지은 총 5수의 연작시 「오군영(五君詠)」 가운데 제3수인 「유참군(劉參軍)」이다. 유명한 '죽림칠현(竹林七賢)' 가운데 한 명인

유령(劉伶: 221?~300, 자는 伯倫)은 키도 작고 얼굴도 못생겼지만 노장사
상을 칭송하며 전통적인 유가의 예법을 무시하고 방종하게 술을 마시
며 기분 내키는 대로 행동한 것으로 유명하다. 『세설신어(世說新語)』 「임
탄(任誕)」에는 다음과 같은 기록이 있다.

> 유령은 항상 멋대로 술을 마시고 거침없이 행동했다. 간혹 옷을 벗
> 고 알몸으로 집안에 있곤 했는데, 그걸 본 사람이 나무라자 그는
> 이렇게 말했다.
> "나는 하늘과 땅을 집으로 삼고, 집 건물을 속옷으로 삼는데, 여러
> 분은 왜 내 속옷 안으로 들어오셨소?"
>
> 劉伶恒縱酒放達, 或脫衣裸形在屋中, 人見譏之. 伶曰: 我以天地爲棟宇, 屋
> 室爲褌衣, 諸君何爲入我褌中.

루쉰도 지적했듯이(魯迅, 「魏晉風度及文章與藥及酒之關係」 참조) 이렇게
벌거벗은 이유는 사실 '오석산(五石散)'을 복용하여 열을 식히기 위한
행위였지만, '복식(服食)'을 하지 않는 이들의 눈에는 일상의 예법을 벗
어난 광망한 행위로 비쳤을 것이다. 물론 아주 긍정적인 차원에서는
이런 일화들은 그의 노장사상에 대한 이해가 범인의 경지를 초월하여
저 『문선(文選)』의 주석가 이선(李善: 630~689)의 설명처럼 당시 그의 "가
슴 속에 도와 덕이 충만하여 감정과 욕망이 모두 사라진[道德內充, 情欲俱
閉]"상태였기 때문에, 『노자(老子)』에서 제시했듯이 "빗장이 없어서 그
문을 열 수도 없는(제27장: 善閉, 無關楗不可開)"경지에 들었음을 증명하는
것이라고 풀이할 수도 있겠다. 이목을 닫고 요란한 음악과 화려한 색

에 미혹되지 않았다는 것도 사실 이와 같은 긍정적인 이해를 바탕으로
한 서술일 터이다.

유령이 술을 좋아했다는 것은 너무나 유명한 일이라서 이미 술
을 만든 전설상의 두강과 그를 연결시킨 전설이 만들어질 정도였다.
또 그 자신은 「주덕송(酒德頌)」을 지어서 세간의 평이 거짓이 아님을 몸
소 증언하기도 했다.

도덕을 품은 위대한 선생[大人先生]께서는 하늘과 땅을 하루아침으
로 여기고, 만년을 순식간으로 여기고, 해와 달을 문과 창으로 삼
고, 팔방의 세상 끝까지를 마당과 길로 삼는다. 다님에 수레바퀴
자국이 없고, 거처함에 집이 따로 없으며, 하늘과 땅을 휘장과 방석
으로 삼아 마음 내키는 대로 한다. 멈춰 있을 때면 술잔을 들어 마
시고 움직일 때면 술통이나 술병을 들고 다니면서 오로지 술 마시
는 데만 힘쓸 뿐 그 밖의 것들에는 신경을 쓰지 않는다. 존귀한 집
안의 도령들과 사대부 및 벼슬살이를 마다하고 은거해 지내는 처
사들이 내 명성을 듣고 그 잘잘못을 논의했다. 이리하여 소맷자락
을 떨치고 옷깃을 걷어 세운 채 화난 눈을 부릅뜨고 이를 갈며 예
법에 대해 설명을 늘어놓으며 시비를 따지는 논의가 예리하게 일
어났다. 이에 선생은 술 단지와 술통을 받든 채 잔을 물고 탁주를
머금은 채 수염을 쓰다듬으며 두 다리를 뻗고 누룩과 술지게미를
베고 누워 아무 근심걱정 없이 그 즐거움이 넘쳐났다. 아무 지각이
없을 정도로 취해 있다가 퍼뜩 술이 깨는데 차분히 귀를 기울여도
천둥소리조차 들리지 않고, 유심히 쳐다봐도 태산처럼 큰 것도 보

제2부 술로 푸는 세상사

이지 않으며, 추위와 더위가 살에 닿는 것도 느끼지 않고 이해(利害)
와 욕망에 감정이 흔들리지도 않는다. 만물을 굽어 살피니 어지러
운 것이 마치 강과 바다에 부평초가 떠다니는 듯하고, 도령과 처사
같은 두 호걸들이 옆에서 시중을 드니 마치 나나니벌이 나방과 함
께 있는 것 같았다.

有大人先生, 以天地爲一朝, 萬期爲須臾, 日月爲扃牖, 八荒爲庭衢. 行無轍
迹, 居無室廬, 幕天席地, 縱意所如. 止則操卮執觚, 動則挈榼提壺, 惟酒是
務, 焉知其餘. 有貴介公子, 搢紳處士, 聞吾風聲, 議其所以. 乃奮袂攘襟, 怒
目切齒, 陳說禮法, 是非鋒起. 先生於是方捧甖承槽, 銜盃漱醪, 奮髥踑踞,
枕麴藉糟, 無思無慮, 其樂陶陶. 兀然而醉, 豁爾而醒, 靜聽不聞雷霆之聲, 熟
視不睹泰山之形, 不覺寒暑之切肌, 利欲之感情. 俯觀萬物, 擾擾焉若江海之載
浮萍, 二豪侍側焉, 如蜾蠃之與螟蛉.

참으로 초탈하고 대범한 모습이 아닐 수 없다. 특히 마지막에
제시된 나나니벌과 나방의 은유는 대단히 의미심장하다. 『시경(詩
經)』「소아(小雅)」「작은 새[小宛]」에는 "나방이 새끼를 낳으면 나나니
벌이 업어 기르지[螟蛉有子, 蜾蠃負之]"라는 구절이 있다. 이것은 나나니
벌이 나방을 잡아 마취시켜서 그 몸 안에 알을 낳는데, 나중에 그 알이
깨어나면 나방의 살을 파먹고 자라게 되는 상황을 빗댄 표현이다. 다
만 「주덕송」의 표현만으로는 유령 자신과 '두 호걸[二豪]' 사이에서, 혹
은 '두 호걸' 사이에서 누가 나나니벌이고 누가 나방인지는 판별하기
가 애매하다. 유령과 '두 호걸' 사이에서 누가 착취하고 누가 착취를
당하는가? 존귀한 집안의 도령과 사대부 및 처사라는 '두 호걸' 사이
에서는 또 어떠한가? 또한 굳이 이런 방식이 아니라도 이 구절은 '두

호걸'이 그저 나나니벌이나 나방처럼 미미하고 작은 벌레에 지나지 않는다는 신랄한 조롱과 풍자로 읽을 수도 있다. 그렇다면 이야말로 언제나 술을 지닌 채 사슴이 끄는 수레를 타고 다니고, 하인에게 삽을 들고 따라오라고 하면서 자신이 죽거든 그 자리에 묻어 달라고 했다는 그다운 대범한 풍자가 아닐 수 없다.

그러나 관점을 달리해서 보면 예법과 '두 호걸'의 존재 자체를 무시해 버리는 유령의 이런 행위는 문벌이 횡행하고 지식인의 생사가 앞날을 예견하기 어려운 혼란한 시대 상황 속에서 지각(知覺)과 의식(意識)을 끊어 버리는 술의 위력을 빌려 자신의 안위를 보전하려는 처절한 몸부림일 수도 있었고, 어쩌면 그것이 더 진실에 가까운 것인지도 모른다. 이런 예를 우리는 이미 완적(阮籍)의 취하기 책략을 통해 살펴본 바 있다. 그러니까 술은 '복식(服食)'이 유행했던 당시 지식인 사회에서 '오석산'의 열기를 식히는 수단이었을 뿐만 아니라, 정치적 마수(魔手)에서 벗어날 수 있는 훌륭한 도피처라고 할 수 있었다. 그에 따른 '기행'과 명성은 오히려 부수적인 것이었던 셈이다.

안연지가 이 시에서 말한 유령의 '깊은 속내[深衷]'는 바로 이것을 의미하는 것일 터이다. 『문선』의 주석자들을 비롯한 역대의 논자들도 「주덕송」은 '난세'에 자신의 진정한 재능을 숨기려는 의도가 담긴 것으로 풀이했으므로, 안연지도 그 점을 바탕으로 자신의 처지 또한 유령과 비슷하다는 심정을 시로 읊었다고 생각할 수 있겠다. 두강이 섞어 넣은 바보의 피가 영리한 문인의 피와 섞여서 술에 이렇듯 절묘한 효능이 생겨난 것일까? 한편 당나라 때의 맹교(孟郊)는 「주덕(酒德)」이라는 시로 술의 덕성을 칭송했다.

제2부 술로 푸는 세상사

술은 오래 묵은 맑은 거울이라
소인의 마음을 열어 보이지.
취하면 기이한 행동이 보이고
취하면 기이한 소리가 들리지.
술의 공능은 이렇게 많지만
술의 굴욕도 그 때문에 깊었지.
사람의 죄는 물어도 술에게는 죄를 묻지 말지니
이렇게 하면 잠언으로 삼을 수 있으리라!

酒是古明鏡, 輾開小人心.
醉見異擧止, 醉聞異聲音.
酒功如此多, 酒屈亦以深.
罪人免罪酒, 如此可爲箴.

술은 소인배의 마음을 까발리고 기이한 행동과 기이한 소리를
보고 듣게 해 주는 공능이 있어서 요괴의 정체를 밝히는 신령한 거울
과 유사한 측면도 지니고 있지만, 그보다는 예로부터 재물, 여색과 더
불어 사람을 망치는 주범으로 억울하게 비난을 받아 왔다. 그러나 술
에게 무슨 죄가 있겠는가? 그것을 잘못 마시고 죄를 저지른 사람이
문제일 뿐이다. 이 외에도 원나라 때의 이름을 알 수 없는 어느 작가
가 '쌍조(雙調)'의 리듬으로 노래한 「섬궁곡(蟾宮曲)—술[酒]」 역시 「주덕
송」의 후속편이라 할 만하다.

술은 바다와 산처럼 큰 시름도 삭혀 주니

술이 마음에 이르면

인간 세상에 봄이 가득하지.

이 술은 통쾌하게 마시면 육신을 잊게 해 주고

조금 마시면 시름을 잊게 해 주며

잘 마시면 밥 생각도 잊게 해 주지.

고뇌에 차서 아난(阿難)처럼 얼굴 찡그리고 있던 사람도

두세 잔 마시면 반악(潘岳)처럼 미남자로 변할 수 있지.

기갈을 멈추고 번뇌를 해소하며

관절을 원활하게 하고 혈맥을 통하게 하며

피를 보충하여 얼굴에 화색이 돌게 하고

더위를 없애 주고 추위도 덥혀 주지.

이 술은 바로 종리권(鍾離權)의 호리병이니

그 안에는 목숨을 구해 주는 신령한 단약이 들어 있지!

酒能消悶海愁山, 酒到心頭, 春滿人間.

這酒痛飮忘形, 微飮忘憂, 好飮忘餐.

一個煩惱人乞惆似阿難, 才喫了兩三杯便可戱如潘安.

止渴消煩, 透節通關, 注血和顔, 解署溫寒.

這酒卽是漢鍾離的葫蘆, 葫蘆兒裏救命的靈丹.

    시원스러운 과장법을 구사하여 술의 긍정적 기능을 얘기하면서
'통쾌하게' 마시고 '조금' 마시고 '잘' 마시는 세 가지 방법을 나누어
제시한 것도 흥미롭다. 게다가 번뇌를 해소하여 찡그린 얼굴을 천하
의 미남으로 만들어 주고, 관절이며 혈맥을 다스려 건강을 도와줄 뿐

         제2부 술로 푸는 세상사

만 아니라 추위와 더위까지 해결해 준다고 하니 이것만 놓고 보면 술이 '목숨을 구해 주는 신령한 단약'이라는 이 술꾼의 칭송은 결코 지나치지 않은 듯하다. 하기는 그렇기에 한유(韓愈)도 "만사를 잊는 데는 술만 한 게 없다(「贈鄭兵曹」: 破除萬事無過酒)"고 했으리라.

유령이 술 끊지 않았다고
굴원이여 나무라지 마시오.
마을 언저리에서 술 사노라면 외상이야 늘 있기 마련이지.
매화 구경하러
다리 건너오니
푸른 술집 깃발이 마침 성긴 울타리 밖에 있구나.
취하고 나면 옛 사람과 더불어 어디에 있겠는가?
이런, 모자라구나!
에그, 다시 사야겠구나!

劉伶不戒, 靈均休怪, 沿村沽酒尋常債.
看梅開, 過橋來,
靑旗正在疎籬外, 醉和古人安在哉.
窄, 不勾篩.
哎, 我再買.

이것은 원(元)나라 때 장가구(張可久: 1207?~1349?, 자는 小山)의 산곡(散曲) 작품인 「산파양(山坡羊)—술친구[酒友]」이다. 사고전서(四庫全書)에 수록된 『어정곡보(御定曲譜)』 권2에는 이 작품이 「소무지절(蘇武持節)」이라는 제목으로 수록되어 있다. 작자가 살았던 시대에는 이민족의 억압으로 인해 사대부들이 정신적 물질적으로 피폐해 있었기 때문에 당시에 지어진 작품들 가운데는 세상사와 시운(時運)을 비탄하고 산림에 은거하여 지내는 삶, 남녀 간의 사랑을 노래하면서 출세와 벼슬살이를 천하게 여기고 봉건 예교를 멸시하는 등 염세적이고 도피적인 내용이 많았다. 물론 극소수 작자들은 당시 사회와 역사의 중요한 문제들에 대해 직접적으로 언급하기도 했지만, 그보다는 우회적인 풍자를 통한 반항을 시도한 이들이 주류를 이루었다. 유령이 술에 탐닉했던 것과 마찬가지로 원나라 때의 사대부들도 억압 속에서 재앙을 피하기 위해 풍류에 집착한 경우가 많았던 것이다.

친구들과 모여서 통쾌하게 술을 마시고 취하는 모습을 생동감 있게 묘사한 장가구의 이 노래 역시 그런 부류에 속하지만, 유령과 굴원의 존재로 인해 강렬한 풍자적 의미를 지니게 되었다. 유명한 『초사(楚辭)』 「어부(漁父)」에서 굴원은 어부에게 "온 세상이 혼탁하지만 나홀로 청정하고, 모두들 취했지만 나 홀로 깨어 있어서 내쫓겼다.[舉世皆濁我獨淸, 衆人皆醉我獨醒, 是以見放]"라고 했다가 세상의 추이에 따르지 못하는 어리석은 짓이라는 비웃음을 듣는다. 그러니 혼탁한 세상에서 유령처럼 취해 지내면서 재앙을 피하는 것을 비판한다면 굴원과 같은 고지식한 사람일 뿐이라는 것이다. 겨울이 가고 봄이 오니 기꺼이 취해야 마땅하지 않은가?

또한 이런 의미에서 수나라 말엽의 쇠락하고 어지러운 상황을 경험한 왕적(王績: 585~644, 자는 無功)은 총 5수의 연작시 「술집에서[過酒家]」(제목을 「술집 벽에 쓰다[題酒店壁]」라고도 함) 제3수에서 이렇게 노래했다.

제2부 술로 푸는 세상사

오늘 오래도록 취해 있는 것은
정신을 수양하는 것과는 상관이 없지.
보아하니 죄다 취해 있는데
차마 어찌 나 혼자 깨어 있으랴?

此日長昏飮, 非關養性靈.
眼看人盡醉, 何忍獨爲醒.

　　왕조가 기울어가자 승냥이와 이리[豺狼] 같은 관료들이 다투어 백
성을 착취하는 모습에 탄식하며 술에 빠져 지내다가 결국 탄핵을 당해
벼슬을 잃고 (사실은 그 스스로 버린 셈이지만) 귀향하여 은거했던 왕적은
'술집의 남사(南史)나 동호(董狐) 같은 올곧은 역사가[酒家南東]'라는 칭
송을 받았다고 한다. 그렇지만 세상 사람들이 모두 취하여 만사가 혼
란하고 왕조의 멸망이 빤히 내다보이는 상황에서 차마 홀로 깨어 있지
못하겠다는 것은 일종의 무기력한 현실 도피적인 얘기이기도 하지만,
그 안에는 크기를 가늠할 수 없는 분노가 들끓고 있다. 나중에 당나라
때에 그는 문하성에서 잠시 벼슬살이를 했는데, 시중(侍中) 진숙달(陳叔
達: ?~635, 자는 子聰)이 그에게 매일 술 한 말을 주라고 특별히 허락했다
고 하여 '말술의 학사[斗酒學士]'라는 별명을 얻었다고 한다. 하지만 얼
마 후에 다시 사직하고 고향인 용문(龍門, 지금의 山西省 河津)의 동고(東皐)
에 은거했다. '쫓겨난 신선[謫仙人]'으로서 세상에 어울리지 못했던 이
백도 "예로부터 성현은 모두 적막해졌으되 오직 술 마신 이들만 그 이
름을 남겼다(「將進酒」: 古來聖賢皆寂寞, 惟有飮者留其名)"라고 했으니, 성현보
다 한참 모자란 우리는 그저 평범한 '옛 사람'들과 더불어 술꾼으로 이

름만 남기고 자취도 없이 떠날 뿐이다.

남풍이 산을 불어 평지로 만들고

천제께서 천오 보내 바닷물 옮기게 하셨네.

서왕모의 복숭아나무가 천 번이나 붉은 꽃 피울 동안에

팽조나 무함은 몇 번이나 죽었을까?

청총마에는 동전 같은 무늬가 올망졸망

어여쁜 초봄의 버들가지는 가는 안개 머금었네.

쟁(箏) 타는 미녀는 나에게 금굴치(金屈巵) 권하는데

신령한 피도 아직 모이지 않았거늘 이 몸은 누구를 찾아갈까?

슬픈 「정도호」 가락 속에 방탕하게 술 마시지 말지니

세상의 영웅에겐 본래 주인이 없는 법.

비단 실 사서 평원군 수놓고

술이 있으면 오로지 조주 땅에 뿌려야지.

바삐 듣는 물방울 삼키느라 목 메이는 옥섬여

위자부(衛子夫)의 쇠한 머리칼은 빗질도 감당하지 못하네.

보게나, 싱그럽던 눈썹 하얗게 세어 버렸네.

스무 살 남자가 무슨 고생이 그리 심했는지!

南風吹山作平地, 帝遣天吳移海水.

王母桃花千遍紅, 彭祖巫咸幾回死.

靑毛驄馬參差錢, 嬌春楊柳含細煙.

箏人勸我金屈巵, 神血未凝身問誰.

不須浪飮丁都護, 世上英雄本無主.

제2부 술로 푸는 세상사

買絲繡作平原君, 有酒唯澆趙州土.
漏催水咽玉蟾蜍, 衛娘髮薄不勝梳.
看見秋眉換新綠, 二十男兒那刺促.

당나라 중엽 이하(李賀)의 「호탕하게 노래하다[浩歌]」이다. 굴원
의 「구가(九歌)」에 "미인을 기다리는데 아직 오지 않지만, 바람 맞으며
기꺼워 호탕하게 노래한다.[望美人兮未來, 臨風悅兮浩歌]"라는 구절이 들어
있듯이, 큰소리로 부르는 이 '호탕한 노래'는 본래 반어적인 의미가 담
긴 제목이다.

'시귀(詩鬼)'라는 별칭이 무색하지 않게 시인은 첫 구절부터 신화
의 세계를 끌어온다. 『산해경』 「해외동경(海外東經)」에 따르면, '천오(天
吳)'는 조양(朝陽)의 곡신(谷神)으로서 물을 관장하는 신[水伯]이다. 그 모
습은 머리와 얼굴이 여덟 개이고, 다리와 꼬리도 여덟 개인데, 모두 청
황색이라고 한다. 또 같은 책의 「대황동경(大荒東經)」에서는 그 모습이
머리가 여덟이고, 사람의 얼굴에 호랑이의 몸뚱이를 하고 있으며, 꼬
리가 열 개라고 묘사되어 있다. 신들이 주관하는 아득한 시간 속에서
상전벽해의 변화가 일어나서 삼천 년에 한 번 꽃을, 삼천 년에 한 번
열매를 맺는 서왕모의 복숭아나무가 천 번의 꽃을 피우는 영원에 가까
운 시간을 생각하면 인간 세계에서 오래 살았다고 알려진 '팽조'와 '무
함'의 수명은 애초에 비교의 대상조차 되지 못한다. 갈홍(葛洪: 284~364,
자는 稚川, 호는 抱朴子)의 『신선전(神仙傳)』 등에 기록된 바에 따르면, 팽조
는 은(殷)나라의 대부(大夫)인 전갱(錢鏗)을 가리킨다. 그는 제전욱(帝顓
頊)의 후손인 육종씨(陸終氏)의 아들인데, 하(夏)나라 때부터 은나라 말

엽까지 팔백 년이 넘도록 살다가 신선이 되어 떠났다고 한다.* 그리
고 무함은 옛날의 신령한 무당인데, 그에 대해서는 황제(黃帝)가 탁록
(涿鹿)에서 염제(炎帝)와 전쟁을 하려 할 때 길흉을 점치게 한 사람이라
는 설부터, 홍술(鴻術)이라는 것을 가지고 요임금 때에 '의(醫)'가 된 사
람이라는 설, 그리고 은나라 중종(中宗) 때의 신령한 무당이라는 설 등
이 다양하다. 『산해경』에는 그가 영산(靈山)의 유명한 무당 가운데 하
나로서 약초를 채취해서 불로장생을 누렸다고 했다. 어쨌든 이러한 인
간 세상의 존재들도 신들의 시간 속에서는 반딧불처럼 짧게 반짝였다
가 사라지는 존재에 지나지 않는다.

　　그런 인간 세상에서 마치 동전을 늘어놓은 것 같은 무늬를 가지
고 있다고 해서 '연전총(連錢驄)'이라고도 불리는 명마인 청총마를 타고
봄나들이를 나가 아리따운 가기(歌妓)가 풍악을 울리며 남조 송나라 왕
실에서 즐겨 썼다는, 손잡이가 굽은 술잔인 '금굴치(金屈卮)'에 가득 따
라 권하는 좋은 술을 마신다. 남편을 잃은 송나라 고조(高祖)의 딸에 얽
힌 애달픈 사연이 서린 「정도호(丁都護)」 가락 속에서 신선의 금단(金丹)

*
　오늘날 밝혀진 바에 따르면 팽조는 대팽국(大彭國) 제1대 시조(始祖)로 요순 시대에 살
　았던 팽전(彭籛: ?-?, 자는 鏗)을 가리킨다. 하지만 그의 이야기는 종종 신농(神農) 시대
　의 무당인 무함(巫咸)과 황제(皇帝) 시대의 무의(巫醫) 무팽(巫彭), 하(夏)나라의 팽백수
　(彭伯壽), 상(商)나라의 팽백고(彭伯考)와 팽함(彭咸) 등의 이야기와 뒤섞여 전해지면서
　나이가 800살이라는 등의 전설이 만들어졌다. 또 청나라 때 공광삼(孔廣森)은 『열자
　(列子)』 「역명(力命)」에 주석을 붙이면서 팽조는 팽성(彭姓)의 조상이라고 했는데, 대팽
　국은 유우씨(有虞氏)의 시대부터 상(商)나라 때까지 존속하다가 무정(武丁) 43년(기원
　전 1207)에 멸망한 것으로 알려져 있다. 그러므로 오늘날 학자들은 대개 팽조의 나이
　가 800살이라는 것은 사실 대팽국이 존속했던 기간을 가리킨다고 설명하곤 한다. 지
　금의 쓰촨성[四川省] 메이산현[眉山縣]에 팽조의 무덤이라는 것이 있다.

을 먹어 불로장생의 몸이 되지도 못한 채 자신을 알아주는 주인을 찾지 못해 시름겨운 영웅은 인재를 알아주는 평원군(平原君) 조승(趙勝: ?~기원전 251)을 기리며 술을 부어 제사를 올릴 따름이다.

한편 옛날의 물시계는 청동 그릇에 물을 담아 놓고 상면에 용을 조각하여, 그 입을 통해 물이 흘러나오도록 만들었다. 그리고 그 아래 다른 그릇을 하나 두고 거기에 두꺼비를 조각하여, 용의 입에서 나온 물이 두꺼비의 벌린 입을 통해 아래쪽 그릇으로 들어가도록 했다. 그러므로 바삐 듣는 물방울 삼키느라 목 메이는 옥섬여는 감당할 수 없이 빨리 지나는 세월을 묘사한 것이다. 그렇기 때문에 한때 길고 아름다운 머리카락 때문에 한(漢) 무제(武帝)의 총애를 받았던 황후(皇后) 위자부(衛子夫)와 같은 미녀도 시들 수밖에 없다.

하지만 스무 살밖에 되지 않은 사내, 이하는 성성하던 눈썹이 하얗게 셀 만큼 모진 세상사에 시달려야 했으니, 그 심정을 무엇으로 형용하겠는가! 지나친 '피휘'의 관습으로 인해 뜻을 펼칠 기회가 막혀 버린 후, 문인으로서 삶은 암담한 절망의 나날일 뿐이다. 제아무리 술이 근심을 씻어 주는 기능을 갖고 있다 한들 그에게 얼마나 효험이 있었을까?

강물에 가을 그림자 담겨 기러기가 막 날아가는데
손님과 함께 술병 들고 취미정에 올랐다.
세속의 삶에서 마음껏 웃을 날 만나기 어려우니
머리에 가득 국화 꽂고 돌아가야지.
그저 거나하게 취해 훌륭한 절기에 보답할 뿐
높은 곳에 올라 저무는 햇빛 한탄할 필요 없지.

예로부터 지금까지 그저 이러했으니

무엇하러 굳이 우산에 올라 혼자 눈물로 옷깃 적시겠는가?

江涵秋影雁初飛, 與客携壺上翠微.
塵世難逢開口笑, 菊花須揷滿頭歸.
但將酩酊酬佳節, 不用登臨恨落暉.
古往今來只如此, 牛山何必獨沾衣.

당나라 때 두목(杜牧: 803~852?, 자는 牧之)의 「중양절에 제산에 올라 [九日齊山登高]」인데, 작자가 안휘(安徽) 지주(池州)에 폄적되어 있을 때 그 곳 동남쪽에 있는 제산(齊山) 취미정(翠微亭)에 올라서 지은 것이다. 그 가 폄적되어 지주자사(池州刺史)로 부임한 것은 회창(會昌) 4년(844) 9월 이었는데, 제산 꼭대기에 정자를 짓고 이백의 시 「증추포류소부(贈秋 浦柳少府)」에 "주렴 걷으면 푸른 녹음이 눈에 들어온다[開簾當翠微]"라는 구절에서 '취미정'이라는 이름을 취해 붙였다고 한다.

『장자』「잡편(雜篇)」"도척(盜跖)"에서는 "사람의 수명이 길면 백 살이고 중간은 여든 살, 아래는 예순 살인데 병에 시달리고 가까운 이 의 죽음을 슬퍼하고 근심걱정에 잠긴 때를 제외하면 개중에 마음껏 웃 는 날이 한 달에 사나흘을 넘기지 않을 것[人上壽百歲, 中壽八十, 下壽六十, 除 病瘦死喪憂患, 其中開口而笑者, 一月之中, 不過四五日而已矣]"이라고 했다. 하물며 죄를 얻어 폄적된 몸이라면 당연히 더욱 시름이 깊을 수밖에 없을 터 이다. 그런데 중양절은 국화주와 인연이 있는 절기이니, 머리 가득 국 화를 꽂고 거나하게 취해 세상사를 잊으면 잠시나마 마음껏 웃을 수 있지 않겠는가? 『예문류취(藝文類聚)』 권4에 인용된 『속진양추(續晉陽

秋)』에 따르면 도잠이 중양절에 술이 없어서 집 부근에서 국화를 한 움큼 따서 들고 그 옆에 한참 동안 앉아 있었는데, 마침 어느 하인이 술을 가져왔으니 바로 왕홍(王弘: 379~432, 자는 休元)이 보낸 것이었다고 한다. 물론 그는 그 자리에서 바로 마시기 시작해서 만취하여 집으로 돌아갔다고 한다. 이런 점들을 생각하면 이날 두목이 술병 들고 함께 취미정에 오른 '손님'은 분명 가난한 은자였음을 짐작할 수 있다. 그리고 실제로 그 손님은 뛰어난 시재(詩才)를 지니고 있었음에도 원진(元稹: 779~831, 자는 微之)의 억압 때문에 벼슬살이가 좌절되어 어쩔 수 없이 은자로서 생을 마감했던 시인 장호(張祜: 785?~849?, 자는 承吉)였다. 자신보다 열여덟 살 가까이 나이도 많고 억울한 억압으로 자신보다 훨씬 불행한 삶을 사는 이가 찾아왔으니 두목의 마음이 어떠했겠는가?

그런데 산의 이름이 제산이니 시인은 아득한 춘추시대 제(齊)나라의 경공(景公)과 관련된 일화를 떠올린다. 『안자춘추(晏子春秋)』「간(諫)·상(上) 17」에 따르면 경공은 우산(牛山)에 올라 북쪽으로 제나라의 수도 임치(臨淄)를 바라보면서 "어찌 피눈물 흘리며 이곳을 떠나 죽으랴![若何滂滂去此而死乎]" 하고 탄식했다고 한다. 그러나 저무는 햇빛을 보며 인생의 무상함을 느끼는 것은 예로부터 항상 있었던 일이니, 유독 자신만의 일이라고 탄식할 필요는 없다. 그렇게 때문에 당시에 경공도 안영(晏嬰: 기원전 578~기원전 500, 자는 仲, 諡號는 平)의 지적에 부끄러워 반성하면서 스스로 벌주를 마시고, 그를 따라 울었던 두 신하에게도 두 잔씩 벌주를 내렸다고 한다. 그러니 시인도 저무는 햇빛을 한탄하지 않고 그저 거나하게 취하도록 술이나 마실 뿐이다.

그러나 일견 화통하게 시름을 내던지는 듯한 그의 행위는 사실상 시름의 심도를 더할 뿐이다. 시의 곳곳에 드러난 '모름지기[須]', '그 저[但]', '필요 없다[不用]', '무엇하러 굳이[何必]' 등의 부정적인 어감을 지닌 글자들은 그의 내심에 들끓는 갈등을 잘 보여 준다. 아무리 씻으 려 해도 씻어지지 않는 동병상련의 시름은 그저 술을 재촉할 뿐이다. 그러나 어찌 되었든 그들은 다시 세상의 삶 속으로 돌아가야 한다. 저 문 샛강에 삽을 씻고 다시 어두워진 세상으로 돌아간 어두운 시대의 노동자처럼(정희성, 「저문 강에 삽을 씻고」), 그들도 부당한 억압과 부조리 로 얼룩진 저마다의 세상—그곳이 벼슬길이든 은자의 산림이든 간 에—으로 돌아가야 하는 것이다.

당나라 때의 우무릉(于武陵: ?~?)은 「술을 권함[勸酒]」에서 이렇게 노래했다.

받게나, 금굴치에
가득 따른 술 거절하지 마시게.
꽃이 피면 비바람 많고
인생에는 이별할 일도 충분하다네!

勸君金屈巵, 滿酌不須辭.
花發多風雨, 人生足別離.

꽃이 피면 비바람이 시기하지만 그것을 이겨낸 꽃은 더 아름답 듯이 억압과 좌절, 이별의 시름 등을 포함한 시련을 이겨낸 인생 역시 평탄하기만 한 생애를 누리다 간 이들보다 더 훌륭한 결실을 남길 것 이다. 곤궁한 삶의 긍정적인 결과가 반드시 시인이나 문학가의 몫만

제2부 술로 푸는 세상사

은 아니다. 유가 사대부들이 억압에 시달리던 원나라 때에 유시중(劉時
中: ?~?)은 산곡(散曲) 「산파양(山坡羊)—저명곡(邸明谷: ?~?, 자는 元謙)과 고
산에 나들이 가서 술을 마심[與邸明谷孤山遊飮]」에서 이렇게 노래했다.

> 시는 거침없으나 비장하고
> 술잔은 깊어서 호방하니
> 문득 취한 눈으로 수많은 산봉우리를 바라본다.
> 마음은 조화롭고
> 기개는 헌앙하여
> 하늘 바람 속에 학을 타고 삼천 길 높은 곳을 오르니
> 떠도는 인생들 모두 부질없이 스스로 바쁘구나.
> 공훈도 헛소리요
> 명성도 헛소리로다!

> 詩狂悲壯, 杯深豪放, 恍然醉眼千峰上.
> 意悠揚, 氣軒昂.
> 天風鶴背三千丈, 浮生大都空自忙.
> 功, 也是謊. 名, 也是謊.

　　중국의 포털 사이트에서 유시중의 이름을 검색하면 당혹스러운
결과를 얻게 된다. 그는 생졸년과 경력도 불분명할 뿐더러 출신지도
산시성[山西省]과 쟝시성[江西省]으로 전혀 다른 두 곳이 검색된다. 또 본
래 이름이 치(致)이고 호가 포재(逋齋)이며 지순(至順) 3년(1332)에 원나
라 조정에서 한림대제(翰林待制)를 지내고 이후에 절강행성도사(浙江行省

都事)를 지내다가 죽었지만 장례를 치를 방법이 없어서 항주(杭州)의 도사 왕미수(王眉叟)라는 이가 장례를 치러주었다는 설 등이 있다. 혹자는 산시성의 유시중과 쟝시성의 유시중이 같은 인물이라고 주장하기도 하는데, 어쨌든 그의 생애에 대해서는 아직 정확하게 고증된 바가 없다. 이 또한 이민족 치하의 혼란한 시대를 살았던 유가 사대부들에게는 그다지 드물지 않은 비애였다.

비장한 시를 거침없이 읊고 큰 잔에 호방하게 술을 마시고 취하여 마음이 조화로워지고 기개가 드높아지니, 마치 신선이 되어 학을 타고 높은 하늘을 날면서 부질없이 바쁜 속세를 내려다보는 듯한 기분이 든다. 그리고 그런 상황에서 통찰해 보건대 세상 사람들이 아등바등 추구하는 부귀공명이란 잠꼬대 같은 헛소리에 지나지 않는다. 하지만 잠깐의 그 초탈을 경험하고 나면 다시 세상으로 '어두워져서' 돌아갈 수밖에 없는 것이 또한 현실이다!

하지만 때로는 술로 그 어두운 현실을 아름다운 꿈속으로 바꿀 수도 있다. 송나라 때 왕기(王琪: ?~?, 자는 君玉)는 「망강남(望江南)—강남주(江南酒)」에서 다음과 같이 노래했다.

강남의 술 가운데
어느 곳의 술맛이 더욱 진한가?
깊은 골목 안에서 봄바람 맞으며 취해 누웠다가
새벽이면 작은 다리 동쪽에서 향기로운 술집 깃발 찾아가
커다란 황금 술잔에 죽엽청 가득 채우지.

제2부 술로 푸는 세상사

단판 치는 이도 취해

화장한 얼굴에 발그레한 빛 피어난다.

곱디고운 미녀들 어우러진 화려한 누각엔

생선이며 죽순 안주 옥쟁반에 담겨 있으니

곤드레만드레 시름 따위는 내버려두자!

江南酒, 何處味偏濃.

醉臥春風深巷裏, 曉尋香旆小橋東.

竹葉滿金鍾.

檀板醉, 人面粉生紅.

靑杏黃梅朱閣上, 鱒魚苦筍玉盤中.

酩酊任愁攻.

　　밤새 취해 누웠다가 새벽부터 다시 술집을 찾아 기생들과 어울
리며 또 곤드레만드레 취하여 시름 따위에는 신경조차 쓰지 않는다니,
월급에 쫓기는 현대의 평범한 직장인 신분의 애주가로서는 그의 시간
적 경제적 여유와 체력이 그저 부러울 따름이다. (여기서는 일단 시적 '반
어법'을 생각하지 말자!) 그리고 이런 경우라면 그가 팽개친 '시름'이 무엇
인들 무슨 상관이랴?

동곡이명(同曲異鳴)

～～～～～

좋은 포도주 야광배에 따라

마시려 할 때 비파 소리 말 위에서 재촉한다.

술 취해 모래밭에 누웠다고 그대 비웃지 마시게.

예로부터 출정했다가 살아 돌아온 이 몇이나 될까?

葡萄美酒夜光杯, 欲飮琵琶馬上催.
醉臥沙場君莫笑, 古來征戰幾人回.

고향 땅 중원에는 벌써 꽃도 새도 한창일 테지만

새외의 모래바람은 여전히 차갑기만 하구나.

밤중에 오랑캐의 갈잎피리 「절양류」를 연주하여

듣는 이 마음 울려 고향 생각 하게 만드는구나.

秦中花鳥已應闌, 塞外風沙猶自寒.
夜聽胡笳折楊柳, 敎人意氣憶長安.

당나라 때 왕한(王翰: ?~?, 자는 子羽)이 쓴 총 2수의 연작시 「양주사
(凉州詞)」이다. 제1수는 출정을 앞두고 화려한 연회에서 마음껏 취하는

전사들의 호방한 모습을 그리고 있다. 그런 의미에서 마지막 두 구절은 살아서 고향으로 돌아가지 못할 처지에 대한 처량한 넋두리라기보다는 죽음조차 도외시한 활달한 전사의 기개를 나타낸다고 읽는 것이 더 바람직해 보인다. 제2수는 이민족의 처량한 음악 속에서 고향을 그리는 병사의 마음을 노래함으로써 제1수의 취중호기 뒷면에 숨은 시름을 드러내고 있다.

양주는 지금의 간쑤성[甘肅省] 우웨이시[武威市]에 속한 곳으로서 옛날에는 옹주(雍州) 등으로도 불렸다. 이곳은 동쪽으로 닝샤성[寧夏省]의 성 정부 소재지인 인촨[銀川]을, 서쪽으로는 칭하이성[靑海省]의 성 정부 소재지인 시닝[西寧]을, 남쪽으로는 간쑤성의 성 정부 소재지인 란저우[蘭州]를 이웃에 두고 있으며, 북쪽으로는 둔황[敦煌]과 통하는 중국 서북쪽 변경의 요지이다. 「양주사」라는 곡조는 개원(開元: 713~741) 연간에 농우절도사(隴右節度使) 곽지운(郭知運: 667~721)이 수집하여 바친 서역의 곡보(曲譜)에 포함된 것으로서 당나라 때 많은 시인들이 이 곡조에 맞춰서 시를 쓴 바 있다. 아울러 이 곡조의 근원이 변방인 만큼 이 제목을 내세운 시들 또한 변방을 소재로 한 것들이 주를 이룬다. 예를 들어서 왕지환(王之渙: 688~742, 자는 季凌)은 이렇게 노래했다.

황하는 멀리 흰 구름 사이로 올라가는데
한 조각 외로운 성 만 길 산 위에 서 있구나.
오랑캐의 갈잎피리는 왜 굳이 버들을 원망하여
봄바람이 옥문관을 건너오지 못하게 하는가?

黃河遠上白雲間, 一片孤城萬仞山.
羌笛何須怨楊柳, 春風不度玉門關.

선우는 북쪽 불운단을 바라보며
말 잡아 단에 올라 몇 차례 제사를 지냈던가?
중원 왕조의 천자는 지금 신과 같은 무위 떨치며
화친 맺고 돌아가도록 해 주지 않는구나.

單于北望拂雲堆, 殺馬登壇祭幾回.
漢家天子今神武, 不肯和親歸去來.

　　제1수는 서북쪽 변방의 광활하고 황량한 풍경과 「절양류」가락
의 제목이 암시하는 이별의 시름과 혹독한 추위에 둘러싸인 북방의 기
후를 묘사하고 있다. 구슬픈 갈잎피리 소리에 담긴 버들에 대한 원망
때문에 봄바람이 옥문관을 건너 북으로 오지 못한다는 묘사가 유명한
작품이다. 제2수에서 선우 즉 북방 이민족의 수령이 말을 잡아 자신들
의 사당인 불운퇴에서 몇 차례 제사를 지냈다는 것은 중원 정벌을 나
서면서 조상에게 승리할 수 있도록 보우해 달라고 기원했다는 뜻일 터
이다. 하지만 마침 당나라 국력이 강성해서 예전의 허약한 왕조들처럼
침략자들에게 재물과 미녀를 바치고 '화친'하는 것이 아니라 무력으
로 격퇴함으로써 선우의 은근한 바람을 무산시켜 버렸음을 칭송하고
있다. 사실 개원 연간의 당나라는 정치와 경제, 문화, 군사적 측면에서
모두 극성기를 구가하고 있었기 때문에 이러한 칭송이 무색하지 않았
다. 게다가 실제로 돌궐(突厥)의 수령 소살(小殺)이 현종(玄宗)의 양아들

이 되겠다고 자청하여 허락을 받았으나, 공주를 부인으로 달라는 청은 끝내 들어주지 않았던 일이 있다. 그렇기 때문에 제2수의 마지막 구절은 "화친 맺어 주려 하지 않아 헛걸음만 하게 했구나!"라고 의역하기도 한다.

한편 장적(張籍: 766?~830?)은 같은 제목으로 총 3수의 연작시를 쓰면서 왕지환과는 전혀 다른 염려를 드러냈다.

변방의 저물녘 빗속에서 기러기 낮게 날고
갈대와 죽순 막 돋아나 차츰 가지런해지려 한다.
무수한 방울소리 멀리 모래섬을 지나는데
틀림없이 하얀 무명 싣고 안서로 가는 대상들일 테지.

邊城暮雨雁飛低, 蘆笋初生漸欲齊.
無數鈴聲遙過磧, 應馱白練到安西.

오래된 도시 성문이 하얀 모래섬에 열렸는데
오랑캐 병사들 종종 모래언덕 옆에 있었지.
변방 순시하는 사신이여 일찌감치 길 떠나셔서
평안한지 묻고 싶거든 사신 보내지 말라 하시게.

古鎭城門白磧開, 胡兵往往傍沙堆.
巡邊使客行應早, 欲問平安無使來.

봉림관 안의 강물은 동으로 흐르고
백초와 누런 느릅나무가 육십 년 동안 자랐지.

변방 장수들 모두 주상의 은택 입었지만
길을 열어 양주를 점령하는 이 아무도 없구나!

鳳林關裏水東流, 白草黃楡六十秋.
邊將皆承主恩澤, 無人解道取涼州.

장적이 이 시를 지을 무렵에는 그 옛날 고선지(高仙芝: ?~756)가 개척했던 안서(安西) 지역은 이미 토번(吐蕃)에게 넘어간 상황이었다. 그 때문에 사신조차 마음대로 오가기 어렵고, 육십 년 동안 황량하게 버려진 봉림관의 모습이 대변하듯이 변방의 상황이 위태로운데도 천자의 은혜를 입은 장수들 가운데 양주를 회복하려는 이는 아무도 없는 현실을 풍자한다. 이것은 달리 말하자면 무능하고 부패한 당시 변방 장수들의 모습에 대한 우회적인 비판이라고 할 수 있다. 왕지환이 노래하던 시절에 비하면 장적의 시대는 그야말로 역사의 창상(滄桑)을 확연히 보여 준다. 그러므로 이 두 작품의 뒤편에 차려진 술자리는 상반된 분위기에 싸여 있을 것임을 짐작할 수 있겠다.

「양주사」는 아니지만 변방의 경험을 노래한 시들 가운데는 이와 유사한 비분을 토로한 것들이 적지 않다. 예를 들어서 유극장(劉克莊: 1187~1269, 자는 潛夫)은 「군중악(軍中樂)」이라는 신악부(新樂府)에서 이렇게 폭로했다.

행영에는 빠짐없이 조두를 설치하고
깊숙한 군막의 입구는 만 명이 지키고 있지.
장군은 귀중한 몸인지라 안장 없은 말을 타지 않고

제2부 술로 푸는 세상사

밤마다 병사 보내 요지를 지키게 하지.

자기 말로는 적들이 두려워서 감히 침범하지 못한다면서

노루 사슴 사냥해서 술판을 벌이지.

날이 새면 술도 깨고 산 위의 달도 기우는데

염색한 비단 백 단 가무 올린 여자들에게 하사하지.

누가 알까, 병영에서 피 흘리며 전투한 이들은

돈이 없어 창칼에 다친 상처에 바를 약도 구하지 못하는 것을!

行營面面設刁斗, 帳門深深萬人守.

將軍貴重不據鞍, 夜夜發兵防隘口.

自言敵畏不敢犯, 射麋捕鹿來行酒.

更闌酒醒山月落, 綵繒百段支女樂.

誰知營中血戰人, 無錢得合金瘡藥.

　　악부시가 원래 민간에서 비롯되었기 때문에 두보와 원진, 백거이 등이 쓴 작품들도 모두 쉬운 어휘를 구사하여 현실의 부조리 등을 고발하는 내용이 많다. 특히 송나라 때에는 범성대(范成大: 1126~1193)가 총 10수의 연작시 「납월촌전악부(臘月村田樂府)」에서 농촌 풍경을 집중적으로 서술했던 것처럼, 시의 묘사를 사물이나 사건의 특정한 부분에 집중해서 쓰는 경향이 있었기 때문에 묘사가 상대적으로 더 세밀해진 듯하다. 유극장도 10수의 신악부를 남겼는데, 그 가운데 6수가 이 작품과 같이 남송 말엽 변방 군대의 부패를 폭로한 것들이다. 충성스럽고 용맹한 병사들은 피 흐르는 전장에서 부상을 당해도 치료할 약조차 사지 못하는 신세이고, 그러다가 전사하더라도 나라에서는 유가족들에게 아무런 경제적 지원도 해 주지 않았다. 무능하고 겁 많은 장군들은 직접적인 전투를 기피하면서 그저 사치와 음란한 음주가무를 즐길 뿐이었다. 게다가 그런 타락상이 변방에만 있는 것이 아니라 심지어 조정에서도 만연했다.

> 한나라 역사에서
> 졸렬한 계책은 화친이었지.
> 사직은 영명한 군주에게 의지하는데
> 나라의 안위는 아낙에게 부탁했지.
> 어찌 아름다운 용모로
> 북방 오랑캐의 침략을 진정시키려 했는가?
> 천 년 동안 땅속에 묻힌 해골 가운데
> 군주를 보좌한 신하라고 할 이는 누구인가?

> 漢家靑史上, 計拙是和親.
> 社稷依明主, 安危托婦人.
> 豈能將玉貌, 便擬靜胡塵.
> 地下千年骨, 誰爲輔佐臣.

융욱(戎昱: 744~800)의 「영사(詠史)」이다. 이 시는 제목을 「화번(和蕃)」이라고도 하는데, 당나라 말엽 범터(范攄: ?~?, 自號는 雲溪子)의 『운계우의(雲溪友議)』 "화융풍(和瀜諷)"에 최초로 수록되어 있다. 외적이 침략하면 나라의 안위는 왕소군(王昭君)과 같은 여인을 팔아 겨우 유지하면서, 군주도 제대로 보좌하지 못한 이들이 고관대작의 자리를 차지하고 호사를 누리다가 편안히 천수를 누리다 간 역사를 싸잡아 풍자하고 있다. 상황이 이러하니 변방의 경계는 나날이 쪼그라들 수밖에!

　　그러나 사실 무사의 기상이 선망되던 시대에도 호기롭고 낭만적인 이야기는 늘 극소수 영웅들의 몫일 뿐, 그들의 무훈(武勳)을 위해 희생된 일반 병졸들은 언제나 역사의 뒤안길에 있었다. 한때 유행했던 어느 개그맨의 푸념처럼 "일등만 대접 받는 더러운 세상!"은 예나 지금이나 별로 달라진 게 없는 셈이다. 그나마 당나라의 뒤를 이른 송나라는 '문치(文治)'를 표방하며 얼마 안 되는 영웅들의 이야기조차 지나간 야만의 시대와 함께 묻어 버렸지만, 그 시대라고 해서 변방에 전쟁이 아주 없었던 것은 아니었다. 하지만 변경을 노리는 이민족 대신에 송나라의 어느 은퇴한 노병이 맞이한 새로운 전장은 타락한 윤리 도덕이 판치는 세상이라는 당경(唐庚: 1070~1120, 자는 子西)의 노래 「장구(張求)」는 이런 의미에서 많은 생각을 하게 한다.

> 늙어 은퇴한 장구라는 병사
> 깨진 말[斗] 같은 모자 썼다네.
> 익창의 저자에서 점을 팔아
> 목숨은 술에 의지하지.
> 말 타고 좋은 일 한지 오래되어
> 돈일랑 가난한 이들에게 주었지.
> 한마디도 거짓말하지 않고
> 뜻 속에 자연히 좋고 나쁨이 들어 있지.
> 닭갈비처럼 야윈 몸으로 교묘히 주먹질 받아 내며

남들이 화내거나 싸움 걸어도 겁낼 줄을 모르지.
이 때문에 더욱 초라해져서
굶어 죽을 주름이 입으로 이어지려 하지.
죽지 않았을 때도 성격이 완강했으니
권세가라고 아랑곳할 리 있나?
선비의 절개 오래 전에 사라져서
치질도 달게 핥으며 토하지 않지.
장구가 어쩌 도를 깨달았으랴만
논의는 구차함이 없지.
내 차라리 그를 따라 노닐면서
애오라지 그를 통해 시들어 썩은 세상을 격발하리라!

張求一老兵, 著帽如破斗.
賣卜益昌市, 性命寄杯酒.
騎馬好事久, 金錢投甕牖.
一語不假借, 意自有臧否.
雞肋巧安拳, 未省怕嗔毆.
坐此益寒酸, 餓理將入口.
未死且強項, 那暇顧炙手.
士節久凋喪, 舐痔甜不嘔.
求豈知道者, 議論無所苟.
吾寧從之遊, 聊以激衰朽.

　　당나라 때에 비해서는 조용한 편이었지만 그래도 모질고 열악한
기후에 시달리면서도 생사의 긴장을 늦추지 못하는 변방에서 오랜 나

　　　　　　　　　　　　제2부 술로 푸는 세상사

날을 견뎌내고 늙어 은퇴한 송나라의 병사 장구에게 새로운 적은 가난과 타락한 세상이다. 추레한 몰골로 익창(益昌, 지금의 四川省 昭化) 저자에서 점을 쳐 주며 생계를 유지하면서 그는 술에 목숨을 의지하지만 그는 단순한 주정뱅이나 중독자가 아니다. 오히려 그는 호쾌하게 협행을 하면서 깨진 옹기로 창문을 대신할 정도로 가난한 이들에게 흔쾌히 돈을 건네 도와준다. 점을 칠 때에도 항상 거짓 없이 바른말을 하고, 시시비비도 거리낌 없이 얘기한다. 비쩍 마른 몸이지만 주먹다짐을 마다하지 않는 강직한 성품 탓에 그 자신은 굶어 죽기를 기다려야 할 정도로 가난하지만 강직한 성품을 견지하며 권세가라도 아랑곳하지 않는다. 이런 그의 모습을 절개를 버리고 세도가의 치질을 핥는 것도 마다하지 않는 속된 선비들과 뚜렷한 대조를 이루며, 비록 글공부는 많이 하지 않아서 도를 깨우치지는 못했지만 그의 논의와 주장에는 구차함이 없다. 그러니 시인 자신도 이른바 선비 즉 지식인 가운데 하나지만 차라리 이 노병과 어울리면서 쇠락하고 썩은 세상에 자극을 주고 싶다고 선언했다. 비록 악부시답게 표현이 투박하고 직설적인 면이 있지만, 지금 이 시대까지도 여전히 유효한 모습을 보는 것 같아서 씁쓸함을 지울 수 없게 만든다. 게다가 사대부의 품격을 중시하고 무력과 협행을 경시하던 송나라의 전반적인 분위기 속에서 이처럼 격정적으로 협행을 칭송한 노래는 대단히 찾아보기 힘들다는 점도 이 작품의 가치를 높여 주고 있다.

같은 제목 혹은 비슷한 곡조로 지은 작품이지만 그 내용이 확연히 다른 예는 당나라 때에 유행했던 「양류지(楊柳枝)」라는 노래에서도 찾아볼 수 있다. 「양류지」는 당나라 때 교방(敎坊)의 악곡 이름으로서 한나라 때의 「절양류(折楊柳)」와 같은 민간 가요를 바탕으로 새롭게 만들어진 것이라고 알려져 있다. 또한 이런 제목의 작품들은 대개 제목과 어울려서 버들가지 및 그것을 통해 연상되는 이별을 노래하는 경향이 있으며, 당나라 때에는 대부분 칠언절구 형식으로 지어졌다. 버들을 가리키는 '류(柳)'는 붙들어 만류한다는 뜻의 '류(留)'를 연상시키기 때문에 예로부터 길 떠나는 이에게 버들가지를 꺾어 주며 전송하는 풍속이 있었다. 게다가 버드나무는 꺾꽂이로 번식할 수 있기 때문에 떠난 사람이 도착한 곳에 그걸 꽂아 두면 나무가 자라나 자신이 떠나온 곳을 떠올리게 해 주기도 한다.

성 밖의 봄바람에 술집 깃발 펄럭이고
행인이 소매 휘저을 때 해는 서쪽으로 기울어 간다.
장안 길거리에 끝없이 이어진 가로수들 가운데
오직 수양버들만이 이별을 노래하지.

城外春風吹酒旗, 行人揮袂日西時.
長安陌上無窮樹, 唯有垂楊管別離.

유우석(劉禹錫: 772~842, 자는 夢得)이 쓴 총 9수의 연작시 「양류지사(楊柳枝詞)」 가운데 제8수이다. 이 작품은 마지막 구절의 '관(管)'이라는 글자가 절묘하게 활용되었다. 이 글자는 버들피리를 연상하게 하기도 하고, 주관(主管) 내지 관여(關與)한다는 의미를 나타내기도 하기 때문이다. 저무는 석양을 등지고 소맷자락 휘저으며 떠난 사람은 장안 길가의 무수한 가로수들 사이로 사라졌으니, 술집 깃발을 불어 펄럭이게

제2부 술로 푸는 세상사

한 첫 구절의 봄바람이 가슴에 사무칠 수밖에!

이에 비해 백거이(白居易)의 「양류지사」는 다음과 같다.

온 나무에 봄바람 불어 수많은 가지 살랑거리는데

금색보다 예쁘고 실보다 부드럽구나.

영풍방(永豊坊) 서쪽 모퉁이 황량한 정원 안에는

종일 사람도 보이지 않는데 이 버들은 누구 것일까?

一樹春風千萬枝, 嫩於金色軟於絲.

永豊西角荒園裏, 盡日無人屬阿誰.

백거이는 회창(會昌) 2년(842)에 형부상서를 사직하고 낙양에 살다가 회창 6년에 죽었는데, 이 시는 대략 회창 3년에서 5년 사이에 지어진 것으로 보인다. 이 시는 처음 두 구절에서 바람에 살랑거리는 버들가지의 아름다운 자태를 묘사하고 후반부 두 구절에서는 시인의 감탄을 서술했다.

봄바람을 타고 춤추는 무수한 버들가지는 이제 막 잎이 돋기 시작해서 멀리서 보면 고운 황금색을 띠는데, 그 모습을 실과 비교하여 부드러운 모습을 돋보이게 했다. 그런데 이 아름다운 버들이 있는 곳은 인적도 없이 황량하고 쓸쓸한 어느 정원이다. 햇볕도 잘 들지 않는 마을 서쪽 모퉁이에 있는 그 정원은 몰락한 어느 집안이 남긴 흔적일 수도 있겠다. 그런 환경 속에서 아름답게 생명을 피워 내며 우아하고 부드럽게 살랑거리는 버들은 아껴 감상해 줄 사람들의 시선조차 받지 못한다. 자라는 장소가 좋다면 그보다 못한 버들이라도 충분히 칭송받을 수 있을 테니, 이 얼마나 안타까운 일인가?

그런 의미에서 이 시는 단순한 영물(詠物)의 차원을 넘어선다. 마을 서쪽 모퉁이, 그늘지고 버려진 황량한 정원에서 자라는 아름다운 버들은 생활환경으로 인해 사람들의 시선을 받지 못하는 빼어난 인재를 의미할 수 있기 때문이다. 이것은 당시 백거이가 살았던 시대에 당파 싸움이 격렬했고, 그 자신이 사직하고 낙양으로 온 것도 그런 분란에 휘말리는 것을 피하기 위해서였다는 사실을 통해서도 충분히 개연성 있는 추측이 된다. 하지만 시 자체에는 이런 의미가 전혀 노출되지 않고, 민간 가요와 같은 간결함과 생동감이 가득 차 있다는 것이 이 작품의 예술성을 더욱 끌어올리고 있다. 이 때문에 이 노래는 지어지고 나서 얼마 후에 "장안에 두루 유행[遍流京都]"했을 뿐만 아니라, 훗날 소식(蘇軾)이 「동선가(洞仙歌)」에서 버들을 노래할 때에도 이 시의 묘사를 은근히 끌어들여, "영풍방 그곳은 / 종일 사람도 없는데 / 맑은 날 살랑거리는 금실을 누가 봐 줄까?[永豊坊那畔, 盡日無人, 誰見金絲弄晴畫]"라고 노래했던 것이다.

당나라 때 교연(皎然: 730~799, 자는 淸畫)의 『시식(詩式)』에서는 이 작품이 '황량한 정원'처럼 늙은 백거이 자신에 비해 '무성한 봄날 버들가지'처럼 젊고 아름다우며 재능 많은 애첩 소만(小蠻)을 대비시킨 작품이라고 했는데, 일리는 있지만 작품의 격을 떨어뜨리는 해석이라고 하겠다. 오히려 늙고 병들어 첩과 헤어지게 된 사연은 백거이 자신이 상당히 직접적으로 언급한 바 있다. 개성(開成) 4년(839)에 지은 『병중시 15수(病中詩十五首)』에 들어 있는 「별류지(別柳枝)」에서 그는 또 다른 애첩 번소(樊素)와 헤어지게 된 일에 대해 이렇게 읊조렸다. 번소는 「양류지」를 잘 불러서 사람들이 그 곡의 이름을 그녀의 별명으로 삼았다고 한다.

버들가지 두 개 작은 누대 안에 드리워
여러 해 동안 하늘거리며 취한 늙은이와 함께 했지.
내일 돌려보내 떠나고 나면
세상에선 봄바람이 필요 없게 되겠지.

兩枝楊柳小樓中, 裊娜多年伴醉翁.
明日放歸歸去後, 世間應不要春風.

그 외에도 그는 개성 5년(840) 3월 30일에 쓴 「춘진일연파감사독
음(春盡日宴罷感事獨吟)」에서 이렇게 한탄했다.

개성 5년 3월이 오늘 아침에 다하여
손님 흩어지고 자리 비니 홀로 사립문 닫는다.
병은 이 몸과 함께 사는데
봄은 번소를 따라 동시에 가 버렸다.
하릴없이 꾀꼬리 소리 들으며 한참 동안 서 있으면서
버들 솜 따라 곳곳으로 날아다니는 상상에 잠겼다.
황금 장식한 허리띠 늘어지고 적삼은 땅에 끌리니
해마다 쇠약해지고 말라가서 옷조차 감당하지 못하는구나!

五年三月今朝盡, 客散筵空獨掩扉.
病共樂天相伴住, 春隨樊子一時歸.
閑聽鶯語移時立, 思逐楊花觸處飛.

金帶縗腰衫委地, 年年衰瘦不勝衣.

가기(歌妓)를 첩으로 두는 것이 유행했던 당시의 음란한 풍조에 대한 비판을 잠시 접어두고 보면, 젊은 시절의 잔치가 끝난 후 쓸쓸한 노년을 홀로 보내는 애환이 느껴지는 읊조림이라고 할 만하다. 한편 유우석의 「양류지사」 제9수는 바로 백거이의 「별류지」에 화답한 작품으로 알려져 있다.

날씬하고 하늘거리는 몸으로 봄 햇빛 차지하고
무희들 춤추는 정자와 누대 곳곳을 다 가렸지.
봄이 다하니 버들 솜 머물 수 없어
바람 따라 잘 떠나서 누구 집에 떨어질까?

輕盈褭娜占年華, 舞榭粧樓處處遮.
春盡絮花留不得, 隨風好去落誰家.

백거이의 젊음이 다하자 다른 '봄'을 찾아 떠난 번소를 풍자한 것이다. 그리고 여기서도 이별과 관련된 버드나무의 이미지가 여전히 주요 모티브로 활용되고 있다. 이 외에도 당나라 말엽의 이상은(李商隱: 813?~858?, 자는 義山)과 온정균(溫庭筠: 812?~866?, 자는 飛卿) 등 많은 저명한 시인들이 「양류지사」라는 제목으로 시를 지은 바 있다.

제2부 술로 푸는 세상사

맑은 꿈속에서 은하수 깔고 누웠노라

옛 사람은 이미 황학을 타고 떠났고
이곳엔 부질없이 황학루만 남았구나.
황학은 한 번 떠나 다시 돌아오지 않고
흰 구름만 천 년 동안 허공에 유유히 떠간다.
갠 시내엔 한양의 나무들 또렷이 비치고
앵무주엔 향긋한 풀들 무성하다.
해는 저무는데 고향은 어디인가?
강 위에 피어나는 안개의 물결이 나를 시름겹게 하는구나.

昔人已乘黃鶴去, 此地空餘黃鶴樓.
黃鶴一去不復返, 白雲千載空悠悠.
晴川歷歷漢陽樹, 芳草萋萋鸚鵡洲.
日暮鄕關何處是, 烟波江上使人愁.

송나라 때의 엄우(嚴羽: ?~?, 자는 丹丘 또는 儀卿)가 『창랑시화(滄浪詩話)』에서 당나라 때의 칠언율시 가운데 최고로 꼽은 최호(崔顥: 704?~754)의 「황학루에 올라[登黃鶴樓]」이다. 황학루는 지금의 후베이성[湖北省] 우한시[武漢市]에 있는 누대로서 역대로 전란을 겪으면서 여러 차례 무너지고 다시 짓기를 반복한 이력이 있으며, 지금의 건물은 1985년에 다시 지은 것이다. 『술이기(述異記)』에서는 순괴(荀瓖: ?~?, 자는 叔偉)가 이곳에서 학을 타고 온 신선과 만난 적이 있다고 했고, 『태평환우기(太平寰宇記)』에는 삼국시대 촉한(蜀漢)의 명신(名臣)이었던 비의(費禕: ?~253, 자는 文偉)가 이곳에서 학을 타고 등선(登仙)했다는 전설이 수록되어 있기도 하다.

하지만 아름다운 전설이 남기고 간 자취는 '부질없는[空]' 누각 하나뿐이다. 신선이 타고 떠난 황학은 시간과 역사의 창상을 모조리 싣고 떠나서 다시는 돌아오지 않고, 영원한 자연만이 유유히 그것을 지켜볼 뿐이다. 그럼에도 맑은 물에는 건너편의 나무들까지 또렷이 비치고, 강 가운데 있는 모래섬에는 향긋한 풀이 무성히 우거져 절경을 연출한다. 아련한 전설처럼 신비롭지는 않더라도 평온하고 아름다운 실제의 풍경은 감탄을 자아냄과 동시에 나그네의 향수를 자극하는 현실적 매개체가 된다. 저물어 가는 풍경 속에서 자욱하게 피어나는 강 위의 안개는 나그네로 하여금 평온한 고향의 품 안에서 행복하게 지내는 자신에 대한 미몽(迷夢)에 잠기게 한다. 그런데 바로 이 지점에서 나그네와 고향은 특정한 개인과 구체적인 지명을 넘어서 보편적인 의미를 획득한다. 그러므로 나그네는 짧은 생을 살다 가는 우리 모두이고, 고향은 우리 모두가 꿈꾸는 이상향이 된다. 처량함을 넘어서 포근한 사색으로 변한 그런 미몽은 당연히 나그네에겐 최적의 술안주가 아니겠는가?

율시와 같은 근체시(近體詩)에서는 단어의 중복이 중요한 금기로 간주되는데, 이 작품에서는 시작부터 세 구절에 연달아 세 번이나 '황학'이라는 단어가 나타난다. 또한 제3구는 거의 전부가 측성(仄聲)으로만 이루어져 있고, 제4구의 '공유유(空悠悠)'는 마지막 세 글자가 모두 평성(平聲)이니 역시 율시의 중요한 금기로 꼽히는 '하삼련(下三連)'을 범했다. 게다가 율시라면 반드시 지켜야 할 규칙, 즉 함련(頷聯: 제3~4구)의 대장(對仗)도 지켜지지 않았다. 그러다가 후반부에 이르러서야 경련(頸聯: 제5~6구)의 대장이 나타나고 성조도 정격(正格)을 회복한다. 그럼에도 도도히 흐르는 장강과 고금의 광대한 시간, 그림 같은 풍경을 아우르면서 인생과 역사를 되돌아보는 이 시의 자연스러운 묘사와 서술은 왜 역대의 논자들이 주저 없이 이 작품을 고금 제일의 칠언율시로 꼽았는지 공감하게 한다. 율시 창작의 규칙을 자유롭게 초월하여 전설에서 현실로 급격히 전환되는 이미지와 주제를 너무나 생동적으로 구현했기 때문이다. 시선(詩仙) 이백의 탄식도 아마도 이런 이유 때문일 것이다. 원나라 때 서역(西域) 출신의 인물인 신문방(辛文房: ?~?, 자는 良史)이 편찬한 『당재자전(唐才子傳)』에 기록된 일화에 따르면, 이백은 황학루에 올라 시를 쓰려 하다가 최호의 이 작품을 보고는 "눈앞에 풍경이 있어도 말로 표현할 수 없으니 / 최호가 쓴 시가 머리 위에 걸려 있기 때문[眼前有景道不得, 崔顥題詩在上頭]"이라고 탄식했다고 한다.

한편 중국의 대표적인 검색 사이트인 바이두[百度]에서는 명말·청초의 승려 계현회산(戒顯晦山: 1610~1672)이 쓴 같은 제목의 칠언율시를 소개하고 있다.

누가 알았으랴, 오랜 세월 흐른 뒤
그래도 다시 황학루에 오를 수 있게 될 줄을?

덧없는 세상은 이미 재난 겪어 바뀌었고

빈 산은 여전히 장강 물결에 들어가 흐르는구나.

초왕의 궁전에는 구리 낙타 누워 있고

당나라 때의 신선 여동빈이 쇠피리 쓸쓸히 불었지.

아득한 수평선 바라보니 까마득한 그곳은 어디인가?

어지러운 구름 끝에 표주박 하나 높이 걸었다.

誰知地老天荒後, 猶得重登黃鶴樓.

浮世已隨塵劫換, 空山仍入大江流.

楚王宮殿銅駝臥, 唐代眞仙鐵笛秋.

極目蒼茫渺何處, 一瓢高掛亂雲頭.

계현회산의 출가하기 전 성명은 왕한(王瀚)이고 자는 부달(符達)이었다. 누동(婁東, 지금의 江蘇省 太倉縣)의 명망 높은 세족(世族) 출신인 그는 제생(諸生) 학위를 지니고 있었으나 1644년에 명나라가 망하자 출가하여 승려가 된 뒤에 여러 절을 거쳐서 항주(杭州) 영은사(靈隱寺)의 주지가 되었다가 그곳에서 입적했다. 명말·청초의 사대부들 가운데 청 왕조를 인정하지 않았던 이들은 소환 당하여 억지로 벼슬을 받는 일을 피하기 위해 이처럼 출가하여 승려나 도사가 되는 경우가 적지 않았고, 그렇기 때문에 승려도 사대부도 아닌 어정쩡한 신분을 유지한 채 온갖 기행으로 울분을 해소하기도 했다. 또한 그들은 애초에 사대부 문인 출신이었기 때문에 적지 않은 시와 산문, 학술저작을 남기기도 했다.

경련(頸聯, 제5~6구)에서는 서진(西晉) 때에 낙양(落陽)의 궁궐 앞에 세워져 있던 구리 낙타와 삭정(索靖: 239~303, 자는 幼安)과 관련된 전고(典

故) 및 이른바 '팔선(八仙)' 가운데 하나인 여동빈(呂洞賓)에 관한 전설을
활용하여 '속세의 재난[塵劫]', 즉 명·청 왕조의 교체에 대한 쓸쓸한 감
회와 속세를 떠나고 싶은 염원을 나타냈다. 미련(尾聯: 제7~8구)의 첫 구
절은 자신을 둘러싼 망망한 세상 속에서 목적지도 모른 채 떠돌아야
하는 자신의 신세를 서술했다. 마지막 구절에 언급된 어지러운 구름
끝에 높이 걸린 표주박 하나는 바로 출가하여 승려의 신분으로 황량한
산야에 은거한 시인 자신을 가리킨다. 다만 이 작품도 유구한 세월 속
에서 역사의 창상(滄桑)을 지켜보는 황학루를 통해 망국의 한을 토로한
비장한 작품이라고 하여 좋은 평가를 받지만, 솔직히 최호의 작품에
비해 묘사가 껄끄럽다는 점은 감출 수 없다. 최호의 시가 유장하고 차
분한 철학적 사색의 단서를 제시하는 데 비해 계현회산의 시에는 울분
과 격정으로 가득 찬 듯한 느낌을 주는 것은 그런 이유 때문일 수도 있
겠다. 세속을 떨칠 수 없는 승려의 비운이라니!

> 서풍이 동정호의 물결 불어 늦게 하니
> 하룻밤 사이에 상비의 백발이 늘었구나.
> 취한 뒤라 하늘이 물에 비친 줄도 모르고
> 배에 가득 맑은 꿈속에서 은하수 깔고 누웠도다!

> 西風吹老洞庭波, 一夜湘君白髮多.
> 醉後不知天在水, 滿船淸夢壓星河.

원나라 말엽부터 명나라 초기까지 살았던 당공(唐珙: ?~?, 자는 溫
如)의 작품 가운데 유일하게 전해지는 「용양현 청초호에서[題龍陽縣靑草

潮]」이다. 그의 생애에 대한 기록은 거의 없지만 최근의 연구에 의해 겨우 생존 시기 정도만 알려졌을 따름이다. 하지만 마치 한 폭의 자화상 같은 이 시를 통해 우리는 그의 정신적 풍모를 조금이나마 엿볼 수 있다.

용양현은 지금의 후난성[湖南省] 한서우시[漢壽市]에 해당하고, 청초호는 동정호(洞庭湖)의 동남쪽 부분을 가리킨다. 그렇기 때문에 제목에서는 청초호라고 밝혔지만 시 본문에서는 동정호를 언급했다. 제1~2구는 역사와 신화가 어우러진 먼 옛날에 대한 추억 속에 저무는 생애에 대한 시름을 얹었다. 서풍 즉 가을바람이 동정호의 물결을 붙어 늙게 만든다는 (혹은 늙음을 불어댄다는) 표현은 상식의 한계를 뛰어넘은 절묘한 표현이다. 그리고 하룻밤이라는 짧은 시간 동안 심지어 상수(湘水)의 두 여신인 상비까지 흰머리가 늘어 버렸다는 표현에서는 남편을 잃고 강물에 몸을 던진 두 여인의 슬픔으로 가을의 소슬한 슬픔과 나아가 늙어가는 생명에 대한 두려움을 고조시키는 수법이 대단히 이채롭다. 제3~4구는 한밤중이 될 때까지 술을 마시다가 다시 잠잠하진 물결 위에서 은하수를 깔고 누워 해맑은 꿈을 꾸었다고 했으니, 계절은 다르지만 두보가 "봄날 호수에 배를 띄우면 천상에 앉아 있는 듯(「小寒食舟中作」: 春水船如天上坐)"하다고 한 것을 연상하게 한다. 달리 말하자면 이것은 늙어가는 시름에 겨운 현실에서 벗어나 천상의 신선세계에서 노닐고 싶다는 소망을 나타낸 것이라 할 수 있겠다.

아득하구나, 옛날의 풍수여
언제 구주를 나누었는가?
강역은 이처럼 크지만

겨우 내 가슴 속 시름만 입힐 수 있을 뿐.

시름 씻으려면 승수(澠水) 강물 같은 술이 필요하니

은하수 강물에 누룩 담가서 죄다 술로 빚어 버리세.

바닷물도 담을 만한 천 경(頃)의 황금 술독에 담아 두었다가

강물 담을 만한 만 휘의 배 모양 유리잔에 따라 마시세.

하늘은 푸른 비단 장막이 되고

달은 백옥 고리가 되리라.

달 옆에서 하늘의 자손이 구름 비단을 자아서

터럭 우거진 오색 갖옷을 만들어 주지.

그 갖옷 입고 술잔 든 채 달 위를 거닐며

북두성에게 큰절 올리고 주거니 받거니 마셔야지.

한 번에 삼천 석을 마시고

삼천 년 동안 취해 있어야지.

높다란 오성 십이루에 편히 누워 있으면

세찬 바람 몰아쳐서 술을 깨워 줄 테니

일어나서 머리카락 풀어헤친 채 붉은 규룡을 타고

신선 홍애(洪崖)를 소리쳐 부르고 부구공(浮丘公)도 잡아끌어

곤륜산 꼭대기에 날아올라

한 무더기 흙더미 같은 속세를 내려다보고

세상 끝을 거침없이 돌아다니며 편안한 여행을 즐기리라.

茫茫古堪輿, 何日分九州.

封域如許大, 僅能著我胸中愁.

澆愁須是如澠酒, 麴波釀盡銀河流.

貯以倒海千頃黃金罍, 酌以傾江萬斛玻璨舟.
天爲靑羅幕, 月爲白玉鉤.
月邊天孫織雲錦, 製成五色蒙茸裘.
披裘把酒踏月窟, 長揖北斗相勸酬.
一飮一千石, 一醉三千秋.
高臥五城十二樓, 剛風冽冽吹酒醒.
起來披髮騎赤虬, 大呼洪崖拉浮丘,
飛上崑崙山頂頭, 下視塵寰一培塿
揮斥八極逍遙遊.

　　호탕한 스케일로 시원스럽게 취중의 호기를 발휘한 이 작품은
원나라 초기에 황경(黃庚: ?~?, 자는 星甫)이 쓴 「취시가(醉時歌)」이다. 세
상이 아무리 크다 한들 답답한 시인의 가슴속에 담긴 시름만으로도 다
덮을 수 있다는 묘사는 그가 품은 시름의 크기를 반어적으로 강조한
다. 그리고 한껏 부풀린 이런 가슴의 크기를 바탕으로 시인의 취한 영
혼은 달 위를 거닐며 신들과 어울린다. 사실 까마득히 높은 신선 세계
에서 내려다보면 한 무더기 흙더미에 지나지 않는 세상이지만, 우주선
도 없던 시절에는 물리적으로 그곳에서 벗어날 방법이 거의 없다. 이
것은 우주의 시대를 사는 오늘날의 우리도 사정은 마찬가지인지라, 여
전히 "삼천 석을 마시고 삼천 년을 취해 있는" 경지를 부러워할 수밖
에 없다. 물론 잔치가 끝나면 사람들은 흩어지기 마련이고, 아름다운
꿈도 언젠가는 깨어날 수밖에 없는 것이 현실이다.

차가운 밤중에 피리 부는데 온 산엔 달빛 비추고

어둑한 길에서 갖가지 꽃들에 사람은 길을 잃는다.

바둑이 끝나고 나니 어느새 인간 세상은 바꾸어 있는데

술이 떨어졌으니 나그네의 고향 생각을 어찌 할까?

夜凉吹笛千山月, 路暗迷人百種花.

棋罷不知人換世, 酒闌無奈客思家.

　　이것은 송나라 때 구양수(歐陽修: 1007~1072, 자는 永叔)가 황우(皇祐) 1년(1049)에 영주(潁州)에 폄적되어 있을 때에 쓴 「몽중작(夢中作)」이다. 이 시 역시 꿈과 술을 엮어서 나그네의 향수를 서술하고 있다. 제1~2 구는 각기 가을밤과 봄밤의 모습을 묘사한 것으로서 하염없이 흐르는 세월을 나타낸다. 그런 와중에도 차가운 밤중의 소슬한 피리소리와 꽃들에 둘러싸여 길을 잃은 나그네의 모습을 통해 낯선 타향에 귀양살이를 하러 온 자신의 처지와 암담한 미래를 암시한다. 제3~4구는 잠시 한눈파는 사이에도 상전벽해에 가깝게 바뀌어 버리는 인간세상의 세태를 염려하면서 지울 수 없는 향수를 술로 달랠 수밖에 없는데, 그나마 그 술마저 떨어져 버린 상황의 답답한 심경을 토로하고 있다. 한편, 제목과 연관시켜 다시 생각하면, 시인은 자신이 폄적되어 타향에 와 있는 이 현실 자체를 꿈으로 간주하고 싶어 하는 듯한 인상을 받게 된다. 하지만 이 경우도 시인의 향수는 여전히 깊고 간절하다는 것은 마찬가지이다.

　　억눌린 잠재의식의 표현이든 정리되지 않은 기억의 혼란한 뒤섞임이든 간에 꿈은 본래 부조리한 것이 특징이다. 그러나 시인의 상상 속에서 꿈은 그 나름의 논리를 획득한다. 그는 무질서에 정서를 훈도하여 꿈만이 가질 수 있는 아련함을 확장하거나 응축한다. 술의 힘을 빌린 취중의 몽롱함도 마찬가지이다. 그렇기 때문에 시인은 주사와 진담 사이의 경계를 허물어 버린 현묘한 발언, 미망과 지각 사이를 오가는 미묘한 감각, 환상과 현실 사이의 새로운 차원을 여는 경이로운 상상을 아름답게 구사하고 느끼고 발휘한다. 김수영(金洙暎: 1921~1968)의 「도취(陶醉)의 피안(彼岸)」은 이러한 시인의 역할을 감각으로 보여 준다.

내가 사는 지붕 우를 흘러가는 날짐승들이
울고가는 울음소리에도
나는 취하지 않으련다

사람이야 말할 수 없이 애처로운 것이지만
내가 부끄러운 것은 사람보다도
저 날짐승이라 할까
내가 있는 방 우에 와서 앉거나
또는 그의 그림자가 혹시나 떨어질까보아 두려워하는 것도
나는 아무것에도 취하여 살기를 싫어하기 때문이다

(중략)

나의 초라한 검은 지붕에
너의 날개소리를 남기지 말고

네가 던지는 조그마한 그림자가 무서워
벌벌 떨고 있는
나의 귀에다 너의 엷은 울음소리를 남기지 말아라

차라리 앉아 있는 기계와 같이
취하지 않고 늙어가는
나와 나의 겨울을 한층 더 무거운 것으로 만들기 위하여
나의 눈이항 한층 더 맑게 하여다우
짐승이여 짐승이여 날짐승이여
도취의 피안에서 날아온 무수한 날짐승들이여

(1954)

평생 술 마시며 꽃 앞에서 늙고 싶구나!

～～～～～

매화 피어나고 버들가지 휘영청 늘어지니
노란 꾀꼬리 어지러이 날아다닌다.
노래 들으며 고운 풍경 사랑하고
술잔 앞에 놓고 향긋한 꽃들 아까워한다.
굽은 강물에는 꽃향기 떠 있고
흐르는 바람에 무희의 옷자락 흩어진다.
밤비는 밤새도록 붙들어 놓을 테니
귀한 손님이여, 돌아간다는 말은 하지 마오.

梅發柳依依, 黃鸝歷亂飛.
當歌憐景色, 對酒惜芳菲.
曲水浮花氣, 流風散舞衣.
通宵留暮雨, 上客莫言歸.

　　당나라 때 가지(賈至: 718~772, 자는 幼隣)가 쓴 총 2수의 연작시 「술
잔 앞에서 노래하다[對酒曲]」 가운데 제1수이다. 매화가 흐드러지고 버
들가지에 물이 올라 휘영청 늘어지는 초봄의 풍경을 감상하며 무희의

가무까지 곁들여 느긋하게 벌이는 호사로운 술판을 노래했다. 게다가 "해가 뜨면 아침 구름이 되고 / 날 저물면 지나는 비가 되는(宋玉, 「高唐賦」: 旦爲朝雲, 暮爲行雨)" 무산(巫山)의 신녀(神女)로 비유된 미녀까지 손님을 붙들어 놓고 귀가를 만류하니 이 술판은 밤새도록 질펀하게 이어진다. 젊은 귀공자의 방탕한 봄나들이 장면인 셈이다. 이런 방탕한 귀공자의 모습은 그의 또 다른 연작시 「춘사(春思)」 제2수에서도 볼 수 있다.

주막의 미녀 늘어진 버들가지처럼 날씬한데
고운 얼굴로 납월에 담근 도미주 풀어 놓지.
날 저물면 생황 불며 노래하여 손님 붙들어 놓는 데 능숙하니
장안의 경박한 사내들 곤드레만드레 취하게 하지.

紅粉當壚弱柳垂, 金花臘酒解酴醾.
笙歌日暮能留客, 醉殺長安輕薄兒.

도미(酴醾)는 도미(茶蘪) 또는 도미(茶蘼) 등으로도 쓰며, 장미과의 작은 낙엽관목으로서 늦봄에 향기로운 꽃을 피운다. 도미주는 바로 이 꽃을 담가 향이 배게 만든 술이다. 날씬한 미녀가 생황 불고 노래까지 잘 부르니 그 주막에 침 흘리는 난봉꾼들이 문전성시를 이루는 것은 당연한 일일 터다.

당나라 중엽에 고황(顧況: 727?~815?, 자는 逋翁)이 쓴 총 2수의 연작시 「낙양맥(洛陽陌)」 가운데 제2수 역시 이와 유사한 상황을 풍자하고 있다.

조회복 입고 길 여는 하인 거느린 채
귀공자들 무리 지어 나들이 가네.
쇠구슬로 나는 새 쏘아 떨어뜨리고
흥겨운 김에 기생집에서 취하지.

珂珮逐鳴騶, 王孫結伴遊.
金丸落飛鳥, 乘興醉靑樓.

본문의 가패(珂珮)는 조정 신하들의 조복(朝服)에 걸치는 옥 허리
띠이고 명추(鳴騶)는 왕공귀족이 탄 말의 앞뒤에서 "물렀거라!"를 외치
는 하인을 가리킨다. 이렇게 거창한 행렬을 이루며 무리 지어 들로 나
가 탄환을 쏘아 나는 새를 사냥하던 그들은 흥이 일어난 김에 그대로
기생집으로 가서 취하도록 마신다. 『서경잡기(西京雜記)』에 따르면 장
안의 가난한 집 아들은 이런 귀공자들의 사냥 행사가 벌어지면 즉시
따라가서 다투어 쇠구슬을 주웠으며, 당시 민간에는 "주리고 추위에
시달리면 쇠구슬 주우러 쫓아간다[苦饑寒, 逐金丸]"라는 속담이 있었을
정도라고 한다. 백성의 고달픈 삶일랑 딴 세상의 일인 양 아랑곳하지
않고 그저 '금 수저'의 타고난 향락을 즐기는 이들의 모습은 오늘날 우
리 사회에서 갖가지 '갑질'로 눈살 찌푸릴 문제를 일으키는 재벌가 후
손들의 모습을 연상시킨다.
　　물론 "하늘이 나라는 재목을 낳았으니 틀림없이 쓸모가 있을(李
白,「將進酒」: 天生我材必有用)"테지만, 젊은 시절의 지나친 방종은 건강한
미래의 가능성을 줄이기 마련이니 적절한 절제가 필요하다는 것은 당
연하다. 그러나 노년으로 향할수록 평온한 삶을 바라는 것이 인지상

　　　　　　　　　　　　　제2부 술로 푸는 세상사

정일 터이다. 당나라 때 장적(張籍)이 악부(樂府)의 잡곡가사(雜曲歌辭)에 들어 있는 곡조를 이용해서 쓴 「춘일행(春日行)」은 그런 바람을 잘 보여 준다.

봄 햇살 포근하여 못가가 따뜻하니
죽순 돋아나고 난초 싹은 아직 짧다.
초당에서 새벽에 일어나니 술은 반쯤 깨었는데
하인이 달려와서 정원에 꽃이 만발했다고 했지.
머리에 쓴 가죽모자 바로잡지도 않고
그대로 꽃 사이로 들어가니 길을 찾지 못했지.
나무마다 오래 감상하며 모두 돌아 걸으니
나뭇가지에 다 올라 보기도 전에 봄날 해가 저무는구나.
푸른 하늘에 닿을 만큼 돈을 쌓을 필요도 없고
단약 먹고 신선되기를 바랄 필요도 없지.
그저 정원의 꽃들이 길이 아름다워서
평생 술 마시며 꽃 앞에서 늙고 싶구나!

春日融融池上暖, 竹牙出土蘭心短.
草堂晨起酒半醒, 家僮報我園花滿.
頭上皮冠未曾整, 直入花間不尋徑.
樹樹殷勤盡繞行, 攀枝未遍春日暝.
不用積金著靑天, 不用服藥求神仙.
但願園裏花長好, 一生飮酒花前老.

시가 노래하는 내용은 그야말로 당시의 사대부들뿐만 아니라 지금의 누구라도 바라는 평온한 삶이다. 물론 이것도 하루 종일 둘러봐도 모든 나무들을 다 감상할 수 없을 만큼 크고 잘 가꿔진 정원을 소유하고 하인들을 부릴 정도로 경제적 여유가 있어야 가능한 일일 테지만, 요란한 풍악과 가무 대신에 조용한 꽃밭 앞에서 느긋하게 취해서 날 저무는 줄도 모르는 나날을 보내는 것이야말로 이상적인 노년의 삶이 아니겠는가? 물론 이를 위해서는 젊은 날의 부지런한 생활과 부산한 세상사를 벗어던질 적당한 때를 아는 것이 중요할 것이다.

옛날에 정절선생이 고상했는데
훌륭한 후손이 맑고 고아한 절조를 이었지.
옛 집은 구름 덮인 봉우리 아래 있어
새해 벽두에 수레 끌고 말 타고 돌아갔지.
속세를 떠난 것은 벼슬을 사직했기 때문이요
산을 그리워하여 나물 캘 수 있게 되었구나.
밭에는 봄 농사가 시작되었고
고을에는 찾는 이 드물지.
도잠은 흥겨워 취했지만
한가한 집에는 그저 대문만 닫혀 있을 뿐.
고운 날짐승 새벽달에 놀라고
이웃집 여인은 베틀에 올라앉지.
자녀들 혼사도 이미 다 해결했으니
평온하게 살려는 뜻 어찌 어길 수 있으랴?

제2부 술로 푸는 세상사

나도 마땅히 조회복 걸어 놓고
그대와 함께 연잎 꿰매 옷을 지어야지.

靖節昔高尙, 令孫嗣淸徽.
舊廬雲峰下, 獻歲車騎歸.
去俗因解綬, 憶山得採薇.
田疇春事起, 里巷相尋稀.
淵明醉乘興, 閑門只掩扉.
花禽驚曙月, 隣女上鳴機.
畢娶願已果, 養恬志寧違.
吾當掛朝服, 同爾緝荷衣.

이것은 당나라 대종(代宗) 대력(大曆) 연간에 한림학사(翰林學士)를
지냈으며 이른바 '대력십재자(大曆十才子)' 가운데서도 가장 뛰어난 인
물로 꼽히는 전기(錢起: 722?~780, 자는 仲文)가 쓴 「사직하고 옛 거처로
돌아간 도육이 보내온 편지에 답함[酬陶六辭秩歸舊居見寄]」이다.

도잠(陶潛)의 후손이며 형제간의 항렬이 여섯 번째인 주인공의 본
명은 알 수 없지만, 어떤 사연으로 벼슬을 사직하고 고향의 옛 집으로
돌아가 '맑고 고아한 절조[淸徽]'를 지키기 위해 백이와 숙제처럼 나물
캐서 먹는 청빈한 은자로서 살고자 한다. 이런 점으로 미루어보건대
왕조가 바뀐 것은 아니지만 도육 또한 자신의 조상인 도잠이 그랬듯이
부패한 관료사회에 염증을 느껴서 사직했을 수도 있겠다. 어쨌든 전
원으로 돌아간 그는 몸소 농사짓고 흥이 오를 만큼 얼큰하게 술도 마
시면서 찾아오는 이 드문 한적한 농촌의 일상을 즐긴다. 그 옛날 한나
라 때의 상장(向長: ?~?, 자는 子平)이 자식들 혼사를 마무리한 뒤로는 집

안일에서 손을 떼고 벗들과 함께 유람을 다니다가 종적이 사라졌다고 했는데, 도육 또한 자식들 혼사라는 큰 짐을 다 덜었으니 평소 바람대로 '고요하고 욕심 없는[養恬]' 삶을 추구할 수 있게 된 것이라고 한다. 마지막 구절은 그런 그를 따라 시인도 벼슬을 버리고 은자로 살고 싶다는 바람을 나타냈다. 굴원(屈原)이 「이소(離騷)」에서 "마름과 연잎 마름질해 웃옷 만들고 / 부용꽃 모아 하의 만든다[制芰荷以爲衣兮, 集芙蓉以爲裳]"라고 노래한 뒤로 '연잎 옷[荷衣]'은 은자가 입는 옷을 상징하는 말이 되었다.

그러나 여러 차례 과거에 낙방하다가 서른 살 무렵에야 겨우 진사가 되어 비서성(秘書省) 교서랑(校書郞)을 시작으로 고공랑중(考功郞中)과 한림학사(翰林學士) 등을 역임한 전기에게 그것은 그야말로 '마땅히[當]' 그랬으면 좋겠다는 바람에 지나지 않았던 듯하니, 이것은 그의 「심씨의 산중 거처에 들러서[過沈氏山居]」에 직접 나타난 부러움과 탄식으로 증명된다.

> 닭이 울자 외로운 연기 일어나니
> 은자가 집 짓고 살 만한 곳이구나.
> 아름드리나무 구름 뚫고 나오고
> 산 중턱의 한가한 대문 닫혀 있다.
> 가난한 벗 서로 만나 즐거우니
> 서로 팔을 붙들어도 기쁨 나타내기 부족하지.
> 빈숲에 잔치 벌이고 이야기 나누며
> 종일토록 귀와 눈을 씻지.

샘물 소리 잔칫상에 시원하게 들려오고
연꽃 향기가 어린 하인에게도 배었구나.
종종 선계의 개가 짖고
나무꾼은 깊은 대밭에서 방향을 헤아리지.
얼큰하게 취해 곡구의 별장을 나가니
세상의 그물이 어찌 얽어매랴?
처음의 바람을 이제는 따르지 못하고
구차하게 허리 굽히며 벼슬살이 하고 있구나!

鷄鳴孤烟起, 靜者能卜築.
喬木出雲心, 閑門掩山腹.
貧交喜相見, 把臂歡不足.
空林留宴言, 永日淸耳目.
泉聲冷尊俎, 荷氣香童僕.
往往仙犬鳴, 樵人度深竹.
酒酣出谷口, 世網何羅束.
始願今不從, 區區折腰祿.

　도잠이 '시골 촌놈[鄕里小人]'에게 굽실거리기 싫어서 팽택령(彭澤
令) 벼슬을 내던진 일이야 너무 유명한 일이지만, 보통사람의 경우에야
그 '처음의 바람'을 이루는 게 어디 마음처럼 쉬운 일이던가! 결국 전
기 역시 노년이 되어서도 그 '처음의 바람'을 그저 부러워만 해야 했다.

　벼슬 구하려 한 일 후회하며
　다시 「초은시」를 읊조리네.

올해는 화초의 색깔이

옛 산에서 기대한 것을 저버리지 않네.

멀리서 상상하노니, 흰 구름 속에서

복령 캐다 보면 봄날도 더디 가겠지.

골짝의 꽃들은 돌길을 감추고

벼랑의 녹음은 띠풀처럼 둘러졌겠지.

단약 먹고 신선 되어 승천하지 마시고

계속 머뭇거리며 이 땅에 남아 계셔서

벼슬 잃고 고향집에 살던 사마상여처럼

태평성대에 가난 속에 병든 채 늙어가는 나를 비웃어 주시게!

悔作掃門事, 還吟招隱詩.
今年芳草色, 不失故山期.
遙想白雲裏, 採苓春日遲.
溪花藏石徑, 巖翠帶茅茨.
九轉莫飛去, 三回良在玆.
還嗤茂陵客, 貧病老明時.

역시 전기의 「은거하러 귀향하는 양육을 전송하며[送楊銷歸隱]」라
는 작품이다. 첫 구절의 '대문을 쓴다[掃門]'는 것은 『사기』「제도혜왕
세가(齊悼惠王世家)」에 기록된 서한 때 위발(魏勃)의 일화에서 비롯된 전
고(典故)이다, 집안이 가난했던 위발은 밤중에 제나라 재상 조참(曹參)
을 만나고 싶었으나 혼자 힘으로는 해결하기 어려웠다. 이에 그는 조
참의 비서[舍人]가 사는 집의 대문을 찾아가 대문 앞에서 비질을 했고,

결국 그의 도움으로 조참을 만나서 비서로 발탁되었다고 한다. 이후로 '대문 앞을 쓰는' 것은 벼슬을 구하는 행위를 비유하는 말이 되었다. 둘째 구절의 '초은시(招隱詩)'는 원래 『초사(楚辭)』 「초은사(招隱士)」에서 "왕손이여 돌아오시라 / 산속에 오래 머물러서는 안 되오.[王孫兮歸來, 山中兮不可以久留]"라고 한 데서 비롯해서 진(晉)나라 때의 좌사(左思)나 육기(陸機) 같은 이들이 쓴 시를 아우르는 말이다. 하지만 그들이 쓴 시들은 대부분 『초사』의 그것과는 반대로 은거하게 느긋하게 지내는 (혹은 그러고 싶은) 심정을 서술했다. 제11~12구는 사마상여가 병 때문에 벼슬을 잃고 나서 무릉 땅에 집을 짓고 살았다는 일화를 끌어들여 전기 자신의 상황을 자조적으로 묘사한 것이다. 이렇게 전체적으로 살펴보면 '처음의 바람'이 있음에도 빤히 예견되는 쓸쓸한 노년을 감내할 수밖에 없는 시인의 복잡한 심사가 애잔하게 나타난다.

이에 비해 당나라 때의 독고급(獨孤及: 725~777, 자는 至之)은 질풍노도의 꿈이 스러진 노년의 삶을 초연한 은거로 마무리하고자 한 듯하다. 천보(天寶) 13년(154) 진사에 급제한 이후 화음현위(華陰縣尉)를 시작으로 이후 태상박사(太常博士), 예부원외랑(禮部員外郎), 호서이주자사(濠舒二州刺史), 상주자사(常州刺史) 등을 역임한 그의 벼슬살이 경력을 감안하면 사실 이 작품을 문자 그대로 읽어야 할지 의심스러운 면도 있다. 다만 노년에 쓴 것으로 짐작만 될 뿐 정확한 창작 시기는 알 수 없는 「날이 막 개어서 거문고 안고 마퇴산에 올라 술상 마주하고 먼 곳을 조망하다가 취한 뒤에 짓다[初晴抱琴登馬退山對酒望遠醉後作]」라는 작품에서 그는 이렇게 노래했다.

나이 들면 마음이 쉽게 감동하나니
하물며 우환에 얽혀 있음에랴!
굳센 뜻은 세상의 변고에 궁색해지고
움직이는 것도 쉬는 것도 다 망연하다.
천자의 군대가 막 반란군 정벌하니
용맹한 신하들은 모두 갑옷 입고 무기 들었다.
우둔한 나는 유생의 옷 차려입고
기꺼이 종남산에 들어나 농사나 지어야지.
술통 들고 높다란 돌 비탈길에 올라
아득히 광활한 평야를 바라본다.
푸른 강은 크기가 실과 같은데
은은히 먼 하늘로 흘러 들어간다.
외진 변두리에 무엇이 있을까?
산중의 꽃이 눈 속에서 불탄다.
차가운 샘에 햇볕이 들면
토해 내는 물소리 졸졸 울린다.
술잔 들어 흰 구름에게 권하고
노래 불러 노년의 자신을 위로한다.
산들바람이 대숲을 건너와서
내 호종금(號鐘琴)의 줄을 울린다.
한 번 퉁기고 한 잔 가득 따라 마시니
귀가 뜨끈해지고 마음속 맺힌 게 스러지는 걸 알겠구나.
노래가 끝나니 나도 얼큰히 취해

일어나 산수 앞에서 춤을 춘다.

사람이 살면 얼마나 사는데

태반을 온갖 근심에 시달려야 하는가!

오늘은 객지의 시름 깨 버렸으니

비로소 알겠구나, 탁주의 현명함을!

年長心易感, 況爲憂患纏.

壯圖迫世故, 行止兩茫然.

王旅方伐叛, 虎臣皆被堅.

魯人著儒服, 甘就南山田.

挈榼上高磴, 超遙望平川.

滄江大如綖, 隱映入遠天.

荒服何所有, 山花雪中然.

寒泉得日景, 吐霤鳴潺潺.

擧酒勸白雲, 唱歌慰頹年.

微風度竹來, 韻我號鐘絃.

一彈一引滿, 耳熱知心宣.

曲終余亦酣, 起舞山水前.

人生幾何時, 太半百憂煎.

今日羈愁破, 始知濁酒賢.

　전공(戰功)을 세워 입신양명하려는 굳센 포부도 세상의 변고와
세월의 한파에 쫓겨 옹색해지고, 한가하게 초야에 묻혀 소박하게 농사
나 짓고 자연을 즐기고 싶다는 바람이 여실히 나타난다. 술통 들고 제
법 높다란 언덕에 올라 멀리 광활한 평원을 조망하면서 술에 취해 거

문고 타며 노래하다가 홍에 겨워 일어나 홀로 춤을 추는 모습이 전혀 애잔하지 않고 오히려 세사에 시달리는 다른 이의 눈에는 부럽게만 보일 것이다. "백년도 되지 않는 삶에 / 늘 천년의 근심을 안고 사는(「古詩十九首」: 生年不滿百, 常懷千年憂)" 세상살이의 모순은 이미 오래 전부터 설파된 현상이지만, 사실 지금까지도 어떤 시원한 해결책을 찾지 못하고 있다. 다만 『삼국지(三國志)』 『위서(魏書)』에 수록된 서막(徐邈: 171~249)의 전기에는 "평소 취객들이 술 가운데 맑은 것은 성인이요 탁한 것은 현인이라고 했다[平日醉客謂酒淸者爲聖人, 濁者爲賢人]"라는 구절이 들어 있는데, 이것이 마음속에 억울하게 맺힌 것을 흘려보내 개운하게 만들어 주는 탁주의 효능을 칭송한 말이었음을 필자도 "비로소 알겠다!"

어쩌면 은거는 고대 중국의 거의 모든 문인 사대부들이 늘 품고 있던 생의 마지막 종점이었던 듯하다. 아무리 치열한 벼슬길의 풍파에서 벗어나지 못하고 있던 이들이라 할지라도, 적어도 시를 쓰기 위한 겉치레 같은 서술에서 종종 은거를 꿈꾸는 마음을 나타내곤 했기 때문이다. 그리고 실제로 그런 결단을 실행으로 옮긴 사람들에 대한 부러움 역시 자주 발견된다.

> 호수 안으로 그대를 찾아갔는데
> 오갈 때 순풍이 불어 주었소.
> 둥지의 새들 나오니 숲이 소란스럽고
> 봉전이 움직이니 뱃길이 좁아졌소.
> 모시를 물에 담가 실 뽑아 그물 만들고
> 마른 나무뿌리로 술잔을 삼았더구려.

노년에 그저 유유자적하면서
생계는 여러 자식들에게 맡겼더구려.

湖裏尋君去, 樵風送往返.
樹喧巢鳥出, 路細葑田移.
漚苧成漁網, 枯根是酒巵.
老年唯自適, 生事任群兒.

이것은 당나라 중엽에 진계(秦系: 720?~810, 자는 公緒)가 쓴 「경호야
로의 거처에 쓰다[題鏡湖野老所居詩]」이다. 『전당시(全唐詩)』의 주석에서
는 이 작품이 마대(馬戴: 799~869, 자는 虞臣)의 작품이라고는 설도 있다고
했으나, 여기서는 작자가 누구인지보다는 그가 묘사한 노인의 삶에 주
목할 필요가 있다. 경호(鏡湖)는 감호(鑒湖)라고도 하며, 당시의 회계(會
稽, 지금의 浙江省 紹興市) 땅에 있는 호수이다. 봉전(葑田)은 가전(架田)이라
고도 부르는데, 호수나 연못에 나무로 틀을 만들고 거기에 진흙과 수
생식물을 깔아서 물에 띄워 놓고 채소나 곡식을 심어 기르는 일종의
수상 전답(田畓)이다. 호수 위의 농사로 생계를 꾸리는 살림은 소박하
지만 그나마 자식들에게 맡겨 버리고, 모시 실로 엮은 그물로 생선을
잡아 안주 삼고 나무뿌리로 만든 잔에 술을 따라 마시며 느긋한 노년
의 여유를 즐기는 주인공에 대한 시인의 부러움이 글자 밖으로 흘러넘
치는 듯하다. 사대부-문인과 친교를 맺고 있는 것으로 보건대 경호의
초야에 은거한 이 노인도 처음부터 농부는 아니었고, 어쩌면 젊은 시
절 벼슬길도 경험하면서 문우(文友)들과 어울렸던 경력이 있을 수도 있
겠다. 하지만 실제로 이처럼 평온한 노년을 즐길 수 있는 이가 몇이나

되겠는가?

심리학자이자 문학이론가인 융(C. G. Jung)은 예술과 예술가의 본질적 속성에 대해 이렇게 설명했다.

> 모든 창조적 인간은 모순된 경향들의 복합체 혹은 종합체이다. 한편으로 그는 개인적 삶을 가진 한 인간이며, 다른 편으로는 비인격적인 창조적 과정이다. (……) 예술은 한 인간을 사로잡고 그를 자신의 도구로 부리는 일종의 내적 충동력이다. 예술가는 그 자신의 목표를 추구하는, 자유 의지를 부여받은 개인이 아니라, 그 자신을 통하여 예술이 그것의 목적을 실현할 수 있게끔 해 주는 존재이다.*

이것은 어쩌면 작가의 평소 현실적 언행과 창작된 작품 사이의 괴리를 해명하는 유용한 핑계로 활용될 수도 있겠다. 또한 작가는 작품의 작인(作因, efficient cause)에 불과할 뿐이고 중요한 것은 그를 통해 생산된 작품이라는 관점을 지지하는 이들에게도 기댈 만한 언덕이 될 수 있을 것이다. 하지만 작가 역시 작품의 원인이자 통로이기 전에 한 명의 '사람'이라는 점은 간과되어서는 안 된다. 평생을 보편적인 인간 삶의 현실과 문학이 제시하는 이상적인 부러움 및 소망 사이의 매개체로만 지내다가 떠나기에는 너무나 아쉽지 않은가?

---

*

C. G. 융, 「심리학과 문학」(데이비드 로지 編, 윤지관·이동하·김영희 역, 『20세기 문학비평』, 까치글방, 1984, 194쪽.)

제2부 술로 푸는 세상사

세 겹 강물과 만 겹 산
산속에는 봄바람 불고 한가한 나날
잠시 흰 구름 향해 기원하나니, 한껏 취해서
고향에 가는 시름겨운 꿈을 꾸지 않기를!

三重江水萬重山, 山裏春風度日閑.
且向白雲求一醉, 莫敎愁夢到鄕關.

대숙륜(戴叔倫: 731~789)의 「술잔 앞에서 신도 학사에게 보여줌[對
酒示申都學士]」이다. 언뜻 보면 평온한 은자의 삶을 노래한 듯하지만, 자
세히 보면 전반부의 '한가한 나날'과 후반부의 '시름겨운 꿈'이 묘한
엇박자를 이루고 있음을 발견하게 된다. 이것은 대체 무엇 때문일까?
　일찍이 도교의 수행자이자 문학가로서 '산중재상(山中宰相)'으로
불리며 존경 받았던 도홍경(陶弘景: 456~536, 자는 通明)은 「황제께서 조서
를 보내 산중에 무엇이 있냐고 물으셔서 시를 지어 답함[詔問山中何所有
賦詩以答]」에서 이렇게 썼다.

산중에 무엇이 있냐고요?
고개 위에 흰 구름이 많지요.
다만 혼자 즐길 수 있을 뿐
폐하께는 보내드릴 수 없사옵니다.

山中何所有, 嶺上多白雲.
只可自怡悅, 不堪持寄君.

이로 인해 이후로 '흰 구름'은 세속의 명리를 초월한 도사나 은자들이 거처하는 곳을 가리키는 말이 되었다.

그런데 이 점을 고려해서 대숙륜의 시를 다시 읽어보면 묘한 위화감을 갖게 된다. 처음 두 구절에서 묘사한 것처럼 겹겹의 강물—『전당시』의 주석에서는 세 겹을 '천 겹[千重]'으로 쓴 판본도 있다고 했으니—과 산으로 속세와 단절된 산중에서 한가한 봄날을 보내는 느긋함 속에 숨겨진 고향에 대한 시름겨운 그리움이 묘한 대조를 이루기 때문이다. 일반적으로 도회지 태생이 아닌 사대부-문인이 은거할 때에는 자신의 고향을 우선적인 대상으로 삼고, 도회지 태생이라 하더라도 마음에 맞는 산수를 찾아 별장을 짓고 은거하곤 했다. 하지만 대숙륜의 이 작품은 그런 상황과는 거리가 먼 듯하다. 그보다는 외진 산골에 유배되어 '한가한 나날'을 보내도록 강요받은 듯한 모습이다. 그리고 그런 경우라면 그처럼 외딴 유배지를 찾아온 신도 학사와 마주앉아 술을 마시니 세상의 벗들과 고향에 대한 그리움이 사무칠 수밖에 없었을 것이다. 그렇다면 제3구의 흰 구름은 도홍경이 보며 즐거워했던 표홀한 초월의 상징이 아니라, 유배지에 얽매인 시인 자신과 대비되어 선망할 수밖에 없는 자유의 상징이 된다.

이런 추측이 결코 지나친 것이 아님은 비슷한 시기에 지어진 것으로 보이는 그의 또 다른 작품 「여 소부를 전송하며[送呂少府]」를 통해서도 알 수 있다.

꽃향기 풍기는 봄날 함께 취했다가 홀로 돌아가니
고향의 고상한 선비들과 날마다 친하게 어울리겠지.

깊은 산중의 오래된 길에는 버들가지도 없으니
오동나무 꽃 꺾어 멀리 있는 벗에게 부치노라.

共醉流芳獨歸去, 故園高士日相親.
深山古路無楊柳, 折取桐花寄遠人.

시인이 여 소부를 전송하는 '깊은 산중'은 고향이 아니고, 시인은
날마다 어울릴 수 있는 벗들에 대한 절절한 그리움을 품고 있음을 분
명히 알 수 있다. 바로 이 '깊은 산중'이야말로 "세 겹 강물과 만 겹 산"
에 가로막힌 그의 유배지가 아니겠는가!

유배지의 슬픔은 비단 친우들과 멀리 떨어지고 고향에 가지 못
하는 것뿐만이 아니다. 어쩌면 유종원(柳宗元)이 영주(永州) 등의 유배지
에서 쓴 많은 작품들에서 절실히 나타냈던 것처럼, 사대부로서 자신의
정치적 포부와 이상을 펼치지 못한 아쉬움과 안타까움이 유배된 사람
의 삶을 갉아먹는 더욱 큰 병균일 수도 있다. 당나라 중엽 고황(顧況)의
경우도 마찬가지이다.

파양은 술에 취한 땅인데
초 땅 늙은이 나만 홀로 깨어 있지.
향기로운 계수나무는 그대가 꺾어야 마땅하고
식은 재 같은 나는 타오르지 않지.
낙양의 천진교(天津橋)는 물길 거슬러 떠 있고
관림(關林)은 상서로운 오색구름에 닿아 있지.
그저 남아 있는 삶의 꿈이 있다면

그래도 천자가 계신 장안으로 갈 수 있게 되는 것!

鄱陽中酒地, 楚老獨醒年.
芳桂君應折, 沈灰我不然.
洛橋浮逆水, 關樹接非烟.
唯有殘生夢, 猶能到日邊.

이것은 고황이 요주사호참군(饒州司戶參軍)으로 폄적되어 있던 정원(貞元) 5년(789)에서 9년(793) 사이에 지은 「과거를 보러 가는 위 수재를 전송하며[送韋秀才赴擧]」이다. 취한 듯 혼탁한 파양 땅에서 귀양살이를 하러 온 초 땅의 늙은이인 시인 자신만이 굴원(屈原)처럼 깨어 있다. 그러나 이미 식은 재처럼 활력을 잃은 노년인지라 더 이상 정열적인 삶은 기대하기 어렵고, 그저 젊은 후진이 청운의 꿈을 이루기를 축원할 따름이다. 그나마 유일한 희망이라면 밝은 해 즉 천자가 계신 도성에서 남은 생을 보내고 싶다고 했다. 물론 이러한 진술은 그야말로 입에 발린 푸념일 뿐이다. 오히려 그 이면에는 나이가 들어서도 식지 않는 정치적 열정이 이글거리고 있음을 어렵지 않게 감지할 수 있기 때문이다.

비슷한 시기의 두상(竇常: 747?~825, 자는 中行)이 쓴 「저녁에 방산의 사원에 묵으면서 원외랑 장천에게 부침[晩次方山精舍却寄張荐員外]」에서는 그런 열정이 울분으로 변해 있음을 발견할 수 있다.

남방은 섣달에도 여전히 눈이 없고
장강엔 봄기운 피어나고 바람도 풍족하다.

　　　　　　　　　　　　제2부 술로 푸는 세상사

은자의 집 밖에서 말은 야위고
사람은 시름 속에서 병이 든다.
서새산(西塞山) 발치에는 장강의 파도 광활한데
남조의 사원들은 방들이 텅 비었다.
그래도 완적처럼 술 마시고
저주 동쪽에서 숙취에 시달린다.

楚臘還無雪, 江春又足風.
馬羸三徑外, 人病四愁中.
西塞波濤闊, 南朝寺舍空.
猶銜步兵酒, 宿醉在滁東.

섣달에도 따스한 봄기운이 풍족한 강남이지만, 은둔자의 거처
밖에 하릴없이 서 있는 말은 활력을 잃고 야위어가고 시름겨운 그 주
인은 심신이 병들어간다. 광활하고 도도한 세월의 파도 앞에서 인간의
역사는 텅 빈 폐사(廢寺)의 방처럼 공허하다. 그런데도 인간 세상에는
부조리한 현실을 피하기 위해 몸부림치며 스스로 술독에 빠져 세속과
단절을 꾀하던 완적 같은 이들이 여전히 있고, 유배지에서 숙취에 시
달리는 시인 또한 예외가 아니다. 강요된 은둔생활 속에서 울분을 술
로 삭히는 나날을 보내는 시인의 모습이 적나라하게 서술되어 있다.
　　당나라 중엽부터 조정의 당파싸움이 격화되면서 유배는 벼슬살
이하는 이들이 거의 필수적으로 한두 번쯤 겪어야 하는 흔한 일이 되
었고, 그런 현상은 송나라 때에도 마찬가지였다. 이 때문에 사대부-문
인의 시문집에는 유배지의 풍물과 지리, 낯선 타향에서 어렵게 적응하

며 살았던 경험, 사회적 고립과 경제적 궁핍 속에서 시달렸던 나날과 함께 했던 복잡한 심사와 울분, 절망, 갈망 등등이 산문과 시 등 다양한 형태로 기록되고 창작되었다.

또한 고대 중국에서는 거의 모든 왕조의 끝자락에서 환관의 전횡으로 인한 폐해가 큰 문제로 대두되었다. 특히 명나라 말엽에는 환관 위충현(魏忠賢: 1568~1627, 자는 完吾)이 조정 정치를 농단하면서 유명한 동림당(東林黨) 소속의 사대부들과 격렬한 분쟁을 일으키고 자신의 정적들을 억압했다. 이런 분위기 속에서 꿋꿋하게 저항한 것으로 유명한 고대무(顧大武: ?~? 자는 武仲)는 「만가(漫歌)」에서 이렇게 노래했다.

술집 깃발 걸려 서북쪽을 가리키는데
북두성에서는 갈증이 멈추지 않는 일이 잦았지.
하늘에 술이 있지만 마시기엔 부족하여
그대로 내려와 인간 세상의 고대무가 되어
술 속에 살고 술 속에서 죽기로 했지.
술 빚는 장인의 술통이 옹졸하다면
큰 잔으로 백 잔 천 잔을 마셔도 부질없을 뿐.
우습구나, 유령의 몸뚱이도
죽으면 묻히느라 남의 힘을 빌려야 했지.
이 몸의 피와 살이 어찌 나이겠는가?
까마귀, 솔개, 땅강아지, 개미 가운데 누구와 더 친한가?
송강(松江)의 농어와 천리호(千里湖)의 순채
이런 안주만 있다면

유방(劉邦)이며 장량(張良)을 어찌 따지랴?
왼편에 공융(孔融)을 끌고
오른편에 이백(李白)을 붙들어야지.
항주의 신선 할멈이 편지를 보내와서
내가 자기 남편으로 새롭게 임명되었다 하네.

酒旗招擺西北指, 北斗頻頻渴不止.
天上有酒飮不足, 翻身直下解作人間顧仲子.
酒中生, 酒中死.
糟匠酒池如齷齪, 千鐘百觚亦徒爾.
堪笑劉伶六尺身, 死便埋我須他人.
此身血肉豈是我, 烏鳶螻蟻誰疏親.
四腮鱸魚千里純, 有此下酒物, 劉季張良焉知論.
左攜孔北海, 右挽李太白,
餘杭老姥送信來, 道我新封合歡伯.

　비틀린 세상에 소속감을 느끼지 못하고 자신의 원래 소속을 하
늘의 신이라고 한 데서는 이백과 비슷한 면이 있다. 하지만 술에 대한
갈증 때문에 술 속에서 태어나 술 속에서 죽으려고 인간 세상에 내려
왔다는 설명은 기발하기까지 하다. 글재주는 뛰어났지만 조정에서 직
설적인 비판을 내세우다가 조조에게 미움을 사서 처형당한 공융이나
권세가들에게 아부하지 않고 늘 술에 취해 거침없이 살다가 벼슬길에
서 배척당한 이백은 모두 고대무 자신의 성품과 인생관을 반영하는 인
물들이다. 그러니 결국 하릴없이 늙어 죽어서 남방 늙은 선녀의 남편
으로서 인간 세상을 떠날 수밖에 없었으리라.

고대 중국의 전통적 유가 사대부에게 '벼슬살이[出, 進]'와 '물러나기[處, 退]'는 그 시대 및 군주에게 이른바 다스림의 '도(道)'가 있는지 여부에 대한 판단과 관련된 중요한 사안이었다. 세상에 도가 있으면 나아가 벼슬살이를 하며 군주를 보좌하여 태평성대를 이루는 데 공헌하고, 무도한 세상에서는 물러나서 차분히 자신을 돌보며 수양하라는 성인 공자의 가르침 때문이었다. 그러나 사실상 벼슬살이는 도의 유무를 따지는 명분론적 기준보다 입신양명과 부귀공명이라는 현실론적 입장에 의해 결정되는 경우가 많았던 것이 사실이다. 명분과 사실의 이러한 충돌은 도덕적 수양을 중시하는 그들의 선험적 이상과 현실 사이의 갈등을 유발할 수밖에 없었으니, 복잡한 세상에서 사대부로 살기란 얼마나 힘들었던가!

술로 적시는
마음

고대하고 원망하고 다시 그리워하다

～～～～～

산중에 사노라니 사방을 둘러볼 시선 막혀 있고
바람과 구름은 아침부터 저녁까지 극한으로 변화한다.
깊은 골짝에는 오래된 나무 걸쳐 있고
허공에 치솟은 바위 봉우리에는 묘비가 누워 있다.
해가 뜨면 먼 산의 동굴 또렷이 보이고
새들 흩어져 빈 숲은 적막하다.
난초 핀 뜰에는 그윽한 향기 일렁이고
대숲에 싸인 서재에서는 통달하고 영민한 마음 생겨난다.
떨어진 꽃잎 창으로 날아들고
가는 풀은 계단을 막고 수북하다.
좋은 술은 부질없이 술통에 가득하지만
벗은 자리에 없구나.
해는 어둑한 산그늘로 저 버렸는데
바람 맞으며 도인의 방문을 고대한다.

居山四望阻, 風雲竟朝夕.
深溪橫古樹, 空巖臥幽石.

日出遠岫明, 鳥散空林寂.
蘭庭動幽氣, 竹室生虛白.
落花入戶飛, 細草當階積.
桂酒徒盈樽, 故人不在席.
日落山之幽, 臨風望羽客.

수(隋)나라 때의 저명한 시인이자 장수였던 양소(楊素: 544~606, 자는 處道)가 지은 「산속 서재에 홀로 앉아 설 내사에게 바침[山齋獨坐贈薛內史]」이라는 작품이다. 고즈넉하고 청정한 산속 풍경 속에 소박하면서도 고고한 감정을 담았고, 이어서 벗에 대한 그리움을 담담하게 서술하여 이른바 정경융합(情景融合)의 경지를 무난히 구현했다. 역대의 논자들은 특히 이 작품이 억지로 다듬지 않아 자연스러운 묘사가 돋보인다고 칭송했다.

전체적으로 살펴보면 시인은 속세와 떨어진 산중의 소박한 서재에서 자연과 어우러진 삶을 즐기며 사물의 진리를 깨달아 통달해진 심성을 즐긴다. 다만 이 즐거움을 함께 나눌 벗의 부재로 인해 부질없이 술통에 가득한 좋은 술이 안타까울 뿐이다. 이 때문에 해가 저문 뒤에도 서늘해진 바람을 맞으며 행여나 찾아올지 모를 벗―제목으로 보건대 설 아무개라는 관리를 가리키는 듯한데―을 고대한다. 청나라 때 나온 『증정당시적초(增訂唐詩摘鈔)』(黃白山 選評, 朱之荊 增訂)에서 이 작품이 고향을 그리는 마음을 담은 것이라고 여긴 것도 어쩌면 마지막 네 구절을 이처럼 해석했기 때문일 수도 있겠다. 하지만 '우객(羽客)'의 본래 의미가 날개를 달고 하늘로 오른 신선 내지 도사를 가리킨다는 점을 고려하면 그가 기다리는 벗은 속세의 인물이 아님을 쉽게 짐작할 수 있다. 비록 신선은 아닐지라도, 적어도 세속적 가치관과 예의범절 등을 초월한 시인의 지기—당연히 이런 지기가 설 아무개라고 추측할 수도 있는데—라고 볼 수 있는 것이다. 깊은 골짝에 걸쳐진 오래된 나무와 허공에 치솟은 바위 봉우리에 쓰러진 묘비와 같은 풍경 묘사는 유구한 시간과 덧없는 인생의 시간을 대비시키고 있으니, 속세를 벗어난 삶에서 얻은 시인의 깨달음이 사물의 진리에 통달하여 영명한 경지에 이른 지혜[虛白]를 피워 냈다고 읽을 수 있겠다. 안타깝게도 지금은 상대가 부재하지만, 그런 지기와 함께 하는 상황이라면 술은 깨달음의 즐거움을 고조시키는 장치이자 그것을 벗과 나누게 해 주는 매개물의 역할을 할 수 있을 터이다. 그리고 이런 맥락이라면 이 시를 굳이 고향을 그리는 작품이라고 이해할 필요는 없을 듯하다.

그 대상이 연인이든 벗이든 고향이든 간에 일반적으로 그리움을 고조시키기도 하고 또 위안해 주기도 하는 것은 술인 경우가 많다. 물론 여성의 조신함과 정숙함이 지나치게 강조되던 전통시대 중국에서는 술이 위안하는 대상이 대부분 남성이기는 했지만……

9월 9일 망향대에 올라
타향에서 벌인 남을 위한 술자리에서 손님 전송하며 술잔을 든다.
내 심정은 이미 고달픈 남방 생활이 지겨운데
기러기는 왜 북방에서 날아오는가?

九月九日望鄕臺, 他席他鄕送客杯.
人情已厭南中苦, 鴻雁那從北地來.

이것은 당나라 때 왕발(王勃: 650?~676)의 「촉 땅에서 맞은 중양절 [蜀中九日]」이다. "천하에 지기가 있다면 / 하늘 끝 먼 곳도 이웃처럼 가깝다[海內存知己, 天涯若比鄰]"라는 명구(名句)가 담긴 「촉주로 부임하는 두소부를 전송하며[送杜少府之任蜀州]」의 시인으로 유명한 그는 함형(咸亨) 1년(670)에 서촉(西蜀)에서 나그네살이를 하던 중 벗들과 함께 현무산 (玄武山)에 올라 고향을 바라보면서 이 시를 썼다. 타향의 나그네로서 또 다른 나그네에게 술잔을 들어 전송하는 처량한 상황은 고향에 대한 그리움과 귀향하지 못하는 신세에 대한 안타까움을 극대화시킨다. 네 구절의 짤막한 시 안에 '망향(望鄕)'과 '송객(送客)', '남중(南中)'과 '북지 (北地)'를 선명하게 대비시킴으로써 정감을 자연스럽고 효과적으로 증폭시킨다.

한 편에서는 벗이 찾아오기를 고대하고 다른 한 편에서는 찾아온 기러기를 원망하는, 이유는 달라도 결과적인 행위와 심사는 대비적인 상황 속에 그리움의 정서가 도사리고 있고, 술은 그 그리움을 끌어내거나 증폭시키는 역할을 한다. 왕발의 유명한 오언절구 「산중의 집에 밤중에 앉아[山扉夜坐]」는 벗을 기다리는 이유를 한 폭의 그림처럼 설명한다.

거문고 안고 들판 집의 문을 열어
술 들고 찾아가 벗과 마주한다.
숲 사이 연못가 달빛 아래 꽃그늘에 있으면
특별히 온 집에 봄빛이 가득 한 듯하다.

抱琴開野室, 携酒對情人.
林塘花月下, 別似一家春.

숲과 연못, 꽃과 달빛에 어우러진 산중의 거처에서 여유를 즐기
는 고상한 은사의 모습이 담백한 소품처럼 묘사되어 있다. 마음이 통
하는 지음(知音)의 벗과 마주앉아 술잔을 들고 담소를 나누다가 흥에
겨워 거문고를 타는 모습은 그야말로 신선을 연상케 한다.

여담이긴 한데, 중국 고전시들 가운데는 유독 중양절(重陽節)과
관련된 작품에 고향을 그리는 내용이 담긴 경우가 많다. 아마도 중양
절의 풍속이 가족들과 함께 나들이를 나가 성묘도 하고 산언덕이나 풍
광 좋은 누대에서 연회를 즐기는 등의 활동이 많기 때문일 것이다. 왕
유(王維: 701?~761)의 「9월 9일에 화산(華山) 동쪽의 형제들을 그리며[九
月九日憶山東兄弟]」라는 작품도 그런 대표적인 예 가운데 하나이다.

홀로 타향에서 나그네 되었으니
명절이 올 때마다 가족에 대한 그리움 배가된다.
멀리서도 알겠구나, 형제들 올라간 높은 곳에
다들 수유 꽂고 있는데 한 사람이 모자라겠지.

獨在異鄕爲異客, 每逢佳節倍思親.
遙知兄弟登高處, 遍揷茱萸少一人.

이 역시 쉽고 자연스러운 언어로 은근한 향수와 형제간의 우의
를 나타낸 걸작으로 꼽힌다. 특히 마지막 구절은 형제들이 모인 자리

를 상상함으로써 시인 자신이 거기에 끼지 못하는 애석함을 나타냄과 동시에 그의 빈자리를 생각하는 형제들의 마음까지 절묘하게 나타냈다. 그리고 중양절은 '수명을 늘려 주는 손님[延壽客]'인 국화주를 마시고 '사악한 것을 물리쳐 주는 노인[辟邪翁]'인 수유를 머리카락이나 모자, 옷깃에 꽂는 풍속이 있다. 그러므로 이 시의 글자들 뒤에도 시름을 더해 주는 술이 있음을 어렵지 않게 짐작할 수 있다.

한편 이보다 조금 뒤에 위응물(韋應物: 737~791)은 「한식에 경사의 아우들에게 부침[寒食寄京師諸弟]」에서 이렇게 노래했다.

비는 내리는데 불을 피우지 않아 서재가 쌀쌀한데
강가의 꾀꼬리 소리 홀로 앉아 듣는다.
술잔 들고 꽃을 바라보며 아우들 떠올리나니
두릉 땅도 한식이라 풀들이 푸르겠지.

雨中禁火空齋冷, 江上流鶯獨坐聽.
把酒看花想諸弟, 杜陵寒食草靑靑.

이 시는 위응물이 강주자사(江州刺史)로 부임해 있을 때인 정원(貞元) 2년(786) 또는 그 이듬해에 쓴 것으로 여겨지는데, 절기는 다르지만 어딘지 시의 분위기는 왕유의 그것과 비슷하다.

청명절(淸明節)의 하루 전날인 한식에는 개자추(介子推: ?~기원전 636)를 기린 진(晉)나라 문공(文公)의 일화에서 비롯되어 불을 피우지 않고 찬 음식을 먹는 풍습이 생겨났다고 한다. 아직 초봄인지라 날씨는 금방 따뜻했다가도 금방 추워지며 그네를 타는데, 마침 이날은 비가까지 와서 그렇지 않아도 휑한 서재가 쌀쌀하기까지 하다. 이런 때에 홀로 술잔 들고 창가에 앉아 꽃구경을 하며 꾀꼬리 소리를 듣노라니, 적막한 지금 상황과 대비되어 자연스럽게 형제들끼리 떠들썩하게 어울리던 풍경이 떠오른다. 고향인 두릉은 장안 남쪽의 교외이니 그곳에도 벌써 봄이 와서 들판의 풀이 푸를 테고, 내일이 청명절이니 형제들과 함께 '답청(踏靑)' 나들이를 나가기에 딱 알맞지 않겠는가? 비와 차가운 서재, 꾀꼬리 소리, 술, 꽃에서 형제들과 고향의 풀밭으로 이어지는 풍경 묘사와 정서의 배치가 참으로 절묘하다. 바로 이런 점 때문에 청나라 때의 초원희(焦袁熹: 1661~1736, 자는 廣期) 같은 이는 위응물의 이 작품이 "왕유의 것보다 격조가 더 높은 듯하다.(『此木軒論詩彙編』: 比右丞似高一格)"고 평가했으리라.

한편 당나라 중엽의 저명한 시인 백거이와 원진 사이의 우정도 제법 유명한 일화들을 남겼는데, 이 가운데 특히 거의 같은 날 서로를 생각하며 쓴 두 편이 시가 음미할 만하다.

꽃 필 때 함께 취해 봄날의 시름 푸는데
취중에 꽃가지 꺾어 산가지로 쓰지.
문득 하늘가 먼 땅으로 간 친구가 떠올랐는데
여정을 헤아려 보니 오늘쯤 양주에 도착했겠구나.

花時同醉破春愁, 醉折花枝作酒籌.
忽憶故人天際去, 計程今日到梁州.

이것은 백거이가 쓴 「이건(李建: ?~822, 자는 杓直)과 함께 취하여 원진을 떠올리며[同李十一醉憶元九]」이다. 원진이 동천(東川)에 사신으로 떠난 때는 원화(元和) 4년(809)인데, 이 무렵 백거이는 동생 백행간(白行簡: 776~826, 자는 知退)과 이건을 데리고 곡강(曲江)과 자은사(慈恩寺)에 봄나들이를 다녀온 후 이건의 집에서 술을 마시다가 원진이 생각나서 이 시를 쓰게 되었다고 한다.

당시 모임에 참석했던 백행간이 『삼몽기(三夢記)』에서 기록한 바에 따르면 이 시의 첫 구절은 "봄이 왔는데 시름 풀 길 없어[春來無計破春愁]"라고 되어 있지만, 백거이의 『백씨장경집(白氏長慶集)』에는 위에 인용된 것과 같이 되어 있다. 이것은 아마 훗날 백거이 스스로 퇴고(推敲)한 결과가 아닐까 생각된다. 어쨌든 제3~4구의 내용으로 보건대 여기서 말하는 '봄날의 시름[春愁]'이란 먼 길을 떠난 친구 원진에 대한 염려에서 비롯된 것임을 알 수 있다. 또한 즉흥시라는 특징으로 인해 전체적으로 표현이 상당히 직설적이지만, 오히려 그로 인해 벗을 생각하는 깊고 진지한 정이 더욱 강조되었다.

재미있는 것은 그가 이 시를 지을 무렵에 원진이 정말로 양주에 도착해 있었다는 사실이다. 당시 그는 그곳에서 「양주몽(梁州夢)」이라는 시를 썼는데, 그 내용은 이러하다.

꿈속에서 그대와 곡강을 거닐다가
자은사에도 가서 정원을 두루 돌아다녔지.
정장(亭長)이 말을 치우라고 호통 치는 소리에
놀라 깨어 보니 이 몸은 옛 양주에 있구나.

夢君同繞曲江頭, 也向慈恩院院遊.
亭吏呼人排去馬, 忽驚身在古梁州.

원진과 백거이는 진사가 된 뒤에 똑같이 정원(貞元) 19년(803) '발수(拔萃)'에 합격하여 관직을 받았다. 그리고 당나라 때에는 진사에 급제하면 황제가 곡강에서 잔치를 베풀어 주었고, 그 다음에 자은사(慈恩寺) 대안탑(大雁塔)에 올라가 각자 자신의 이름을 적어 기념하는 관행이 있었다. 그러니 원진이 꿈속에서 백거이와 함께 곡강과 자은사에서 노닐었던 것은 실제 경험에서 비롯된 장면이라고 할 수 있다. 그런데 즐겁고 우애 깊었던 시절에 대한 추억 정장의 호통에 깨져 버리고 문득 하늘 가장자리 먼 타향에 와 있는 자신을 발견하게 되었으니, 시인의 쓸쓸함과 벗에 대한 그리움이 더욱 강렬하게 강조된다.

이들 두 작품은 문학적 측면에서도 아름다움이 비견될 정도지만, 그 뒤를 받치고 있는 두터운 우정이 특히 감동적이다. 장안의 현실과 양주의 꿈속이라는 대비적인 배경을 지니고 있지만 두 사람의 시공을 초월한 정서적 호응이 경이롭기까지 하다.

대장부에게는 지기가 있기 마련

대문을 나서니 눈에 보이는 것은
들판 가득한 봄빛.
안타깝게도 지기가 없어
고양 출신의 이 술꾼뿐일세!

出門何所見, 春色滿平蕪.
可歎無知己, 高陽一酒徒.

당나라 고적(高適: 704?~765?, 자는 達夫)의 「전가춘망(田家春望)」이
다. 젊은 시절에 고아가 되어 가난했지만 교유를 좋아하고 군대에서
공을 세워 입신하려는 뜻을 세웠던 그가 아직 방황하던 시절의 작품으
로 알려져 있다. 과거에 급제했지만 현위(縣尉)와 같은 말단 벼슬을 전
전하다가 사표를 던지고 변방으로 가서 절도사 가서한(哥舒翰: ?~757)의
서기를 역임했고, 안·사의 반란 이후에야 비로소 회남절도사(淮南節度
使)와 검남절도사(劍南節度使) 등의 요직을 거쳐서 산기상시(散騎常侍)라
는 고관으로 승진하여 발해현후(渤海縣侯)에 봉해졌던 그의 생애를 놓
고 보면, 이 시는 그저 젊은 시절 잠깐 동안의 방황에 지나지 않은 푸

넘이라 할 것이다.

하지만 중요한 것은 그가 결국 그 방황을 이겨내고 군공(軍功)을 세워 출세하려는 뜻을 이루었다는 것이다. 물론 그의 성공에는 당시 어지러웠던 변방의 상황이라는 시대적 조건도 작용했겠지만, 무사로서 활달하기 그지없는 그의 성품과 사고방식도 중요한 밑거름이 되었을 것임은 분명하니, 이것은 그의 또 다른 작품 「영주가(營州歌)」를 통해서도 확인할 수 있다.

영주의 젊은이 들판 생활에 이골이 나서
터럭 덥수룩한 여우가죽 외투 입고 성 아래에서 사냥을 하지.
북방의 술은 천 잔을 마셔도 취하지 않고
북방 오랑캐 아이는 열 살이면 말을 잘 타지.

營州少年厭原野, 狐裘蒙茸獵城下.
虜酒千鐘不醉人, 胡兒十歲能騎馬.

영주(營州)는 지금의 랴오닝성[遼寧省] 차오양시[朝陽市]의 관할지역에 해당하는, 당시로서는 동북쪽 변방이었다. 그러므로 여기서 노래하고 있는 북방 오랑캐 아이는 거란족[契丹族]이라고 할 수 있겠다. 그런데 이 시를 가만히 읽어 보면 일반적인 문인들의 변새시에서 흔히 발견되는 중화주의(中華主義), 다시 말해서 변방 이민족의 거칠고 야만적인 문화를 비하하는 듯한 태도가 거의 보이지 않음을 알 수 있다. 그보다 열 살 때부터 능숙하게 말을 타고, 천 잔의 술도 거침없이 마시며, 여우가죽 외투 입고 초원을 달리며 사냥하는 이민족 소년의 용

제3부 술로 적시는 마음

맹하고 호쾌한 기상을 같은 무인의 관점에서 순수하게 칭송하고 있다. 천 잔의 술이랄지 열 살이라는 너무 어린 나이와 같은 묘사에 담긴 약간의 과장은 묘사의 기세를 돕고 주제를 강조하기 때문에 전혀 어색하게 느껴지지 않는다. 사실 북방의 찬바람 앞에서는 독한 보드카를 마셔도 취하지 않으니 이런 서술이 딱히 과장이라고 치부하기도 애매하다.

젊은이라 담력이 세고
대단히 용맹하여 만 명을 대적하지.
칼 짚고 대문 나서서
변방에서 참으로 위험을 겪었지.
눈 부릅뜨고 이따금 호통 한 번 내지르면
만 명의 적병들 모두 놀라 후퇴하지.
살인을 쑥대나 삼대 치듯 가벼이 해치우고
말을 달리면 피처럼 붉은 땀 흘리지.
추악한 오랑캐를 너무나 잘 청소할 수 있으니
덕분에 천산 일대는 무척 평온해지지.
제후에 봉해질 관상이 없다면
부질없이 유주와 병주의 나그네를 저버리겠지.

少年膽氣粗, 好勇萬人敵.
仗劍出門去, 三邊正艱危.
怒目時一呼, 萬騎皆辟易.
殺人蓬麻輕, 走馬汗血滴.

醜虜何足淸, 天山坐寧謐.
不有封侯相, 徒負幽幷客.

　　당나라 중엽에 고황(顧況: 727?~815?, 자는 逋翁)이 쓴 2수의 연작
시「종군행(從軍行)」 가운데 제2수이다. 혈기왕성한 젊은 용사의 활약
상이 눈에 선하다. 천산은 지금의 신쟝성[新疆省] 하미현[哈密縣]과 투루
판현[吐魯番縣] 일대의 산맥을 가리킨다. 또한 유주(幽州)와 병주(幷州)는
지금의 산시성[山西省]에 속한 곳으로서 예로부터 용맹한 인물이 많기
로 유명한 지역들이다. 특히 당나라 때에는 군대에서 공을 세워 출세
하려는 꿈을 꾸는 이들이 많았는데, 이것은 정벌전쟁을 비롯해서 변방
에 많은 사건이 생기는 실제적인 이유도 있었다. 그것은 바로 당시부
터 이미 문관들의 벼슬길에 적체 현상이 심화되고 있었고, 아울러 격
화된 당쟁(黨爭)의 여파로 관료 채용 과정에도 갖가지 비리가 만연해
있었기 때문에, 재력과 권력의 뒷배가 없는 일반적인 사대부-문인이
벼슬길에 들어서서 출세하는 것은 대단히 어려워졌다. 이에 따라 그들
가운데 상당수는 군사력과 행정력을 장악한 절도사와 같은 지방의 유
력자 밑에서 막료로서 생계를 꾀해야 했고, 그런 상황에서는 차라리
군공을 세우는 편이 출세에 유익하다는 사실을 실감하게 되었던 것이
다. 병약하기로 유명했던 이하(李賀)와 같은 이들도 종종 이러한 호기
(浩氣)를 담은 시를 쓰곤 했으니, 이러한 유행이 중당(中唐) 시기까지도
식지 않았음을 알 수 있다.
　　그런데 이와 같은 무사로서 고적이나 고황이 노래한 젊은 용사
의 태도는 한때 호탕한 검객을 꿈꾸었으나 결국 취한 문사로 생을 마

친 이백과 대조적이다.

> 거문고는 용문산의 벽오동나무로 만들었고
> 옥병 속 좋은 술은 투명한 듯 맑구나.
> 현을 조이고 소리 조정하여 그대와 술 마시니
> 눈앞이 어른어른하고 얼굴도 붉어지기 시작한다.
> 서역 아가씨는 꽃처럼 어여쁜데
> 술독 앞에서 봄바람 같은 웃음 짓는다.
> 봄바람처럼 웃고
> 비단옷 날리며 춤추니
> 그대여, 지금 취하지 않으면 어디로 돌아가려 하는가?

> 琴奏龍門之綠桐, 玉壺美酒淸若空.
> 催絃拂柱與君飮, 看朱成碧顏始紅.
> 胡姬貌如花, 當壚笑春風.
> 笑春風, 舞羅衣, 君今不醉將安歸.

악부시의 곡조에 가사를 넣은 총 2수의 연작시 「술잔 앞에서[前有樽酒行]」의 제2수이다. 꽃 같은 서역 아가씨가 술을 파는 장안의 술집에서 이백은 돌아갈 곳 없는 자신의 상황을 개탄했다. 또한 천보 3년(744) 무렵에 그가 벼슬길에서 실의하고 장안에서 답답하고 적막한 심경을 술로 달래고 있을 때에 쓴 총 4수의 연작시 「월하독작(月下獨酌)」에서는 "꽃 사이의 술 한 주전자 / 친한 이 없어 혼자 마신다. / 잔 들어 밝은 달 초청하고 / 그림자 마주하여 세 명이 되어(其一: 花間一壺酒,

獨酌無相親. 擧杯邀明月, 對影成三人)"있으면서, "석 잔에 위대한 도리와 통하고 / 한 말에 자연과 융합하는(其二: 三杯通大道, 一斗合自然)" 쓸쓸한 상황을 노래한 바 있다. 이 또한 두보가 탄식했듯이 "많은 선비들이 조정에 가득하지만 / 어진이라면 전율할 수밖에 없는(「自京赴奉先縣詠懷五百字」: 多士盈朝廷, 仁者宜戰栗)" 안타까운 상황으로 인한 결과일 수도 있다. 그러나 "곤궁한 시름 천만 가지는 / 좋은 술 삼백 잔에 상응하는 것(其四: 窮愁千萬端, 美酒三百杯)"인지라 "모름지기 좋은 술 마시고 / 달빛 타고 높은 누대에서 취하며(其四: 且須飮美酒, 乘月醉高臺)", "취한 뒤에는 천지조차 잃어버리고 / 아득한 정신으로 외로이 잠자리에 들던(其三: 醉後失天地, 兀然就孤枕)" 이백의 방황은 고적과 같은 생애의 극적 전환으로 연결되지 못했다. 오히려 이후에 그의 삶은 안·사의 반란과 영왕(永王)의 반란을 겪으면서 더욱 암울한 수렁으로 빠져들었고, 결국 객지에서 취생몽사의 방랑을 끝내야 했다.

물론 사람마다 다른 삶의 방식이 나타나게 된 데는 다양한 이유들이 있을 수밖에 없지만, 이백과 고적의 경우는 협객을 지향한 문사와 문인적 풍류를 아우른 무사라는 미묘한 차이가 삶의 방식을 결정한 중요한 요인이었을 수도 있다고 추측하는 것이 어색하지 않다. 무엇보다도 그것은 낭만적 이상과 치열한 현실 사이에서 어느 쪽에 비중을 더 둘까 선택하는 데 큰 영향을 주었던 듯하다. 바로 이 때문에 이백은 "무정한 사물과 연원한 교유 맺어 / 아득한 하늘에서 만나자고 기약(「月下獨酌」其一: 永結無情遊, 相期邈雲漢)"하는 도피적 삶은 택했던 셈이다.

알고 보면 인생은 방황과 선택의 연속이다. 그렇기 때문에 당나라 때의 요계(姚係: ?~?)는 「서경에서 옛 친구를 만나 농서로 가는 것을 전송함[京西遇舊識兼送往隴西]」에서 이렇게 노래했다.

매미는 얼마나 다급히 울어 대는지
날 저물자 숲에 가을바람 소슬하다.
이런 상황이라 시름을 견디기 어려운데
벗이 다시 농서로 떠난다네.
만나고 헤어지나니
우리 모두 갈림길에 선 인생!

蟬鳴一何急, 日暮秋風樹.
卽此不勝愁, 隴陰人更去.
相逢與相失, 共是亡羊路.

『열자(列子)』「설부(說符)」에는 기르던 양을 잃어버린 이가 사람들을 이끌고 찾아 나섰으나 갈림길에 갈림길이 연속되는 바람에 그 양이 어디로 가 버렸는지 알 수 없어서 결국 찾지 못했다는 이야기가 나온다. 인생이란 것도 마찬가지가 아니겠는가? 우리는 평생 누군가를 만나고 헤어지지만 그의 육체뿐만 아니라 정신이 어디로 가는지는 아무도 모른다. 심지어 자신의 앞길에도 선택을 강요하는 갈림길의 연속이고, 그 가운데는 문학의 세계로 들어가는 길도 있다.
　　사실 로트레아몽(Le C. de Lautreamont: 1840~1870)이 '말도로르(Maldoror)'를 통해 노래했듯이, 문학이라는 세계는 용기 없이 나약한 이가 발을 들여서는 안 될 곳임이 분명하다. 그러나 문학사는 그곳이 늘 현실에서 패배자이면서 이상 속에서는 용감했던 이들의 싸움터

였음을, 나아가 그들이 결국 아름다운 문학 작품을 위해 자신을 희생한 (혹은 희생해야 했던) 장소였음을 증명한다. 당연하게도 현실에서 성공한 이들은 언제나 자기 나름의 적절한 시점에서 문학으로부터 적당한 거리를 두었고, 그런 이유로 그들 가운데는 명작을 남긴 이들이 아주 드물다. 그야말로 "시가 사람을 궁하게 만드는 것이 아니라 어쩌면 궁해진 뒤에야 시가 훌륭해지는 것일 수도(歐陽修, 「梅聖兪詩集序」: 非詩窮之能窮人, 殆窮者而後工也)" 있다는 탄식을 다시 떠올릴 수밖에 없는 것이다. 청나라 때 '양주팔괴(揚州八怪)' 가운데 한 명으로 유명한 정섭(鄭燮: 1693~1765, 자는 극유[克柔], 호는 판교[板橋])이 쓴 「스스로 근심을 풀다[自遣]」는 곤궁한 시절의 경험을 딛고 일어선 뛰어난 예술가의 씁쓸한 감회를 보여 준다.

그때는 인색하고 지금은 풍성하니 세태는 정말 바뀌지 않아
내 힘들었던 시절에 대해서는 이미 할 말이 없어졌구나.
방종을 절제하며 세상 살았으나 여전히 방탕하다고 비난받았고
졸렬함을 배워 글을 논했더니 오히려 기이하다고 싫어했지.
달구경할 때는 남들 다 떠나도 상관없고
꽃구경할 때에는 오로지 술을 늦게 내 올까 한스러울 뿐.
우습다, 하얀 비단 들고 와서 글씨 청하는 이들은
또 선생이 거나하게 취할 때를 기다리는구나!

嗇彼豊玆信不移, 我於困頓已無辭.
束狂入世猶嫌放, 學拙論文尙厭奇.
看月不妨人去盡, 對花只恨酒來遲.

笑他縑素求書輩, 又要先生爛醉時.

　『국조기헌류징(國朝耆獻類徵)』「정섭소전(鄭燮小傳)」의 기록에 따르면 그는 날마다 거침없이 남의 사람됨에 대해 큰소리로 떠들어서 미치광이라는 소리를 들었다고 했는데, 이 시에서도 그의 이런 풍모가 잘 나타나 있다. 특히 그가 힘들었던 시절에 인색했던 이들이 그가 유명해진 뒤에는 다투어 찾아와 거금을 내밀며 글씨와 그림을 사려고 하는 작태를 통해 염량세태(炎凉世態)를 간파했기 때문에 그의 조롱은 더욱 통렬하다. 또한 술을 좋아했던 그의 특징은 일상생활뿐만 아니라 예술 창작 자체에도 영향을 주었던 듯하다.

　『청조야사대관(淸朝野史大觀)』 권10에는 다음과 같은 일화가 수록되어 있다. 즉 양주의 어느 염상(鹽商)이 정섭의 글씨나 그림을 얻고 싶었지만 도저히 방법을 찾지 못했다. 이에 그는 정섭이 지나갈 것으로 예상되는 대숲 안에 개고기와 좋은 술을 준비해 놓고 기다렸다가 그가 나타나자 극진히 대접했다. 그리고 그가 술이 얼큰히 취하자 미리 준비해 둔 지필묵을 꺼내 놓으니 정섭은 취흥을 빌려 대단히 정성껏 그림을 그리고 글씨를 써 주었다는 것이다. 이런 재치 있는 정성 덕분에 그 염상은 다른 거부들이 천금을 바쳐도 얻지 못한 정섭의 작품을 쉽게 얻었다고 한다. 이렇게 보건대 정섭의 성격 자체가 속세의 통념을 벗어나기도 했지만 그것은 힘들었던 시절에 당했던 박대가 만들어 낸 것이라고 할 수 있고, 또 이런저런 이유로 술을 좋아했던 그의 품성이 거침없는 예술가의 혼을 발휘할 수 있는 기폭제가 되어 주기도 했음을 알 수 있다. 무사의 그것과는 다르겠지만 문사에게도 나름의 용기가 필요하고, 때로 그것은 술을 통해 더욱 긍정적으로 발휘되기도 했던 셈이다.

봉우리에서 만 리 밖까지 몰아치는 세찬 바람을 타니
깊은 골짝 층층 구름에 이렇듯 마음이 진탕된다.
막걸리 석 잔에 호기가 일어나서
낭랑히 시 읊조리며 나는 듯이 축융봉을 내려왔다.

我來萬里駕長風, 絶壑層雲許盪胸.
濁酒三杯豪氣發, 朗吟飛下祝融峯.

주희(朱熹: 1130~1200, 자는 元晦 또는 仲晦)의 「취중에 축융봉을 내려오다[醉下祝融峰]」이다. 축융봉은 지금의 후난성[湖南省] 헝싼[衡三]에 있으며 형산산맥(衡山山脈)에 있는 일흔두 개 봉우리 가운데 가장 높은 봉우리이다. 축융은 본래 고대 신화에서 불의 신으로서 남방을 관할하기 때문에 예로부터 남악(南嶽) 형산에서 그에게 제사를 지내왔다. 이 시는 장식(張栻: 1133~1180, 자는 敬夫 또는 欽夫)과 함께 형산에 나들이를 나갔다가 주고받은 작품 가운데 하나이다. 여기서 주희는 높은 산봉우리에 올라 세찬 바람을 쐬며 상쾌해진 기분으로 발아래 층층이 쌓인 구름을 감상하다가 적당한 술기운을 빌려 피어난 호기를 타고 낭랑히 시를 읊조리며 나는 듯이 산을 내려오는 사나이의 호쾌한 기상을 마음껏 자랑하고 있다. 주희라는 이름이 거의 즉각적으로 연상시키는,『대학(大學)』 '8조목'으로 상징되는 깐깐한 사대부의 이미지와는 확연히 다른 이런 자유로움도 결국 '막걸리 석 잔' 덕분이 아니겠는가!

작년에 책문 올렸지만 받아들여지지 않았고
올해도 남의 집에 빌붙어 살면서 허송세월만 하오.
부럽구려, 그대는 술 있으면 취하고
돈 없어도 근심하지 않을 수 있구려.
지금은 다섯 제후도 빈객을 좋아하지 않는데
부럽게도 그대는 그들의 저택에 문안인사도 하지 않고
지금 일곱 귀족들은 막 자신을 높이는데
부럽게도 그대는 그들의 대문을 찾아가지 않는구려.
대장부에게는 지기가 있기 마련이거늘
무정하게 흐르는 세상사야 따질 필요 있겠소?

去年上策不見收, 今年寄食仍淹留.
羨君有酒能便醉, 羨君無錢能不憂.
如今五侯不愛客, 羨君不問五侯宅.
如今七貴方自尊, 羨君不過七貴門.
丈夫會應有知己, 世上悠悠何足論.

　　당나라 때 장위(張謂: ?~?)의 「교림에게[贈喬琳]」인데, 일설에는 작자가 유신허(劉眘虛: 714?~767)라고도 한다. 교림(喬琳: ?~784)은 천보 연간에 진사가 되어 흥평위(興平尉)를 시작으로 감찰어사(監察御史)와 과주(果州)와 면주(綿州), 수주(遂州)까지 세 지역의 자사(刺史)를 거쳐서 조정의 국자좨주(國子祭酒)와 어사대부(御史大夫), 동평장사(同平章事)를 지냈고, 이후에도 공부(工部)와 이부(吏部)의 상서(尙書)까지 지내다가 사직하고 승려가 되었다. 그러나 반란을 일으킨 주체(朱泚: 742~784)가 세운

한(漢)나라 조정에 소환되어 이부상서에 임명되었고, 얼마 후 주체의 군대가 패전한 뒤에는 당나라 군대에 사로잡혀 참수형에 처해졌다. 이렇듯 말년을 불행하게 끝내고 '반역을 저지른 신하[叛臣]'라는 오명까지 썼지만 젊은 시절의 그는 부귀와 명리(名利)에 초탈하고 자존심 강한 성품이었음을 짐작하게 한다. 실제로 『구당서』에 기록된 그의 전기에는 얽매이지 않는 성품을 타고나서 항상 동료들에게 기탄없이 농담을 하거나 조롱해서 문제를 일으키기도 했다고 한다.

한편 이 시를 쓴 장위는 천보 2년(743)에 열서너 살의 나이로 진사에 급제하여 758년에는 상서랑(尙書郎)을 역임하고 이후 담주자사(潭州刺史)를 거쳐서 771년에는 예부시랑(禮部侍郎) 등 비교적 고위 관직을 지낸 인물로 알려져 있다. 그런데 이 작품을 문자 그대로 해석하자면 처음 두 구절이 가리키는 대상은 시인 자신이라고 보는 것이 자연스러우니, 장위의 상황과는 잘 맞지 않는다. 그나마 또 다른 작가로 알려진 유신허는 스무 살에 진사에 급제하고 스물두 살에 이부(吏部) 굉사과(宏詞科)에 급제하는 등 발군의 인재였으나 종9품에 해당하는 교서랑(校書郎) 등을 전전하다가 장년에 벼슬을 사직하고 전원에 은거하여 맹호연(孟浩然: 689~740), 왕창령(王昌齡: 698?~757) 등과 교유하고 저술하면서 자족적인 삶을 살았다고 하니, 오히려 그가 이 시의 작자라고 한다면 그나마 조금 설득력이 있어 보인다.

하지만 중요한 것은 벼슬을 버리고 출가까지 했던 교림이 말년에 목숨을 아껴서 반란군 조정에서 벼슬살이를 했다는 점이다. 훗날 홍매(洪邁: 1123~1202, 자는 景盧)는 안녹산과 주체의 반란이 일었을 때 당시 당나라 조정에서 재상을 역임했던 진희열(陳希烈: ?~758)과 교림 등

제3부 술로 적시는 마음

은 반란군에게 협조했지만 진제(甄濟: ?~766)나 단수실(段秀實: 719~783)
과 같이 낮은 벼슬아치나 장수들은 절개를 지켜 순국하거나 끝내 반
란군에 협조하지 않음으로써 천하에 명성을 날린 일을 대비하며 탄식
했는데(『容齋隨筆』권9), 교림과 같은 이들이 후세에 이런 비방을 받게 될
것을 예상하지 못했을 거라고 생각하기는 어렵지 않을까?

예전에 이백과 두보의 시를 읽고

두 사람이 늘 함께 있지 못한 것이 항상 안타까웠지.

나와 맹교는 한 시대에 태어났는데

어째서 다시 두 분의 자취를 밟으려 하는가?

맹교는 진사가 되어서도 관직이 없지만

흰머리 날리며 고지식하게 자랑질만 하지.

나는 잔머리가 조금 있지만

큰 소나무 옆의 작은 풀처럼 스스로 부끄럽기만 하지.

고개 숙여 그대에게 절하나니

처음부터 끝까지 거공(駏蛩)처럼 서로 도우며 사는 사이가 되고 싶네.

하지만 그대 뒤도 돌아보지 않고 떠나시니

나는 마치 짤막한 대로 거대한 종을 친 셈이 되었구려.

바라건대 나는 구름이 될 테니

그대는 용으로 변하시게나.

사방 위아래로 그대를 쫓아갈 테니

세상에 이별이란 게 있어도 우리는 당할 일이 없을 테지!

昔年因讀李白杜甫詩, 長恨二人不相從.

吾與東野生幷世, 如何復躡二子踪.

東野不得官, 白首夸龍種.

韓子稍奸黠, 自慙靑蒿倚長松.

低頭拜東野, 原得終始如駏蛩.

東野不回頭, 有如寸筳撞巨鐘.

吾願身爲雲, 東野變爲龍.

四方上下逐東野, 雖有離別無由逢.

한유가 쓴 「취해서 맹교를 붙들며[醉留東野]」이다. 『회남자(淮南
子)』 「도응훈(道應訓)」에 따르면 북방에 사는 궐(蟨)이라는 짐승은 앞부
분은 쥐처럼 생겼고 뒤는 토끼처럼 생겼는데 달리면 넘어지고 걸어
도 자빠지지만, 공공거허(蛩蛩駏驉)에게 감초(甘草)를 찾아주기 때문에
공공거허가 항상 그놈을 업고 다닌다고 했다. 이 때문에 훗날 '거공(駏
蛩)'이라는 말은 서로 돕고 사는 밀접한 관계를 비유하는 뜻으로 쓰이
게 되었다. 이 시는 대략 정원(貞元) 14년(798)에 한유가 변주자사(汴州
刺史) 동진(董晉: 723~799)의 막료로서 관찰추관(觀察推官)을 지내고 있을
때, 이곳으로 여행하러 왔다가 떠나려 하는 맹교를 만류하기 위해 쓴
것이라고 한다.

첫 번째 네 구절에서 한유는 자신을 이백에, 맹교를 두보에 비유
했다. 사실 이백은 두보보다 열한 살이 많았고 한유는 맹교보다 열일
곱 살이 어렸지만, 원호문(元好問: 1190~1257, 자는 裕之)이 '시수(詩囚)'라
고 불렀을 만큼 불우하고 처량한 신세를 읊은 시가 많은 맹교에 비해
자신의 시는 상대적으로 거침없고 호방하다는 평을 들었기 때문에 이

렇게 비유한 것이다. 아울러 이런 표현을 통해서 자신이 문학적 지기로 생각하는 맹교와 늘 함께 있으며 교유하고 싶다는 간절한 마음을 간접적으로 나타냈다. 제5~8구는 두 사람의 처지와 성격을 비교했다. 진사에 급제하고도 아직 관직을 받지 못한 맹교는 흰머리가 나고도 고집스럽고 오만한 성격이지만, 잔머리를 굴리는 자신은 맹교처럼 성실하지 못하기 때문에 요령 있게 벼슬살이를 하고 있다고 했다. 하지만 인격적으로나 재능의 측면에서나 울창한 가지와 잎을 드리운 채 우뚝 선 높다란 소나무 같은 맹교에 비해 자신은 작은 풀에 지나지 않음을 인정한다. 그럼에도 둘이 서로 도우면서 궐과 공공거허처럼 우의를 지키며 지내자고 청원하지만 제11~12구를 보건대 맹교는 결연하게 작별하고 떠나려 하고, 한유의 만류는 아무 소용이 없어졌음을 알 수 있다. 하지만 자신은 구름이 될 테니 맹교는 용이 되라는 것은 "구름은 용을 따르고 바람은 호랑이를 따른다(『周易』「乾卦」 '文言': 雲從龍, 風從虎)"라는 말처럼 운명적으로 떨어질 수 없는 사이임을 강조하여 '취중진담(醉中眞談)'의 묘미를 절묘하게 나타냈다.

이 몸이야 가난한 처지라서 벼슬살이를 직업으로 삼았는데
서재를 지었다는 소식 들으니 그 마음 의젓하구려.
만 권의 장서는 자제들에게 마땅할 것이니
십 년 동안 나무 심으면 풍광이 훌륭해지는 것과 마찬가지지요.
하루 종일 정양관을 생각하지 않은 날 없었으니
어진 이를 무척 좋아하시는 선생이 뵙고 싶었기 때문이지요.
어찌 하면 온화하게 술자리 함께 하여

여랑대 아래의 하늘처럼 넓고 푸른 호수 물을 즐길 수 있을까요?

食貧自以官爲業, 聞說西齋意凜然.
萬卷藏書宜子弟, 十年種木長風煙.
未嘗終日不思潁, 想見先生多好賢.
安得雍容一樽酒, 女郞臺下水如天.

후한 시절에는 명망 높은 두 사람이 병주를 다스렸고
뒤이어 분양군왕(汾陽郡王)이 나라의 위난을 다스렸지요.
곽해(郭解)는 관중(關中)으로 들어와 의기를 기울였고
다른 시대에 곽태(郭泰)는 풍류를 그리워했지요.
그대 가문의 옛 일은 모두 역사에 길이 남았고
오늘날 뛰어난 재능 갖춘 그대도 아직 늙지 않았으니
서재의 아름다운 경치에 기대어
너무 오래 은거하여 옛 사람 따라 노닐지는 마시구려.

東京望重兩幷州, 遂有汾陽整綴旒.
翁伯入關傾意氣, 林宗異世想風流.
君家舊事皆靑史, 今日高材未白頭.
莫倚西齋好風月, 長隨三徑古人遊.

이것은 황정견(黃庭堅)이 희령(熙寧) 4년(1071)에 쓴 총 2수의 연작
시「곽명보(郭明甫)가 정양관(正陽關)에 서재(西齊)를 짓고 내게 시를 써
달라고 청함[郭明甫作西齊于潁尾請予賦詩]」이다.
　　제1수의 처음 두 구절에서 시인은 자신은 집안이 가난해서 벼슬

　　　　　　　　　　　제3부 술로 적시는 마음

살이를 직업으로 삼을 수밖에 없었는데 곽명보가 벼슬길에 뜻을 두지 않고 서재를 지어 은거하기로 했다는 소식에 숙연한 존경심이 생긴다고 했으니, 어떻게 보면 상투적인 겸사(謙辭)라고 할 수도 있겠다. 제3~4구는 만 권의 장서를 지닐 정도로 박학다식한 곽명보가 자제들을 잘 가르쳐서 가문을 빛낼 대계를 진행하고 있다는 것을 얘기했다. 이어서 어진 이를 좋아하는 곽명보에 대한 오랜 그리움을 얘기하며 영주(潁州)의 서호(西湖) 가에 세워진 여랑대에서 맑고 푸른 호수를 감상하며 따스한 술자리를 갖고 싶다는 소망을 나타냈다.

제2수에서는 곽씨 성을 가진 옛날의 저명한 인물들을 연달아 거론하며 곽명보에게 벼슬길에 나와 업적을 세우라고 권하고 있다. 제1구에서는 동한(東漢) 때에 명망 높은 인사로서 병주목(幷州牧)을 지낸 곽단(郭丹: 기원전 25?~서기 62)과 곽급(郭伋: 기원전 39~서기 47)을 거론했고, 제2구에서는 안사(安史)의 반란을 평정하는 데 공을 세워 분양군왕(汾陽郡王)에 봉해진 곽자의(郭子儀: 697~781)를 거론했다. 또 제3구에서는 서한 때의 저명한 협객(俠客) 곽해(郭解: ?~?)를, 제4구에서는 동한 때에 유림(儒林)을 이끌었던 곽태(郭泰: ?~?)를 거론했다. 이렇듯 곽씨 가문의 역대 위인들을 거론한 뒤에 황정견은 젊고 뛰어난 재능을 지닌 곽명보에게 은거하여 산수풍광만 즐기지 말고 벼슬길에 나와 능력을 발휘해 공을 세우라고 권했다. 이미 제1수에서 자신은 가난한 살림 때문에 어쩔 수 없이 벼슬살이를 한다고 했기 때문에 제2수에서 곽명보에게 벼슬살이를 권한 것은 무엇보다도 그의 젊음과 빼어난 재능 때문임을 한층 더 강조하는 효과가 있게 되었다.

어쨌든 하늘을 우러러 부끄러움이 없는 당당한 대장부에게는 지

기가 있기 마련이다. 육유(陸游)는 독고생책(獨孤生策: ?~?, 자는 景略)이라
는 빼어난 호걸을 무척 높이 평가했는데, 다른 문헌에서는 그의 이름
을 찾아보기 어렵다.

> 시골 마을에서 술을 사 마시고 취해 한밤중에 돌아오는데
> 서산에 지는 달이 사립문을 비춘다.
> 유곤이 죽고 나서 빼어난 선비가 없었는데
> 한밤중의 닭 울음소리 홀로 듣노라니 눈물이 웃옷에 흥건하구나.

> 買醉村場半夜歸, 西山落月照柴扉.
> 劉琨死後無奇士, 獨聽荒雞淚滿衣.

육유가 쓴 「밤에 돌아오는 길에 우연히 죽은 벗 독고생책을 그리
며[夜歸偶懷故人獨孤景略]」이다. 유곤(劉琨: 271~318)은 진(晉)나라 때에 병
주자사(幷州刺史)와 사공(司空)을 지낸 인물인데 의형제를 맺은 선비족
(鮮卑族) 출신의 유주자사(幽州刺史) 단필제(段匹磾: ?~321)에게 살해당했
다. 이로 보건대 활도 잘 쏘고 검술을 좋아했던 호걸의 기상이 높았던
독고생책 또한 이와 유사한 상황에서 애석하게 생을 마친 것이 아닐까
추측해 볼 수 있다. 이 외에도 육유는 「독고생책은 자가 경략이고 하
중 사람인데 문장이 뛰어나고 활을 잘 쏘며 검술을 좋아하는 한 시대
의 빼어난 선비이다. 협중에서 온 어떤 이의 말에 따르면 그가 충주와
부주 사이에서 죽었다고 하여 슬피 눈물 흘리며 시를 쓰다[獨孤生策字景
略河中人工文善射喜擊劍一世奇士也有自峽中來者言其死於忠涪間感涕賦詩]」를 비롯한
몇 편의 시를 지어 그를 칭송하며 우의를 자랑한 바 있다. 아울러 이런

제3부 술로 적시는 마음

작품들은 이제는 육유 자신이 늙고 병든 몸으로 은퇴하여 시골에 묻혀 살지만, 기울어 가는 나라를 다시 일으키기 위해서는 독고생책과 같이 문무의 재능을 겸비하고 호기가 넘치는 인재가 뜻을 펼칠 기회가 주어져야 하는데 그러지 못하고 허무하게 생을 마친 현실에 대한 안타까운 심경을 토로한 것이기도 하다.

흰 구름 한없이 흘러가겠지

〰〰〰〰〰

벗이 닭 잡고 기장밥 지어
농장(農莊)으로 나를 초대했지.
푸른 숲은 마을 주변을 둘러싸고
푸른 산은 외곽 바깥에 비스듬했지.
창을 열면 바로 앞이 탈곡하는 공터와 채소밭인데
술잔 들고 농사일을 얘기했지.
나중에 중양절이 되면
다시 와서 국화 앞에 나아가자고 했지.

故人具鷄黍, 邀我至田家.
綠樹村邊合, 靑山郭外斜.
開軒面場圃, 把酒話桑麻.
待到重陽日, 還來就菊花.

당나라 때 맹호연(孟浩然: 689~740, 본명은 浩)이 쓴 「벗의 농장에 들
러서[過故人莊]」이다. 숲에 둘러싸인 차분한 농촌 풍경과 소박한 술자
리, 농사일을 화제로 한 느긋한 대화, 중양절에 국화를 구경하고 국화

주를 마시자는 가벼운 약속이 자연스럽게 이어지는 이 작품은 담담하고 평화로운 분위기의 전원생활을 꾸밈없이 간결하게 나타낸 걸작으로 평가된다. 특히 마지막 구절에서 '취(就)'는 다양한 뜻을 품은 탁월한 표현으로서, 역대로 평론가들의 극찬을 받아 왔다.

그러나 관점을 달리해서 살펴보면 사실 이 시는 결코 이렇듯 평온하게 읽혀지지 않는다.

맹호연의 생애는 본인의 뜨거운 열망에도 불구하고 벼슬길에서 좌절을 겪어야 했다. 『신당서(新唐書)』「문예전(文藝傳)·하(下)」에 따르면, 그가 마흔 살 무렵에 친우 왕유(王維)가 자신이 근무하던 궁중의 부서로 그를 몰래 초청했는데, 잠시 후 예고도 없이 현종(玄宗)이 찾아오자 다급한 김에 그를 침상 아래에 숨겼다. 그러다가 결국 들통이나 나자 현종은 오히려 기뻐하며 그를 불러내서 시를 읊어 보게 했다. 이에 맹호연이 재배를 올리고 자신의 시를 낭송했는데, 하필 그 가운데 그 가운데 "재능이 없어 현명한 군주에게 버림받았고[不才明主棄]"라는 구절이 들어 있었다. (실제로 이 구절은 그의 「세모에 남산으로 돌아가며[歲暮歸南山]」에 들어 있는데, 그 다음은 "병 많아 벗들도 소원해졌다[多病故人疏]"이다.) 그러자 현종은 "그대가 스스로 관직을 구하지 않았지 짐은 그대를 버린 적이 없거늘 어찌 나를 무고하는가?[卿自不求職, 朕未嘗棄卿, 奈何誣我]" 하면서 내쫓아 버렸다고 했다. 이 사연이 사실이라면 이후로 그가 벼슬을 구할 희망은 거의 전무해졌다고 해도 과언이 아닐 것이다.

이런 상황이 되자 그는 결국 녹문산(鹿門山)에 은거하는 길을 택할 수밖에 없었다. 그러나 벼슬살이에 대한 미련을 접을 수밖에 없는 결정을 강요당하여 택한 전원생활이 평안하고 느긋할 수 없었으리라는 것은 누구나 짐작할 수 있다. 그리고 절망과 회한이 뒤섞인 그런 심정에서 써 낸 작품을 여유롭게 전원을 즐기는 모습이라고 읽는 것은 오독일 가능성이 많다. 설령 표면적으로 그렇게 보일지라도 차라리 그것은 시인의 반어적 수사법이라고 보는 편이 더 타당하며, 만에 하나 그런 작품의 주제가 언어가 나타내는 그대로라고 한다면 그것은 그 시인이 위선자임을 선포하는 행위에 지나지 않는다고 할 수 있다. 물론 그가 불가피한 상황이었음에도 그것을 계기로 모든 세속의 미련을 털고 초연하게 자연의 삶에 순응했을 가능성이 전무한 것은 아니지만, 일반적인 정서에서 판단했을 때 그것은 너무나 가능성이 희박한 것이 사실이다.

바로 이런 맥락에서 "술잔 들고 농사일을 얘기"했다는 서술을 다시 살펴보면 표면적 분위기와는 상반된, 시인 내면에 꿈틀거리는 자조적 정서를 은근히 드러내고 있음을 간파하게 된다. 당연히 시를 공부하여 과거시험의 진사과에 급제하려고 했던 맹호연에게 그 강요된 은거 이전의 주요 교유는 대부분 왕유와 같은 사대부 문인들이 대상이었을 것이고, 그런 교유의 자리에서 화제는 물론 시 문학이나 정치, 학술 등이 주류를 이루었을 터이다. 그러나 이제 그는 단순히 생계를 위해서라도, 그리고 어쩔 수 없는 주위 환경 때문에 농부와 함께 농사일을 화제로 삼을 수밖에 없게 된 것이다. 사업에 실패하여 파산하는 바람에 어쩔 수 없이 귀농을 택한 몇몇 현대인의 경우와 마찬가지로 맹호연에게 농사일은 낯설고 어설프고 힘든 일일 수밖에 없었을 터이고, 닭 한 마리와 기장밥을 안주로 마련된 조촐한 술자리에 초대받은 것조차 고맙고 귀한 일일 수밖에 없었을 터이다.

제3부 술로 적시는 마음

그러나 맹호연에 비하자면 벼슬길의 운세가 천양지차였던 왕유에게는 이따금 즐기는 전원생활은 그야말로 여유로운 휴식의 나날이었다.

붉은 복사꽃은 다시 간밤의 비를 머금었고
푸른 버들은 또 아침 안개를 둘렀다.
꽃잎 떨어졌지만 하인은 아직 쓸지 않았고
꾀꼬리 우는 산속에서 나그네는 아직 꿈 속.

桃紅復含宿雨, 柳綠更帶朝煙.
花落家童未掃, 鶯啼山客猶眠.

그야말로 전통시대 중국의 사대부들이 꿈꾸던 이상적인 은거의 모습을 묘사한 한 폭의 그림 같은 장면이 아닌가? 서른 살 무렵에 장원급제하여 탄탄대로로 승진을 거듭하다가 급사중(給事中)까지 올랐고, 강요받은 것이라고는 하지만 안녹산의 반란군 밑에서 벼슬살이를 한 과오까지 지니고 있었음에도 그는 숙종(肅宗: 756~762 재위) 때에 상서우승(尙書右丞)까지 지냈다. 특히 마흔 살 남짓한 때부터는 장안 동남쪽 남전현(藍田縣) 망천(輞川)과 종남산(終南山)에 별장을 지어 놓고 '반관반은(半官半隱)'의 느긋하기 그지없는 인생을 즐겼다. 「전원의 즐거움[田園樂]」이라는 제목에 딱 어울리는 위 시에는 그런 경제적 풍요와 정신적 여유가 넘친다. 그런 의미에서 본래 산속에 은거한 사람을 고상하게 부르는 호칭인 '산속의 나그네[山客]'야말로 세간과 산중을 마음대로 오가는 그의 삶을 대변하는 적절한 단어라고 하겠다.

왕유의 또 다른 전원시 「망천에서 한가로이 지내며 수재 배적에게[輞川閑居贈裴秀才迪]」는 미친 척하여 벼슬길을 사절하고 은자로 지내며 심신 수양에 전념했던 춘추시대 초(楚)나라의 육통(陸通: ?~?, 자는 接輿)을 배적(裴迪: ?~?)에 비유하고 오류선생(五柳先生) 도잠을 자신에게 비유하며 세속을 초월하여 고고하게 자유자재의 삶을 살고자 하는 지향을 노래했다.

추위에 잠긴 산에 녹음도 시들어가고
가을 강물은 날마다 졸졸 흐른다.
지팡이 짚고 사립문 밖에 서서
바람 맞으며 저물녘 매미 소리 듣는다.
나루터엔 황혼의 노을 남아 있고
마을에선 밥 짓는 연기 쓸쓸히 피어난다.
다시 육통 선생과 같은 이 만나 취하고
오류선생 앞에서 미친 듯 노래 부르리라.

寒山轉蒼翠, 秋水日潺湲.
倚杖柴門外, 臨風聽暮蟬.
渡頭餘落日, 墟里上孤煙.
復値接輿醉, 狂歌五柳前.

촉주자사(蜀州刺史)와 상서성랑(尙書省郞)을 지낸 것으로 알려진 배적을 육통에 비유한 것은 사실 적절하지 않고, 은거한 이후 가난 속에서 술에 취한 채 생을 마친 도잠을 왕유 자신과 비유한 것은 더욱 억지

제3부 술로 적시는 마음

에 가깝다. 이것은 『구당서(舊唐書)』에 수록된 왕유의 전기에서 설명했듯이 함께 종남산에 은거한 두 친구가 "배를 띄워 왕래하며 거문고 타고 시를 읊조리며 종일토록 노래했던[浮舟往來, 彈琴賦詩, 嘯詠終日]" 유유자적한 삶에 대한 자찬(自讚)인 셈이다. 그러니 이러한 왕유의 전원생활을 어찌 맹호연의 그것과 나란히 놓고 감상할 수 있겠는가!

다만 한 가지 짚고 넘어갈 점이 있다. 그것은 바로 이 시를 지을 무렵 배적의 상황이 그다지 좋지 않았던 듯하다는 것이다. 이런 사실은 왕유가 이 시를 지은 때와 그리 멀지 않은 시점에서 쓴 것으로 보이는 「술을 따라 배적에게 권함[酌酒與裴迪]」을 통해 짐작할 수 있다.

여보게, 술 한 잔 받고 마음 푸시게
인정이란 물결처럼 자주 뒤집히는 것.
백발 친구조차도 칼을 쥐고 경계해야 하고
먼저 출세 길 달리면 거들먹거리며 깔본다네.
풀들이야 가랑비만으로도 젖고
가지 위 꽃 피려 하면 봄바람도 차가워진다네.
세상사야 뜬구름이니 물을 게 뭐 있겠나?
차라리 느긋이 은거하여 새참이나 더 드시게.

酌酒與君君自寬, 人情翻覆似波瀾.
白首相知猶按劍, 朱門先達笑彈冠.
草色全經細雨濕, 花枝欲動春風寒.
世事浮雲何足問, 不如高臥且加餐.

배적 자신이 「청작가(靑雀歌)」에서 밝혔듯이 이 무렵 그는 일찍부터 그와 교유하던 '봉황 같은 인재들[鵷鸞]'들이 "언제나 손잡아 하늘 높이 이끌어 줄까?[何時提携致靑雲]" 하고 기원하고 있었지만, 실제로는 그 지인들로부터 "출세 길 먼저 달렸다고 거들먹거리며 깔본" 일을 당했던 듯하다. 하지만 경우가 조금 다를지라도 무려 이십삼 년 동안 버림을 받았던 유우석의 경우를 생각하면 배적의 불행과 울분은 그저 지난날의 짧은 추억에 지나지 않을 터이다.

파산과 초수는 처량한 땅
이십삼 년 동안 이 몸은 버려져 있었지.
옛 친구 그리며 피리소리 듣고 지은 부를 부질없이 읊조리는데
고향에 도착하면 오히려 도끼자루 썩힌 이처럼 되었겠지.
가라앉은 배 옆으로 무수한 배들 지나고
병든 나무 앞 수많은 나무들은 봄이 한창이로구나.
오늘 그대의 노래 한 곡 들었으니
잠시 술잔에 의지해 정신을 진작시켜 볼까나!

巴山楚水凄凉地, 二十三年棄置身.
懷舊空吟聞笛賦, 到鄕翻似爛柯人.
沉舟側畔千帆過, 病樹前頭萬木春.
今日聽君歌一曲, 暫憑杯酒長精神.

유우석의 「양주에서 백거이와 처음 만난 자리에서 써 준 시에 화답함[酬樂天揚州初逢席上見贈]」이다. 이 시는 보력(寶曆) 2년(826)에 화주자

사(和州刺史)에서 파직되어 낙양으로 돌아오는 도중에 역시 소주로부터 낙양으로 돌아가던 백거이와 양주에서 처음 만나게 되었을 때 주고받은 것이다. 당시 백거이는 먼저 「취중에 유우석에게[醉贈劉二十八使君]」라는 시를 써서 증정했는데, 그 내용은 이러했다.

나를 위해 잔을 들게, 술 따라 마시고
우리 함께 젓가락으로 쟁반 두드리며 노래 부르세.
시재(詩才)가 이 나라 최고라 해도 부질없이 이럴 뿐이니
운명이 머리를 짓누르는지라 어쩔 수 없었을 걸세.
눈 들어 바라보니 풍경은 너무나 적막하여
조정 가득한 관리들 가운데 그대만 홀로 허송세월했네.
재능과 명성 때문에 손해 봐야 마땅하다는 건 알겠지만
이십삼 년은 너무 많은 손해로구먼!

爲我引杯添酒飮, 與君把箸擊盤歌.
詩稱國手徒爲爾, 命壓人頭不奈何.
擧眼風光長寂寞, 滿朝官職獨蹉跎.
亦知合被才名折, 二十三年折太多.

재능과 명성 때문에 운명의 시기를 받는 것은 마땅하지만 이십삼 년은 너무 긴 피해였다는 마지막 두 구절은 유우석의 재능에 대한 칭송과 그의 불행에 대한 동정을 절묘하게 결합했다. 유우석은 이른바 '영정개혁(永貞改革)'이 실패한 805년 9월에 연주자사(連州刺史)로 폄적되어 부임하는 도중에 다시 낭주사마(朗州司馬)로 폄적되어 십 년을 보

낸 뒤에 조정으로 돌아갔으나, 얼마 후에 다시 연주자사로 폄적되었다가 기주(蘷州)와 화주(和州)로 지역을 옮겨 다니며 자사를 지내야 했다. 보력 2년에 조정의 부름을 받았으나 길이 멀어서 이듬해인 대화(大和) 1년(827)에야 장안으로 돌아갈 수 있었으니, 그 기간이 햇수로 이십삼 년에 이르렀던 것이다. 앞서 인용한 유우석의 시는 이 작품에 화답한 것이다.

파산과 초수는 사천(四川)과 호남(湖南), 호북(湖北) 일대를 아우른 말로서 유우석이 폄적되어 자사를 지냈던 지방들이다. 제3구의 '문적부'는 서진(西晉) 때에 상수(向秀: 227?~272, 자는 子期)가 사마씨(司馬氏) 정권에 피살당한 자신의 두 벗 혜강(嵇康: 224?~263?)과 여안(呂安: ?~262, 자는 仲悌)이 살던 집을 지나다가 이웃집에서 들려오는 피리소리를 듣고 슬픔에 겨워 지은 「사구부(思舊賦)」를 가리킨다. 여기서 유종원이 그리워한 친구는 이미 세상을 떠난 왕숙문(王叔文: 753~806)과 유종원(柳宗元: 773~819) 등을 가리킨다. 제4구의 '도끼자루 썩힌 이'는 서진 때의 왕질(王質)이라는 인물을 가리킨다. 임방(任昉: 460~508, 자는 彦升)의 『술이기(述異記)』에 따르면 서진 때의 나무꾼 왕질은 산에 나무를 하러 갔다가 잠시 신선들이 바둑 두는 것을 구경했는데 그 사이에 도끼자루가 썩어버렸고, 집에 돌아와 보니 이미 수백 년이 흘러서 그를 알아보는 사람이 아무도 없었다고 했다. 그러니 유우석도 귀양지에서 너무 오래 지내다가 고향으로 돌아가게 되었으니, 자신을 알아볼 사람이 거의 없을 거라는 뜻이다. 제5~6구의 '가라앉은 배'와 '병든 나무'는 유우석 자신을 가리킨다. 자신이 정치개혁에 실패하고 귀양지에 있는 동안 다른 이들은 벼슬길에서 승승장구하며 출세가도를 달리고 있다는 뜻이다.

이것은 백거이의 시 제5~6구의 내용을 달리 서술한 셈이라 하겠다. 벗의 동정 어린 시를 받고 나서 다시 정신을 추스른다는 마지막 구절은 벗에 대한 감사와 더불어 새로운 시작을 위한 다짐을 나타내고 있다. 그리고 바로 이런 마당이니 어찌 술이 필요하지 않겠는가?

이와는 구체적인 상황이 다르지만, 객지의 여관에서 옛 친구를 다시 만난 대숙륜(戴叔倫: 731~789)은 「강남의 벗을 여관에서 우연히 만나다[江鄕故人偶集客舍]」(「여관에서 벗과 우연히 만나다[客舍與故人偶集]」라고도 함)에서 이렇게 노래했다.

가을에다 달도 둥근데
성루에는 천 겹의 밤이 무겁게 누른다.
그 옛날 강남에서처럼 다시 만났는데
오히려 꿈이 아닌지 의심스럽다.
바람에 흔들리는 나뭇가지 어둠 속의 까치 놀라게 하고
이슬 덮인 풀이 추운 귀뚜라미를 덮고 있다.
타향을 떠도는 나그네야 오래도록 취해 있을 만한데
서로 붙들며 새벽 종소리 들릴까 두려워한다.

天秋月又滿, 城闕夜千重.
還作江南會, 翻疑夢裏逢.
風枝驚暗鵲, 露草覆寒蛩.
羈旅長堪醉, 相留畏曉鐘.

가을 보름달이 뜬 성루의 밤에 객지의 여관에서 고향친구와 뜻밖의 만남이 이루어지니 그 반가움과 놀라움은 꿈이 아닐까 의심할 정도이다. 가을바람 거센 저녁에 편안히 의지할 나뭇가지도 없는 까치는 정처 없이 떠도는 시인 자신의 신세를 암시한다. 아울러 그것은 조조(曹操)가 「단가행(短歌行)」에서 호언했던, 뭇 별들을 압도하는 환한 달과 같은 영웅 또는 군주를 찾지 못한 채 혼란하고 불안한 시대를 떠도는 지식인의 신세이기도 하다. 또한 이슬 덮인 풀을 덮고 있는 추운 귀뚜라미와 같은 묘사의 행간에는 종종 '풍찬노숙(風餐露宿)'이라고 표현되는 떠돌이들의 춥고 배고픈 나날에 대한 비애와 고향 및 가족에 대한 그리움이 가득 채워져 있다. 바로 이런 이유에서 시인은 '오래도록 취해 있을 만한' 합리적인 이유를 확보한다. 이런 상황이라면 누군들 그렇지 않으랴!

한편 백거이는 총 5수의 연작시 「술잔 앞에서[對酒]」 제1수에서 이렇게 노래했다.

> 잘나고 못난 사람들 서로 시비를 다투는데
> 모두 취해서 꾀부리는 마음 잊는 게 어떠한가?
> 그대도 알리라, 천지는 넓고 좁은 곳에 다 맞아서
> 수리며 봉황 같은 다양한 새들 각자 날아갈 수 있음을!
>
> 巧拙賢愚相是非, 何如一醉盡忘機.
> 君知天地中寬窄, 雕鶚鸞鳳各自飛.

흔히 마지막 두 구절은 조만간 닥쳐올 이별을 예시하는 뜻으로 쓰이곤 한다. 하지만 문자 그대로 놓고 풀이하자면 천지는 잘나고 못

제3부 술로 적시는 마음

난 사람을 가리지 않고 각자에게 맞는 시공을 제공하는 아량을 지니고 있으니 눈앞의 성패와 시비, 세인들의 평가에 마음이 흔들려 희비와 애환에 빠질 필요가 없음을 일깨우는 통달한 지혜라고 할 수 있다. 취하면 뜬금없는 시비를 일으켜서 기어이 한바탕 다툼을 일으켜야 직성이 풀리는 술버릇 나쁜 사람도 있지만, 오히려 술로 인해 시비의 근원이 되는 '꾀부리는 마음'을 잊고 초연한 평온을 맛볼 수 있는 경우도 적지 않다. 당나라 때 가지(賈至: 718~772, 자는 幼隣)가 연작시 「대주곡(對酒曲)」의 제2수에서 "한 번 따르니 온갖 근심 흩어지고 / 석 잔 마시니 만사가 부질없다.[一酌千憂散, 三杯萬事空]"라고 했던 것이 결코 과장이 아니었던 셈이다.

　이야기가 잠시 딴 길로 접어들었던 듯하지만, 어쨌든 전원의 평온함은 기본적으로 먹고사는 일이 무난하고, 그곳에서 살아가는 이의 마음에 불평이 없어야 가능한 일이다. 송나라 때 장뢰(張耒: 1054~1114, 자는 文潛)가 쓴 총 3수의 연작시 「농가[田家]」 가운데 제2수는 풍년의 농촌생활에 가득한 여유를 소박하게 노래한다.

　　토지신 사당 남쪽 마을의 술은 쌀엿처럼 새하얀데
　　이웃 노인 소를 잡으니 할멈이 삶았지.
　　꽃을 꽂은 시골 아낙 아이 안고 찾아오고
　　지팡이 끄는 영감님은 굽은 허리에 한 손 얹고 행차하지.
　　흥건히 취하고 배불리 먹다 보니 밤이 오는 줄도 모르고
　　바지 걷고 팔씨름하며 다투어 즐기지.
　　작년에는 조 한 말에 백금이나 나갔지만

풍년에 한 잔 마신다고 경솔하다 여기지 마시게!

社南村酒白如錫, 鄰翁宰牛鄰嫗烹.
挿花野婦抱兒至, 曳杖老翁扶背行.
淋漓醉飽不知夜, 裸股鞨肘時歡爭.
去年百金易斗粟, 豐歲一飲君無輕.

사실 송나라 때 농촌의 삶이란 조세(租稅)와 부역(賦役)이라는 이
중의 부담에 시달리느라 일 년 내내 배부르고 등 따뜻하게 지낼 여력
이 없었으니, 이런 정도의 여유를 부릴 정도라면 그야말로 대풍년이
찾아온 행운의 한 해였을 것이다. 시에서도 밝혔듯이 바로 지난해에만
하더라도 기근에 허덕이는 바람에 조 값이 천정부지였다고 하지 않았
던가? 그러나 고단한 나날 속에서 그나마 이런 즐거움을 기대하고 또
아주 가끔 누리기도 하는 것이 진정한 전원생활의 모습일 것이다. 날
마다 느긋한 별천지는 평범한 사람들의 몫이 아니라 차라리 이상 속
신선들이나 누릴 수 있는 세계에 가까울 것이다.

장 선생은 천성적으로 술을 좋아하고
활달하여 이익을 도모하지 않았지.
흰 머리에 초서(草書)를 궁구하니
당시 사람들이 태호의 영기를 받았다고 칭송했지.
모자도 쓰지 않고 팔걸이 의자에 앉아
큰 소리로 노래 서너 곡을 부르곤 했지.
흥이 나면 하얀 벽을 씻고

유성처럼 거침없이 붓을 휘둘렀지.
누추한 거처엔 바람이 소슬하고
마당에는 잡초가 가득했지.
집안에 있는 게 무엇이냐고 물으면
생계는 부평초 같다고 했지.
왼손에는 게와 조개 안주를 들고
오른손에는 연단서(煉丹書)를 들었지.
무심한 눈길로 하늘을 쳐다보며
취했는지 깼는지도 몰랐지.
여러 손님들 막 자리에 앉으려 할 때는
떠오른 해가 동쪽 성을 비추었지.
연잎에 강의 물고기를 싸고
하얀 주발에 향긋한 멥쌀 담았지.
박봉이야 신경도 쓰지 않고
아득한 세상 끝에 정신을 풀어 놓았지.
당시 그를 모르던 사람들은
신선이 내려온 줄로 여겼다지.

張公性嗜酒, 豁達無所營.
皓首窮草隸, 時稱太湖精.
露頂據胡床, 長叫三五聲.
興來灑素壁, 揮筆如流星.
下舍風蕭條, 寒草滿戶庭.
問家何所有, 生事如浮萍.

左手持蟹螯, 右手執丹經.
瞪目視霄漢, 不知醉與醒.
諸賓且方坐, 旭日臨東城.
荷葉裹江魚, 白甌貯香秔.
微祿心不屑, 放神於八紘.
時人不識者, 即是安期生.

당나라 때의 이기(李頎: 690~751)가 쓴 「장욱에게[贈張旭]」이다. 장
욱(張旭: 675~750?)은 성당(盛唐) 시기에 서예에서 이른바 '광초(狂草)'의
비조(鼻祖)로 알려진 서예의 대가이자 이백, 하지장(賀知章) 등과 더불어
두보의 「음중팔선가(飮中八仙歌)」에서 예찬을 받은 인물이기도 하다. 그
의 서예와 이백의 시가(詩歌), 배민(裴旻: ?~?)의 검무(劍舞)는 '당대삼절
(唐代三絶)'로 꼽힐 만큼 저명한 인사였다.

이 때문에 이기 역시 시의 첫머리에서부터 술을 좋아한 장욱의
천성과 활달한 성격을 제기했다. 이어서 평생을 초서 연마에 몰두하면
서 사소한 예법이나 생계를 도외시한 장욱의 삶이 보여 주는 초탈함과
그 이면에 깔린 곤궁함을 서술한다. 초라한 초야의 집을 두고 부평초
처럼 천하를 주유하면서 술과 연단술로 시름을 달래는 취생몽사(醉生
夢死)의 나날. 박봉에도 아랑곳하지 않고 천하의 끝을 자유롭게 노니는
정신적 경지를 보여 주는 그의 삶은 정말 모르는 사람이 보면 신선의
그것과 다를 바 없었을 듯하다. 하지만 그의 처지를 아는 시인과 같은
이라면 존경과 연민이 뒤섞인 아련한 시선으로 바라볼 수밖에 없을 것
이다.

또 다른 시에서 이기는 역시 화통한 애주가 가운데 한 명을 얘기

제3부 술로 적시는 마음

하고 있는데, 여기서는 분위기가 사뭇 다르다. 「진장보를 전송하며[送陳章甫]」에서 그는 이렇게 읊었다.

4월 남풍에 보리가 익어가고
대추나무 꽃 아직 지지 않고 오동잎 커지는구나.
아침에 청산과 작별했거늘 저녁에 다시 보게 되었나니
울어대는 말은 대문 나서자 고향을 생각하지.
진후(陳侯)께서 출세하신 것은 얼마나 거침없으셨는지!
꿈틀거리는 구레나룻에 호랑이 눈썹, 이마까지 훤칠했지.
뱃속에 만 권의 책을 담고 있어
초야에 묻혀 지내려 하지 않았지.
낙양성 동문에서 술 사와서 우리와 함께 마시는데
마음으로는 만사를 기러기 깃털처럼 가벼이 여기셨지.
취해 누우면 날 저무는 줄 몰랐고
때로는 하늘 높이 떠가는 외로운 구름 우러렀지.
큰 강의 파도 끝은 캄캄한 하늘에 이어져 있어
나루터에 정박한 배는 건널 수가 없구나.
그대 정주(鄭州)에서 온 나그네가 집에 돌아가지 못하고 있으니
낙양으로 온 타향인인 나는 부질없이 탄식만 하지.
듣자하니 고향에는 아는 이도 많다던데
어제 벼슬을 그만두었으니 이제 어찌 할까?

四月南風大麥黃, 棗花未落桐葉長.
靑山朝別暮還見, 嘶馬出門思舊鄕.

陳侯立身何坦蕩, 虬鬚虎眉仍大顙.
腹中貯書一萬卷, 不肯低頭在草莽.
東門酤酒飮我曹, 心輕萬事如鴻毛.
醉臥不知白日暮, 有時空望孤雲高.
長河浪頭連天黑, 津口停舟渡不得.
鄭國遊人未及家, 洛陽行子空嘆息.
聞道故林相識多, 罷官昨日今如何.

　　호방한 용모에 박학다식한 진장보는 초야에 묻혀 지내기보다는 벼슬길에 나서서 마음껏 뜻을 펼치려는 원대한 뜻을 품었던 사람이었던 듯하다. 종종 시인과도 어울려 술을 마시는 애주가이기도 했던 그는 또한 "만사를 기러기 깃털처럼 가벼이 여기는" 초탈한 성품의 인물이라고 했다. 그런데 강릉(江陵, 지금의 湖北省에 속함) 사람인 그가 오랫동안 숭산(嵩山)에 은거해 있다가 현종(玄宗) 개원(開元: 713~741) 연간에 어렵게 진사가 되어 좌습유(左拾遺)를 지냈다고 하는데, 이 시에서 "아침에 청산과 작별했거늘 저녁에 다시 보게 되었"다고 했으니 그 기간이 얼마 되지 않았던 듯하다. 아마도 그는 벼슬길에서 자신의 뜻을 마음껏 펼치지 못하여 종일 취하여 누워 지내다가 결국 사표를 던졌을 것으로 짐작할 수 있겠다. 이것은 큰 강에 파도가 몰아치고 날은 캄캄하게 흐리기만 하다는 비유가 암시하는 암담한 관료사회에서 아무도 그를 도와주지 못한 결과이리라. 그런 그를 이해하는 시인은 여전히 벼슬아치의 몸으로 전송을 나와서 부질없는 탄식만 한다. 그런 까닭에 고향—'옛 숲[故林]'이라고 했으니 그가 은거해 있던 숭산을 가리킬 수도 있는데—에 아는 사람도 많다는데 이제 벼슬을 그만두게 되었으니

　　　　　　　　제3부 술로 적시는 마음

돌아가면 그들이 그대를 어떻게 대하겠느냐는 마지막 구절의 염려는 사뭇 안쓰럽기까지 하다.

　물론 타향인 낙양에서 벼슬살이를 하고 있는 시인 자신의 삶도 탄식이 나올 만큼 구차스럽다고 했지만, 그와 같은 처지의 벼슬아치가 부임지를 떠나는 것은 그나마 안쓰러움이 덜하다. 어쨌든 그는 벼슬을 지닌 채 귀향하거나 또 다른 고을로 부임하고, 운이 좋다면 승진하여 조정으로 들어가는 경우일 테니 말이다.

> 성 안에서 화려하게 장식한 말 타고
> 성 밖으로 나와 노 자사를 전별하지.
> 9월이라 차가운 이슬 희고
> 육관에는 가을 풀 누렇게 시들었다.
> 제 땅의 노래 들을수록 오묘하고
> 노 땅의 술은 잔을 들면 향기 풍기지.
> 취한 뒤에 채찍 들고 떠나는데
> 매산은 길도 멀지.

> 城中金絡騎, 出餞沈東陽.
> 九月寒露白, 六關秋草黃.
> 齊謳聽處妙, 魯酒把來香.
> 醉後著鞭去, 梅山道路長.

　당나라 때 '대력십재자(大曆十才子)' 가운데 한 명으로 꼽히는 한굉 (韓翃: 719?~788?)이 쓴 「노 땅에서 정주로 돌아가는 노 사군을 전송하며

[魯中送魯使君歸鄭州]」이다. 노 사군은 건원(建元) 2년(759)에 정주자사(鄭州刺史)가 된 노경(魯炅: 703~759)이다. 제2구에서 노 자사라고 번역한 부분을 원문에서는 심동양(沈東陽) 즉 남조의 시인 심약(沈約: 441~513)이라고 표현했으니, 노경도 상당한 시재(詩才)가 있는 인물이었던 듯하다. 육관(六關)은 춘추시대 노(魯)나라에서 설치한 관문 이름이고, 매산(梅山)은 지금의 허난성[河南省] 정저우시[鄭州市] 서남쪽에 있다. 하지만 길손이 이미 취해 있으니 낭사원(郎士元: 727?~780?, 자는 君胄)처럼 송별선물로 귀한 술을 주었다면 자칫 실수로 동이를 깨뜨릴 수도 있겠다.

색깔은 경장에 비해 오히려 예쁘고
향은 감로처럼 여전히 싱그럽다.
거금을 주고 한 말을 사서
먼 길 떠나는 소상 땅의 벗을 전송하노라.

色比瓊漿猶嫩, 香同甘露仍春.
十千提携一斗, 遠送瀟湘故人.

낭사원이 쓴 「원주자사 이가우(李嘉祐)에게 상락주를 부치다[寄李袁州桑落酒]」이다. 상락주(桑落酒)는 뽕잎이 떨어질 때 빚어 숙성한 술을 가리키는데, 신선이 마시는 음료인 경장보다 때깔이 곱고 감로처럼 향이 싱그럽다니 비쌀 수밖에 없겠다. 낭사원은 이가우(李嘉祐: ?~?, 자는 從一)가 대력(大曆) 6년(771)에서 7년 무렵에 원주자사(袁州刺史)가 되어 부임할 때 송별선물로 이 귀한 술을 보냈으니, 이가우가 대단한 애주가였음이 분명하다.

제3부 술로 적시는 마음

그러나 이가우처럼 다른 지방의 지방관으로 부임하는 경우는 조정의 공무로 인해 늘 먼 지방으로 출장을 다녀야 하는 하급 관리에 비하면 차라리 편안한 것이었다.

부산한 공무로 출장 다니다 지친 몸으로
진주와 채주 사이에서 그댈 만났구려.
어찌하여 백년의 인생에서
한가한 사람을 하나도 보지 못하는지!
술잔 마주하고 저물어가는 해 안타까워하고
여정을 물으며 어지러운 산길을 염려했소.
머나먼 타향 길에 가을바람 불어 대는데
다시 목릉관을 나서야 하는구려!

擾擾倦行役, 相逢陳蔡間.
如何百年內, 不見一人閑.
對酒惜餘景, 問程愁亂山.
秋風萬里道, 又出穆陵關.

대숙륜(戴叔倫: 731~789)의 「벗과 작별하며[別友人]」(제목을 「여남에서 동 교서랑을 만나다[汝南逢董校書]」 또는 「동 교서와 작별하며[別董校書]」라고도 함)이다. 진주와 채주는 각각 지금의 허난성[河南省] 화이양현[淮陽縣]과 루난현[汝南縣]을 가리킨다. 목릉관은 지금의 후베이성[湖北省] 마청현[麻城縣] 북쪽, 허난성과 경계를 이루는 곳에 있던 관문이다. 가을바람 소슬하여 겨울이 가까워지고 있음을 알 수 있는데 또 첩첩 산을 넘어

먼 타향으로 출장을 가야 하는 벗을 전송하는 짠한 마음이 그대로 전해진다.

그러나 어떻게 보면 이런 것들은 지방관으로 전전하는 벼슬아치들 사이의 동병상련이라고 할 수 있으니, 아예 벼슬조차 잃고 귀향하는 진장보의 경우와 나란히 논할 수는 없다. 이런 의미에서 어쩌면 진장보와 같은 처지에서 떠나는 이에게 가장 어울리는 작별인사는 왕유가 「송별(送別)」에서 노래한 것과 같은 방식일 수도 있겠다.

말에서 내려 한 잔 하시게.
그런데 어디로 가는가?
뜻을 이루지 못해
종남산 근처로 돌아가 은거하려오.
그냥 가시게, 더 이상 묻지 않겠네.
흰 구름 한없이 흘러가겠지.

下馬飮君酒, 問君何所之.
君言不得意, 歸臥南山陲.
但去莫復問, 白雲無盡時.

이 시는 "뜻을 이루지 못해" 은거하는 벗을 전송하는 시인의 애잔한 마음과 번잡한 세상사를 떠나 유유자적 흐르는 흰 구름과 어울릴 그를 부러워하는 마음이 절묘하게 어울린 걸작으로 평가된다. 당연히 그의 전송을 받는 친구는 '종남첩경(終南捷徑)'을 기대하는 사이비 은자는 아니었을 터이다. 하지만 과연 진장보 본인은 어떤 마음으로 고향

제3부 술로 적시는 마음

(혹은 숭산)을 향해 떠났을까?

　　그런데 따지고 보면 취하지 않은 삶이 어디 있을까? 사람들은 저마다 술에 취하거나 자신의 이상에 취하거나 실의와 슬픔에 취하거나 부귀공명의 속된 욕망에 취한 채 자신이 취한 줄도 모르고 살아간다. 그리고 각자의 상황에서 나름의 호기를 부리며 세상을 오시(傲視)하기도 한다. 누군가의 안쓰러운 시선이 자신의 등 뒤에 머뭇거리는 줄도 모르고……

뉘라서 거나하게 취하는 것을 마다하랴?

~~~~~~~~~~~~

밤낮 술 마시는 것은 늙은이에나 허용되는 일
술잔치 벌이는 것은 타향에 있기 때문
촛농은 가희(歌姬)들의 부채에 나뉘어 떨어지고
빗방울은 유람선의 술 향기를 전한다.
사방 각지에 나그네살이 삼 년
하늘과 땅 사이는 수많은 전장이 되었다.
뉘라서 거나하게 취하는 것을 마다하랴?
청장 땅의 유정보다 더 오래 누워 있으리라!

卜夜容衰鬢, 開筵屬異方.
燭分歌扇漏, 雨送酒船香.
江海三年客, 乾坤百戰場.
誰能辭酩酊, 淹臥劇淸漳.

이상은(李商隱: 813?~858?, 자는 義山)의 「밤에 술 마시다[夜飮]」이다.
일생을 이우당쟁(李牛黨爭)*의 소용돌이에 휩쓸린 채 늘 남에게 더부살
이를 해야 했던 그에게 술은 고달픈 삶과 가슴 가득한 울적함을 달래

주는 좋은 벗이었을 터이다. 이 시 역시 먼 타향에서 병들어 누운 몸으로 밤새 시름겨워 잠도 이루지 못하고 술로 고뇌를 덜고자 하는 심정을 노래한 것이다.

수련(首聯, 제1~2구)은 작품 전체의 분위기를 제시한다. 늙고 허약한 몸으로 타향살이를 하다 보니 술을 마시지 않을 수 없다는 것이다. 여기에는 춘추시대 제(齊)나라에서 기술자들을 관장하던 공정(工正) 벼슬을 지낸 진경중(陳敬仲)과 관련된 전고를 사용했다. 즉 진경중이 제나라 환공(桓公)을 모시고 술잔치를 열었는데, 기분이 좋아진 환공은 날이 저물자 횃불을 밝히고 술잔치를 이어 가려 했다. 그러자 진경중은 "저는 낮에만 마실 걸로 생각했지 밤까지는 예상하지 못했습니다." 하고 사양했다. 하지만 훗날에 '복야(卜夜)'라는 말은 밤낮을 가리지 않고 계속해서 마음껏 술을 마신다는 뜻으로 쓰이게 되었다. 물론 이상은도 낮부터 술을 시작했을 수는 있겠지만, 여기서는 그보다도 밤이 되어서도 술자리를 계속한다는 뜻이 더 강조되었다고 볼 수 있겠다. 또한 당시 그는 고향인 정주(鄭州, 지금의 河南省에 속함)를 떠나 멀리 재주(梓州, 지금의 四川省 三臺縣에 속함)에서 유중영(柳仲郢: ?~864, 자는 諭蒙) 휘하의 막료

*
당나라 목종(穆宗) 장경(長慶) 1년(821)을 전후로 거의 40년 가까이 진행된 당쟁이다. 이당(李黨)의 중심은 이덕유(李德裕: 787~850, 자는 文饒)이고 우당(牛黨)은 우승유(牛僧孺: 779~848, 자는 思黯)와 이종민(李宗閔: ?~846, 자는 損之)을 대표로 했다. 이들은 각기 귀족 세력과 신진 사대부 세력을 대표했지만, 결과적으로 이 당쟁은 당 왕조의 몰락을 촉진한 셈이 되었다. 한편 이상은은 개성(開成) 3년(838)에 '이당'에 속하는 왕무원(王茂元: ?~843)의 사위가 됨으로써 결과적으로 자신의 스승이자 '우당'에 속한 영호초(令狐楚: 766?~837, 자는 瞉士)의 은혜를 저버린 셈이 되었고, 이 때문에 정치적으로 곤란한 처지에 빠져 버렸다.

(幕僚)로 있었으니, 향수(鄕愁)에 시달릴 수밖에 없었을 것이다. 그러니 이런 심정으로 여는 술잔치가 즐거울 수만은 없었을 것임은 분명하다.

함련(頷聯, 제3~4구)의 '촛농[燭漏]'과 '비[雨]'는 그런 자신의 심경을 대변한다. 제4구의 '주선(酒船)'은 배 모양의 술잔을 가리키기도 하고, 실제로 술을 실은 배를 가리키기도 한다. 후자와 관련해서는 『진서(晉書)』에 수록된 필탁(畢卓: 322~?, 자는 茂世)의 일화가 유명하다. 즉 언젠가 필탁이 주변 사람에게, "수백 휘[斛]의 술을 실을 수 있는 배를 구하여 사철의 제 맛을 내는 안주를 두어 개 마련해 놓고 오른손에는 술잔을, 왼손에는 게나 조개 같은 안주를 든 채 배를 타고 돌아다니면 평생이 만족스러울 것"이라고 말했다는 것이다.

경련(頸聯, 제5~6구)에서는 분위기가 일변한다. 이상은은 서주(徐州)의 막료 생활을 접고 장안으로 돌아왔지만 다시 대중(大中) 5년(851)에 재주의 막료로 초빙을 받아 감으로써 이 시를 지을 때까지 삼 년 동안 촉 땅에서 지냈다. 하지만 사실 이것은 인생의 대부분을 보잘것없는 막료로서 타향살이를 해야 했던 자신의 신세에 대한 한탄이다. 그리고 "하늘과 땅 사이가 수많은 전장이 된" 것은 그의 이런 신세를 조장한 시대적 배경이다. 여기서 가리키는 '전쟁'은 당나라 말엽 외족의 침입과 번진(藩鎭)의 할거, 농민기의 등등 창칼이 난무하는 전쟁뿐만 아니라 환관과 일반 관료들 사이의 갈등 및 당쟁에 이르기까지 당 왕조의 멸망을 재촉하는 온갖 갈등들을 두루 포괄한다. 이런 상황에서 누군들 몽롱하게 취해 있고 싶지 않겠는가?

미련(尾聯, 제7~8구)은 산동(山東) 출신의 유정(劉楨: 186~217, 자는 公幹)이 산서(山西)에서 나그네살이를 하다가 쓴 「증오관중랑장(贈五官中郎

將)」에서 "나는 어려서부터 고질병을 앓고 있었는데 / 청장 강가로 쫓겨난 신세로구나. / 여름부터 겨울까지 / 백일 넘도록 멀리 떨어져 있구나![余嬰沈痼疾, 竄身淸漳濱. 自夏涉玄冬, 彌曠十餘旬]"하고 읊었던 일을 전고로 활용하고 있다. 이상은은 병든 몸으로 오랜 타향살이를 해야 했던 유정의 신세에 깊은 동병상련을 느꼈던 듯이 「재주파음기동사(梓州罷吟寄同舍)」 등 여러 작품에서 이 전고를 반복적으로 활용한 바 있다. 그뿐 아니라 자신은 유정보다 더 오랜 타향살이를 하면서 가슴에 품은 뜻을 펼칠 제대로 된 기회조차 얻지 못하는 답답함으로 얻은 마음의 병에 시달리고 있음을 강조하고 있다.

> 몇 년 동안 일없이 초야에 묻혀 살면서
> 황공(黃公)의 옛 주점에서 취해 쓰러졌지.
> 깨어나 보니 어느새 밝은 달 떠올라 있어
> 온 몸에 꽃 그림자 덮인 채 부축해 줄 사람 찾았지.

> 幾年無事傍江湖, 醉倒黃公舊酒壚.
> 覺後不知明月上, 滿身花影倩人扶.

당나라 때 육구몽(陸龜蒙: ?~881?)이 쓴 「피일휴의 '춘석주성'에 화답함[和襲美春夕酒醒]」이다. 육구몽과 피일휴(皮日休: 838?~883?)는 똑같이 벼슬길에서 뜻을 이루지 못하여 술독에 빠진 채 종종 서로를 초빙하여 함께 마시며 서로 위안하는 사이였다. 그 둘이 어느 술집—여기서 '황공(黃公)'은 일반적으로 술장사하는 사람을 가리킴—에서 취해 쓰러져 잠들었다가 밤중에야 깨어났는데, 피일휴가 먼저 「봄날 저녁에 술에서 깨어[春夕酒醒]」라는 제목으로 다음과 같은 시를 썼다.

풍악이 막 그치자 남쪽 사내는 취했는데
좋은 술 남은 향기 푸른 술독에 서려 있구나.
한밤중에 깨어나니 붉은 초는 짧아졌고
한 줄기 차가운 촛농은 산호가 되어 있구나.

四弦才罷醉蠻奴, 酃醁餘香在翠爐.
夜半醒來紅蠟短, 一枝寒漏作珊瑚.

기울어가는 시절의 화려한 연회는 사람을 취하게 하고, 쓰러져 잠들었다가 깨어나서 둘러보니 '붉은 초'로 상징되는 화려한 시절은 얼마 남지 않았음을 발견한다. 산호가 된 차가운 촛농은 사실 처량한 신세로 저무는 왕조를 지켜보는 시인 자신이 흘리는 상심의 눈물인 것이다. 그러므로 이에 화답한 작품에서 육구몽은 부패한 관료사회에 적응하지 못하고 초야에 은거한 채 그 옛날 어지러웠던 위(魏)·진(晉) 시기의 '죽림칠현(竹林七賢)'이 즐겨 찾았다는 '황공의 옛 주점'에서 취해 쓰러졌다고 서술한다. 본의 아니게 '일없이' 초야에 묻혀 지내야 했던 기간도 몇 년이나 되니 첫 구절은 이미 문자로 나타난 한적하고 여유로움 뒤에 숨은 울분을 겨냥하고 있으며, 이것은 자연스럽게 제2구의 '취해 쓰러진' 사연과 연결된다. 그렇기 때문에 제3~4구에서 밝은 달빛 아래 온 몸에 꽃 그림자를 뒤집어쓰고 부축해 줄 사람을 찾는 그의 모습은 봄날 밤의 아름다운 풍경 속에 녹아든 은자의 정취를 강조할 뿐만 아니라, 이 불행한 시대에 자신의 뜻을 펼칠 수 있도록 도와줄 사람을 찾는다는 의미도 행간에 숨어 있다.

미인의 웃음은 보기 어렵고
마음 맞는 이 만나는 일 드물지.
마름 따서 안주 삼아 외상술 자주 먹고
달빛 기다리느라 사립문도 아직 닫지 않았지.
별 그림자 낮아져 까치를 놀라게 하고
벌레소리는 행장 옆에서 들려온다.
하급 관료로 지내다 보니 어느새 세월은 저물어
남쪽으로 날아가는 기러기 함께 부러워하지.

一笑不可得, 同心相見稀.
摘菱頻貰酒, 待月未扃扉.
星影低驚鵲, 蟲聲傍旅衣.
卑棲歲已晩, 共羨雁南飛.

당나라 때 전기(錢起)가 쓴 총 2수의 연작시 「가을 밤 병조 양칠과
함께 묵으며[秋夜梁七兵曹東宿]」 가운데 제1수이다. 비록 쉰 살이 넘은 만
년에는 한림학사(翰林學士)와 같은 고위직을 역임하기도 했지만, 천보
(天寶) 10년(751), 서른 살 무렵에야 진사에 급제하여 제법 긴 기간 동안
비서성(秘書省) 교서랑(校書郎)과 남전현위(藍田縣尉) 같은 하위 관직을 전
전한 경험이 있는 전기가 여행 도중에 비슷한 처지의 양칠을 만나 동
병상련의 정을 나눈 일을 서술한 작품이다.
입신양명의 뜻을 이루기 전까지는 누구에게나 고난의 시기가 있

기 마련이다. 단지 차이가 있다면 그것을 이겨 낸 사람은 입신의 뜻을 이루고 그렇지 않은 이는 도중에 좌절하고 만다는 것뿐이다. 물론 시대와 사회의 분위기도 그런 고난의 질량과 기간을 결정하는 데에 적지 않은 영향을 주는데, 전기가 살았던 당나라 때도 역시 마찬가지이다. 「형남으로 부임하는 위 공조를 전송하며[宋衛功曹赴荊南]」에서 그는 이렇게 썼다.

나라에서 여전히 무사를 등용하니
재능 있는 문사는 늦게야 입신양명하지.
쓸쓸히 강릉으로 떠나는데
조정의 마음 뉘라서 알랴?
푸른 하늘의 구름은 초 땅 강물 시름겹게 하고
봄 술은 의성을 취하게 하지.
민정을 잘 살펴 다스리려고 결심했는데
또 앉아 휘파람 부는 소리 들리는구나.

漢家仍用武, 才子晩成名.
惆悵江陵去, 誰知魏闕情.
碧雲愁楚水, 春酒醉宜城.
定想襄帷政, 還聞坐嘯聲.

초기에는 정벌을 통해 강역을 넓히는 데 주력했고, 후기에는 절도사와 농민의 반란을 무마하고 진압하느라 골머리를 썩였던 당 왕조였는지라 문사보다 무사를 중용한 것은 어쩌면 당연한 현상이었을 것이다. 그 때문에 조정에서 승진의 기회가 줄어든 문사들은 씁쓸한 마음으로 낮은 관직을 전전해야 했고, 부패한 관료조직의 생태환경에서 나름대로 생존의 방식을 모색해야 했다. 그러니 예로부터 예료(醴醪)와 구운차(九醞醝), 소주(燒酒, 즉 白酒) 등 명주의 산지로 유명한 의성(宜城)의 술에 취해 봄 풍경을 즐긴다 한들 그게 어디 개운한 즐거움이었겠는 가? 하지만 그러다 보니 올곧은 신념으로 성실하게 임무를 수행하는 지방관들은 대단히 드물었던 것이 사실이다. 그나마 이 시의 마지막에 인용된 전고의 주인공들 즉 동한 때에 여남태수(汝南太守)를 지낸 종자 (宗資: ?~?)와 남양태수(南陽太守)를 지낸 성진(成瑨: ?~166)처럼 현량하고 능력 있는 인재를 등용하여 일을 맡기고 자신은 느긋하게 즐기는 상 관이라도 만난다면 위 공조에게는 다행일 것이다. 공조(功曹)란 태수나 현령의 주요 보좌관이기 때문에 그의 능력을 알아보는 상관을 만난다 면 비록 한정된 지역에서나마 가슴에 품은 포부와 재능을 마음껏 펼칠 수 있을 것이기 때문이다. 하지만 관료사회에 부패가 만연한 상황이라 면 이런 바람은 거의 무망하다고 할 수 있을 것이다.

남풍이 하늘의 온화함 피워 내니
따뜻한 기운 천하에 흐른다.
만물을 영화롭게 할 수는 있지만
나그네의 시름을 바꿀 순 없지.
시름은 또 무엇 때문인가?
내 직접 그 이유를 얘기하겠소.
아첨하며 다투는 이들이 많은 길을 채우고

구차하고 사악한 이들 모두 출세를 추구하지.
듣자하니 옛날의 군자는
그런 걸 가리켜 무척 부끄럽다고 했다지.
올바르게 사는 것은 결국 불가능하니
초야에는 은거해 살 만한 곳이 있다네.

南風發天和, 和氣天下流.
能使萬物榮, 不能變羈愁.
爲愁亦何爾, 自誥說此由.
謟競實多路, 苟邪皆共求.
嘗聞古君子, 指以爲深羞.
方正終莫可, 江海有滄洲.

이것은 당나라 때 원결(元結: 719?~772?, 자는 次山)이 쓴 「계악부 12수(繫樂府十二首)」 가운데 하나인 「가난한 선비의 노래[賤士吟]」이다. 예로부터 "어깨 곧추세우고 목을 움츠리며 아첨하고 웃는 것은 여름날 논일하는 것보다 힘들다(『孟子』 「滕文公下」: 脇肩諂笑, 病於夏畦)"라고 했으니, 바르게 살려면 은거하는 수밖에 없다고 한 한탄이 나올 법도 하다. 게다가 어쨌든 이런 상황 속에서 어렵게 벼슬길에 들어서더라도 하급 관리의 생활이란 외상술마저 자주 먹을 만큼 궁핍하고 번다한 공무에 시달리기 마련이다.

붓 물고 생각하니 생각이 얕지 않은데
초승달이 주렴 드리운 창에 뜨는구나.

대문이 고요해져서 관리들 쉬게 되니
마음도 한가하고 옥사도 텅 비었지.
성긴 숲에 뭇별이 들어오니
놀란 까치는 가을바람에 날기도 지쳤구나.
비로소 알겠구나, 하급 관료 생활 힘겨운 줄을!
밤잠도 공관에서 자야 하지.

含毫意不淺, 微月上簾櫳.
門靜吏人息, 心閑囹圄空.
繁星入疏樹, 驚鵲倦秋風.
始覺牽卑劇, 宵眠亦在公.

　이것은 「우연히 짓다[偶成]」라는 작품으로 아마도 전기가 남전현
위로 있으면서 숙직을 하는 날에 지은 것으로 보인다. 붓을 입에 물고
이런저런 공문의 문구를 구상하다 보니 어느새 날이 저물어 초승달이
창에 들어온다. 가을바람에 날기도 지친 까치는 공무에 시달려 귀가할
기력마저 잃어버리고 공관에서 숙직하는 시인 자신의 모습일 터다.

　　벼슬은 작지만 뜻은 이미 충분하고
　　시대가 맑으니 요역도 면제되었다.
　　낮은 벼슬이지만 또한 분수에 맞으니
　　영예는 나와 상관없는 것.
　　마음에 드는 곳 혼자 아끼나니
　　흐르는 강가 우거진 대숲이지.

도가 있으면 즐기면 되고
명리 구하는 꾀를 잊었으니 어찌 가난을 싫어하랴?
오히려 걱정스러운 것은 궁중의 조서가
칠원(漆園)의 하급 관리에게 오지 않을까 하는 것!

官小志已足, 時淸免負薪.
卑棲且得地, 榮耀不關身.
自愛賞心處, 叢篁流水濱.
荷香度高枕, 山色滿南隣.
道在卽爲樂, 忘機寧厭貧.
却愁丹鳳詔, 來訪漆園人.

이것은 그가 남전현위로 있을 때 쓴 「현에서 못가 대밭에서 회포를 얘기하다[縣中池竹言懷]」이다. 작은 벼슬이나마 뜻은 충분히 이룬 셈이고, 현위가 됨으로써 9품 이상의 관리에게 요역이 면제되는 혜택도 누렸으니 더 이상 바랄 것이 없고, 오히려 조정에서 조서가 내려와 칠원(漆園)의 장자(莊子)처럼 소요자적(逍遙自適)하는 자신을 부르지나 않을까 염려스럽다는 것이다. 그러나 삼십대 초반의 혈기왕성했던 시인의 이런 발언을 문자 그대로 받아들일 사람은 아무도 없을 것이고, 실제로 이후로 그의 벼슬길도 계속 조정에 들어가 고위 관직으로 승진을 모색하는 나날의 연속이었다. 이 또한 중국 고전시는 대부분 겉으로 드러난 문자적 의미와 거꾸로 해석해야 옳다는 필자의 평소 지론을 입증하는 사례 가운데 하나이다.
　　물론 이보다는 조금 애매한 경우도 있다.

　　　　　　　　　제3부 술로 적시는 마음

떠도는 삶에 과연 무엇을 선망하랴?

늙어 가면서 개자추가 부럽다.

도잠이야 어찌 기록할 만하겠는가?

팽택에서 돌아간 것도 이미 늦었거늘!

부질없이 술 거른 망건 쓰고 다녔고

음식 구걸한 일도 시에 나타냈지.

나는 그저 올곧은 마음 간직한 채

느긋하게 은거하리라 기약할 뿐!

浮生果何慕, 老去羨介推.

陶令何足錄, 彭澤歸已遲.

空負漉酒巾, 乞食形諸詩.

吾惟抱貞素, 悠悠白雲期.

　　당나라 중엽에 고황(顧況: 727?~815?, 자는 逋翁)이 쓴 총 3수의 연작
시 「의고[擬古]」 가운데 제3수이다. 『좌전(左傳)』 「희공(僖公) 24년」의 기
록에 따르면, 춘추시대 진(晉)나라의 개자추(介子推)는 외국에서 십구
년 동안 망명생활을 한 문공(文公)을 보좌했지만 훗날 문공이 귀국하
여 제후의 지위를 계승했을 때 그에게 아무 상도 내리지 않았으며, 그
자신도 그에 대해 아무 말도 하지 않은 채 은거해 버렸다고 한다. 그런
인물을 선망하기 때문에 시인은 잠깐이나마 하찮은 이들 밑에서 벼슬
살이를 하다가 은거한 뒤에 술을 탐하다가 재산을 탕진하여 먹을 것조
차 구걸하던 자신의 모습을 시로 표현하기까지 한 도잠조차 마땅하게
생각하지 않는다. 그러므로 자신은 오로지 올곧은 마음을 간직하다가

느긋하게 은거하겠노라고 했다. 그의 또 다른 작품인 「꿈꾸고 난 뒤에 [夢後吟]」를 보더라도 은거는 고황의 오랜 바람이었던 듯하다.

취중에도 꿈을 꾸나니
몸 밖의 부귀공명에는 이미 관심이 없다.
맑은 거울 보면 그저 늙었다는 것만 알게 될 뿐인데
은거할 청산은 어디가 깊을까?

醉中還有夢, 身外已無心.
明鏡唯知老, 青山何處深.

하지만 비록 "남의 의견에 순순히 따르지 않아서 무리에게서 배척된(皇甫湜, 「顧況詩集序」: 不能慕順, 爲衆所排)"경력이 있다 할지라도 도잠에 비해 훨씬 오랜 기간 벼슬길에서 부침을 경험한 고황 자신의 입장에서 이것이 과연 떳떳한 말이었는지는 검증의 여지가 남는다. 알려진 바에 따르면 고황은 지덕(至德) 2년(757) 진사에 급제하여 정원(貞元) 3년(787)에 저작좌랑(著作佐郎)이 되었다가 두 해 뒤에 위와 같은 이유로 요주사호참군(饒州司戶參軍)으로 폄적되어 오 년을 그곳에서 지냈다. 이후에는 모산(茅山)에 은거해 있다가 대력(大曆) 6년(771)에는 다시 영가감염관(永嘉監鹽官)을 지냈다고 한다. 지나친 추론일 수도 있지만, 벼슬길의 좌절과 은거, 그 이후 다시 벼슬살이를 한 그의 이런 경력을 감안하면 그가 얘기한 '느긋한 은거'라는 것은 차라리 도잠처럼 경제적 궁핍에 시달리지 않는 은거를 의미할 수도 있겠다. 그게 아니라면 "노년에 그저 유유자적하면서 / 생계는 여러 자식들에게 맡기는(秦系, 「題鏡湖

제3부 술로 적시는 마음

「野老所居詩」: 老年唯自適, 生事任群兒)" 식의 은거를 바랐는지도 모르겠다.

그러나 필자가 보기에 가장 느긋한 은거는 이런 것이 아닐까 싶다.

봄 강가에서 홀로 낚시질하나니

봄 강의 운치가 유장하기 때문이지.

한 가닥 안개 풀밭에 서려 푸르고

꽃을 싣고 흐르는 강물 향기롭지.

마음이야 모래밭의 새들과 같고

떠도는 인생은 은자의 조각배에 맡겼지.

연잎 옷에 속세의 먼지 물들지 않았으니

창랑의 강물에 씻을 필요 있으랴!

獨釣春江上, 春江引趣長.

斷烟棲草碧, 流水帶花香.

心事同沙鳥, 浮生寄野航.

荷衣塵不染, 何用濯滄浪.

대숙륜(戴叔倫)의 「봄 강에서 홀로 낚시질하다[春江獨釣]」이다. 유
장하고 따스한 봄날의 싱그럽고 향기로운 운치 속에서 인간의 탐욕과
세속의 명리를 초월한 채 자연과 하나가 된 고고한 은자의 모습이다.
이야말로 은거를 지향하는 모든 사대부-문인들이 꿈꾸던 이상적인 모
습이 아니겠는가!

하지만 은거라고 해서 굳이 한 자리에 정착해 있을 필요는 없을 것
이니, 융욱(戎昱: 744~800)이 노래한 장 사군이 바로 그런 예에 해당한다.

여러 해 동안 고생하다가 벼슬살이 그만두고
오호에서 흥겹게 나루터를 떠돌았지.
지금은 재야의 나그네로 집조차 없으니
취한 곳이면 언제나 주인이라네!

數載蹉跎罷搢紳, 五湖乘興轉迷津.
如今野客無家第, 醉處尋常是主人.

이것은 융욱의 「장난삼아 장 사군에게[戲贈張使君]」이다. 이 시의
주인공 격인 장 사군은 지방관으로 힘겹게 일하며 치적을 많이 쌓았지
만 결국 벼슬길에서 떠나 오호에 배를 띄우고 떠돌며 범려(范蠡: 기원전
536~기원전 448)처럼 유유히 종적을 숨기고자 한다. 일정한 거처조차 없
이 배가 닿는 나루터에서 마음껏 취하고 술 마시는 그곳을 자기 집처
럼 여긴다. 이 거침없는 자유로움은 심지어 주인에게 명품 옷이며 말
을 팔아 술로 바꿔서 함께 마시며 시름을 녹이자고 큰소리치며 「장진
주(將進酒)」를 노래했던 이백의 경지조차 넘어선 듯하다. 다만 시의 제
목에 들어 있는 '장난삼아'라는 어휘가 눈에 밟힌다. 융욱은 이런 장
사군의 모습이 가소로웠던 것일까, 아니면 벼슬을 그만두고 초야를 떠
도는 장 사군의 선택이 자유 의지에 의한 것이 아니라 어떤 상황에 의
해 강요된 것이어서 시인이 이런 노래로 위로한 것일까? 부정적인 추
측은 이 외에도 다양하게 나올 수 있겠지만, 왠지 필자는 그 어휘 속에
융욱의 부러운 마음이 숨겨져 있다고 믿고 싶다.

종일토록 봉황의 소리 지저귀고 싶구나!

~~~~~~~~~~~

서늘한 닭울음소리 황량한 숲을 울리고
깎아지른 산봉우리에 달이 거꾸로 걸렸다.
옷 걸치고 일어나 밤빛을 살피면서
고삐 쥐며 아득한 행로를 생각한다.
떠나올 때는 초여름이었는데
지금은 이미 가을이 시작되었다.
은하수가 아득한 허공을 흐르나니
그 기세가 중국 밖으로 떨어질 듯하다.
산들바람이 서늘하게 옷깃 흔드니
새벽 공기가 남은 잠을 씻어 버린다.
돌이켜 생각하니 경사의 벗들과
술잔 앞에서 시 읊으며 고상한 모임 가졌었지.
그 가운데 소순흠과 매요신
두 사람이 경외하고 친근하게 지낼 만했지.
글에는 거리낌 없는 기세가 풍부했고
명성은 우열을 가리기 어려웠지.

소순흠은 기세가 더욱 웅건하여

대지의 바람에 수많은 동굴들이 소리치는 듯했지.

이따금 미치광이 장욱처럼 거침없이 붓을 휘두르면

취중의 초서 필획이 왕성하게 쏟아져

마치 천리마처럼

일단 달리면 멈추게 할 수 없었지.

눈앞을 가득 채운 것이 모두 영롱한 보석 같아서

어느 것 하나 고르거나 버리기 어려웠지.

매요신은 맑고 정확한 것을 추구하여

차가운 여울 속에 뾰족하게 솟은 바위 같았지.

시를 지은 지 삼십 년이라

나도 오히려 후배로 여기지.

어휘와 표현은 더욱 맑고 참신하지,

비록 마음은 노숙하지만.

요염한 미녀처럼

나이가 들어서도 매력이 남아 있지.

최근의 시들은 더욱 고졸하고 강인하여

씹고 씹어도 한 입에 맛을 알기 어렵지.

처음에는 감람을 먹는 듯 씁쌀하지만

진정한 맛은 한참을 씹어도 남아 있지.

소순흠은 호방하여 기세가 뛰어나서

온 세상이 그저 놀라기만 할 뿐.

매요신의 곤궁함은 나만이 아나니

그의 시는 골동품 같아서 잘 팔리지 않기 때문이지.

두 사람은 한 쌍의 봉황처럼

모든 새들을 불러 모을 상서로운 징조이지.

구름과 안개 속에서 날갯짓 해 보았지만

깃털에 상처만 입었을 뿐이었지.

어쩌하면 그들을 따라 노닐며

종일토록 봉황의 소리 지저귈 수 있을까?

무엇하러 굳이 그런 걸 생각하느냐고?

술잔 앞에서 제철 맞은 안주로 들고 있기 때문이지.

寒鷄號荒林, 山壁月倒掛.

披衣起視夜, 攬轡念行邁.

我來夏云初, 素節今已屆.

高河瀉長空, 勢落九州外.

微風動凉襟, 曉氣淸餘睡.

緬懷京師友, 文酒邀高會.

其間蘇與梅, 二子可畏愛.

篇章富縱橫, 聲價相磨蓋.

子美氣尤雄, 萬竅號一噫.

有時肆顚狂, 醉墨灑滂沛.

譬如千里馬, 已發不可殺.

盈前盡珠璣, 一一難揀汰.

梅翁事淸切, 石齒漱寒瀨.

作詩三十年, 視我猶後輩.

文詞愈淸新, 心意雖老大.

譬如妖韶女, 老自有餘態.

近詩尤古硬, 咀嚼苦難嘬.
初如食橄欖, 眞味久愈在.
蘇豪以氣轢, 擧世徒驚駭.
梅窮獨我知, 古貨今難賣.
二子雙鳳凰, 百鳥之嘉瑞.
雲烟一翶翔, 羽翮一摧鎩.
安得相從遊, 終日鳴噦噦.
問胡苦思之, 對酒把新蟹.

경력(慶曆) 4년(1044) 가을에 구양수(歐陽修: 1007~1072)가 쓴「수곡
어귀에서 밤길을 가다가 소순흠과 매요신에게[水谷夜行寄子美聖兪]」라는
작품이다. 그해 4월에 구양수는 하북도전운사(河北都轉運使)로 부임하여
관할 구역을 순시하기 위해 밤중에 혼자 수곡(水谷, 지금의 河北省 完縣의 서
북쪽에 해당함)을 출발하여 길을 가다가 예전에 수도 변경(汴京, 지금의 河南
省 開封市)에서 벗들과 술을 마시며 시를 짓던 고상한 모임을 즐겼던 기
억을 떠올렸다. 그리고 그 가운데 특별히 그가 경외하고 친근하게 여겼
던 소순흠(蘇舜欽)과 매요신(梅堯臣)을 언급하면서 그들의 특징을 설명하
고, 나아가 봉황에 비견되는 뛰어난 재능에 비해 집현교리감(集賢校理監)
이라는 하급 관료로 고생하거나(소순흠) 과거에 급제하고도 아직 벼슬
조차 얻지 못한 상태(매요신)였던 두 사람을 위로 했다.

　『장자(莊子)』「제물론(齊物論)」에서는 "대지가 기운을 내뿜으면 그
것을 이름 하여 바람이라 하는데, 그것이 일어나면 수많은 구멍들이
노하여 소리친다.[大塊噫氣, 其名爲風, 作則萬竅怒號]"라고 했는데, 구양수는
이것을 빌려 소순흠의 시에 담긴 기세가 웅건함을 묘사했다. 또한 소

순흠은 '미치광이[張顚]' 장욱(張旭: 675~750?)처럼 초서(草書)의 대가였다는 점도 빼 놓지 않았다. 구양수보다 다섯 살이 많았던 매요신의 경우는 예스럽고 담박한 풍격을 추구하여 소순흠과 대조를 이룬다. 특히 그는 차가운 여울 속에 우뚝 선 날카로운 바위처럼 '맑고 정확함[淸切]'을 추구하는 것이 특징인데, 여기에는 『세설신어(世說新語)』「배조(排調)」에 수록된 손초(孫楚: ?~293)의 일화가 은연중에 숨겨져 있다. 즉 손초가 은거하고 싶은 마음으로 "돌을 베고 흐르는 물에 양치질하겠다.[枕石漱流]"라고 얘기한다는 것이 그만 "돌로 양치질하고 흐르는 물을 벤다[漱石枕流]"라고 잘못 말해 버렸는데, 그것을 해명하면서 그는 흐르는 물을 베는 것은 귀를 씻기 위함이고 돌로 양치질하는 것은 치아를 연마하기 위해서라고 했다. 그 때문에 이 말은 종종 고고한 은거 생활을 가리키는 뜻으로 쓰이곤 했는데, 구양수는 교묘하게 그것을 연상시키며 매요신의 시에 담긴 탈속한 기풍을 얘기했다. 나아가 그가 나이가 들었음—사실 당시 매요신은 '겨우' 마흔세 살이었지만—에도 어휘의 표현이 맑고 참신한 점을 칭송했다. 그리고 이 구절에는 남조 양(梁)나라 원제(元帝)의 황비 서소패(徐昭佩: ?~549)가 한창인 나이를 지나서도 곱게 화장해서 요염함을 유지했다는 일화를 활용하여 유머 감각을 발휘했다. 나아가 매요신이 근래에 쓴 시들이 '감람'처럼 쌉쌀한 맛을 지닌 '골동품[古貨]'과 같아서 구양수 자신처럼 찬찬히 음미할 인내력과 감상 능력을 지닌 사람이 아니라면 그 '진정한 가치[眞味]'를 알아볼 수 없다는 점을 강조했다. 그러나 구양수가 함께 노닐며 봉황의 울음소리 같은 시를 읊고 싶어 했던 두 사람 가운데 소순흠은 이 시가 지어지고 얼마 후인 9월에 사소한 실수에 대한 소인배의 고발로 폄적을 당해 유배지에서 죽고 말았다.

한유(韓愈)를 존경하고 그 영향을 많이 받았던 구양수는 사실 북송의 시문혁신을 주도한 위대한 정치가이자 경학가, 역사가, 문학가였다. 특히 그는 당시 조정에서 영향력이 컸기 때문에 그것을 이용하여 자신과 뜻이 맞는 후진을 발굴하여 시문혁신운동에 추진력을 더했으니, 그를 통해 등용된 인재들 가운데는 북송 정치사의 파란을 몰고 온 주인공으로서 훗날 구양수와 정치적으로 대립점에 섰지만 뛰어난 산문가이기도 했던 왕안석(王安石: 1021~1086, 자는 介甫)과 송나라 문학의 집대성자인 소식(蘇軾: 1037~1101) 등이 포함되었다. 그가 주도한 시문혁신은 산문에서는 고문을, 시에서는 개국 초기에 시단을 풍미했던 이른바 '서곤체(西崑體)'의 시에 대한 개혁운동이었다.

서곤체는 양억(楊億: 974~1020, 자는 大年), 유균(劉筠: 971~1031, 자는 子儀), 전유연(錢惟演: 977~1034, 자는 希聖) 등이 주축이 되어 편찬한 『서곤수창집(西崑酬唱集)』이라는 시집에서 비롯된 명칭인데, 모두 황제의 측근이었던 이들이 주로 궁정 생활과 남녀의 사랑을 노래하거나, 사물의 외양을 그럴 듯하게 꾸며 묘사하는 따위였다. 내용적으로 공허하기 이를 데 없는 이런 작품들에 대해 구양수는 시를 지을 때에는 "반드시 묘사하기 어려운 경치를 표현하여 눈앞에 펼쳐진 것처럼 만들고, 다함없는 뜻을 담아 언어의 바깥에 표현할 수 있어야 비로소 지극한 경지에 이르게 된다.(『六一詩話』: 必能狀難寫之景, 如在目前, 含不盡之意, 見於言外, 然後爲至矣)"라는 자세로 시의 의미와 시어의 연마에 힘써야 한다고 일침을 가했다. 그가 제시한 진정한 시는 절제를 미덕으로 삼아 세상을 경영하고, 백성을 구제하는 덕목을 갖추기 위해 끊임없이 노력하는 사대부

정신을 반영하는 것이었다. 정치적 파란으로 인해 귀양살이를 하면서
쓴 다음의 시들은 그가 추구했던 시의 일면을 잘 보여 준다.

> 서호에 봄빛이 돌아가려 하니
> 봄물은 물들인 비단보다 초록빛이고
> 떨어진 꽃잎들은 문드러져 수습할 수도 없어
> 봄바람에 쌀알처럼 떨어집니다.
> 사 참군은 춘심이 어지러이 구름 속으로 들어가고
> 흰머리로 시를 짓고 시름 속에서 봄을 보내시겠지요.
> 멀리서도 알겠습니다, 호수 위에서 술통 하나 놓고
> 하늘 끝 타향에 있는 저를 떠올리시겠지요.
> 만 리 밖에 봄을 생각하시면서도 오히려 정감이 일 터인데
> 갑자기 봄이 오니 나그네의 마음 놀랐습니다.
> 눈 녹은 대문 밖에는 온 산들에 녹음이 피어나고
> 꽃 피는 강변의 2월은 날도 맑겠지요.
> 젊은 날에는 술잔 들고 봄 풍경을 만났는데
> 오늘 봄을 만나니 머리가 벌써 하얗게 변했습니다.
> 타향이라 물정도 사람도 낯설기만 한데
> 오직 봄바람만은 예전부터 알던 것이로군요.

> 西湖春色歸, 春水綠於染.
> 群芳爛不收, 東風落如穇.
> 參軍春思亂入雲, 白髮題詩愁送春.
> 遙知湖上一樽酒, 能憶天涯萬里人.

萬里思春尙有情, 忽逢春至客心驚.
雪消門外千山綠, 花發江邊二月晴.
少年把酒逢春色, 今日逢春頭已白.
異鄕物態與人殊, 惟有東風舊相識.

　이것은 경우(景祐) 4년(1037)에 쓴 「봄날 허주(許州)의 서호에서 사백초에게 부치는 노래[春日西湖寄謝法曹歌]」이다. 전체적으로 먼 타향의 아름다웠던 봄 풍경이 저물어 갈 때 유배지의 낯선 풍물에 시름겨워하던 구양수가 벗이 보낸 시로 인해 새롭게 치솟는 그리움을 알기 쉬운 언어로 담담하게 풀어 놓은 작품이라고 하겠다.

　사백초(謝伯初: ?~?)는 구양수보다 여섯 해 먼저 진사에 급제했지만 구양수와 돈독한 우정을 맺은 인물이다. 경우 3년(1036)에 구양수는 범중엄(范仲淹: 989~1052, 자는 希文)의 정치혁신을 지지하면서 당시 보수파의 간관(諫官) 고약눌(高若訥: 997~1055, 자는 敏之)을 비판하는 편지를 보냈다가 협주(峽州) 이릉현(夷陵縣, 지금의 湖北省 宜昌市에 속함) 현령으로 폄적되었다. 『육일시화(六一詩話)』에서 구양수 스스로 밝힌 바에 따르면, 이 시는 사백초가 보낸 장편의 시에 화답하여 쓴 것으로서 몇몇 구절들은 사백초의 시에 들어 있는 구절들과 관련해서 해석해야 한다고 했다. 예를 들어서 "사 참군은 춘심이 어지러이 구름 속으로 들어가고 / 흰머리로 시를 짓고 시름 속에서 봄을 보내시겠지요.[參軍春思亂入雲, 白髮題詩愁送春]"라는 구절은 사백초가 보낸 시에 들어 있는 "정 많은 그대는 늙기도 전에 흰머리가 나고 / 비루한 나의 정감은 봄이 되자 구름처럼 어지럽소.[多情未老已白髮, 野思到春如亂雲]"라는 구절을 비틀어서 표현한 것이다.

제3부 술로 적시는 마음

이릉의 풍속과 그곳 생활에 대해서는 구양수가 위 작품과 같은
해에 쓴 「이릉에서 세모에 일을 적어 정보신(丁寶臣)과 석중립(石中立)에
게 드림[夷陵歲暮書事呈元珍表臣]」에 어느 정도 서술되어 있다.

> 어지러운 산중에 닭 울고 개 짖는 소리 어지러운데
> 파란만장 세월 흘러 어느새 시절이 저물어 갑니다.
> 나들이 가는 부녀자들 머리 장식은 옛날 풍속을 따랐고
> 시골 무당은 춤추고 노래하며 풍년을 기원합니다.
> 평소의 도읍이 이제는 초라해졌지만
> 적국의 강산은 예전에 제일 웅장했답니다.
> 형초 지역의 선현들 빼어난 자취 많이 남겨서
> 술병 들고 이웃 노인 찾아가 묻는 일 마다하지 않습니다.

> 蕭條鷄犬亂山中, 時節崢嶸忽已窮.
> 遊女髻鬟風俗古, 野巫歌舞歲年豊.
> 平時都邑今爲陋, 敵國江山昔最雄.
> 荊楚先賢多勝迹, 不辭携酒問隣翁.

산중 외딴 고을의 소박한 풍경이 잘 묘사되어 있다. 그런데 구양
수 자신이 붙인 주석에 따르면 그곳에서는 세모에 귀신에게 제사를 지
내고, 그때 수백 명의 남녀가 어울려 즐겁게 술을 마시며 부녀자들은
시골 백성들의 소박한 차림새로 나들이를 다니며 즐긴다고 했다. 하지
만 이곳은 한때 삼국시기 오(吳)나라와 촉한(蜀漢)이 전쟁을 벌였던 요
충지이기도 했고, 예로부터 현자들의 자취가 많이 남은 곳이라고도 했

다. 그리고 구양수는 이웃에 사는 하삼(何參)이라는 박식한 처사(處士)에게 술을 들고 찾아가서 그 지역을 포함한 남방의 옛 이야기를 자주 들었다고 했다. 특히 이 작품은 시의 형식으로 쓰기는 했지만 시인의 정감은 행간 깊숙이 숨어 있어서, 기껏해야 첩첩산중의 풍속조차 예스럽고 누추한 외딴 고을에 와 있는 당혹감과 낯섦을 어렴풋이 느낄 수 있을 따름이다. 이웃 노인에게 술을 들고 찾아가 한담을 나누는 등의 일상사는 특별히 분주한 공무도 없이 한가한 시골 현령의 생활을 서술한 산문에 가깝다. 원대한 정치적 포부를 펼치지 못한 데 대한 안타까운 불만이나 혹은 절망 같은 감정들은 거의 흔적조차 비치지 않을 정도로 숨겨져 있다.

이처럼 아름다운 형식이나 기이한 표현, 뛰어난 수사기교보다는 절제된 사대부의 교양과 품격, 기세 등을 중시했기 때문에 구양수가 길을 연 송나라의 시는 당나라 때보다 감상적이고 과장적인 경향은 보기 어렵고, 그 대신 차분하고 철학적인 이치, 세상사에 대한 자기 나름의 견해, 일상사의 서술 등을 표현하고 있는 경우가 많다. 물론 이 때문에 명나라 때의 진자룡(陳子龍: 1608~1647, 자는 剛中 또는 君貢) 같은 논자는 송나라 사람들이 시를 이해하지 못한 채 억지로 지었으니 송나라 때에는 시가 없었다고 극언했고(「與人論詩書」), 청나라 때의 오교(吳喬: 1611?~1695, 자는 修齡)는 당나라 사람들은 시로써 시를 지은 데 비해 송나라 사람들은 산문[文]으로 시를 지었다고 폄하하기도 했다. 그러나 이후 소식의 걸작들에서도 알 수 있듯이, 주변의 일상사에 입각한 평범한 표현 속에 깊은 사색과 철리(哲理)가 담긴 송시 역시 그 나름의 미적 가치를 확보한 시 창작의 취향 가운데 하나였음은 분명하다.

한편 구양수의 고문은 쉽고 분명하면서도 이전의 어떤 문장과도 다른 개성적인 분위기를 느끼게 해 준다는 특징을 갖고 있다. 그는 「붕당론(朋黨論)」, 「상고사간서(上高司諫書)」와 같은 명쾌한 논리와 설득력을 갖춘 정론문(政論文)뿐만 아니라 「소씨문집서(蘇氏文集序)」와 같이 정치적 문학적 상황에 대한 서술을 융합한 감동적인 서문, 그리고 특히 「유미당기(有美堂記)」와 「풍락정기(豊樂亭記)」, 「현산정기(峴山亭記)」, 「취옹정기(醉翁亭記)」와 같이 산문의 극치를 보여 주는 잡기 등을 두루 남겼다. 이런 그의 성취는 송나라 초기의 고문 옹호론자들이 대부분 논리에 뛰어난 도학자(道學者)들이었지만 창작에는 두드러진 성과를 이루지 못함으로써 고문의 실제적인 아름다움과 유용성을 증명해 내지 못한 한계를 넘어서는 데 결정적인 역할을 했다고 할 수 있다. 그렇기 때문에 당나라 때의 한유와 유종원, 그리고 구양수 자신을 제외하고 이른바 '당송팔대가(唐宋八大家)'에 속한 이들은 모두 그의 영향을 받은 인물들이었다.

구양수의 이런 면모는 결국 사대부 문학의 방향을 제시한 셈인데, 그 영향은 멀리 남송의 육유(陸游)에게서도 발견할 수 있다.

예전에 시를 배울 때 깨달은 바가 없어
남은 부분은 남에게 구걸할 수밖에 없었지.
힘도 약하고 기운도 없음을 내 마음으로 알지만
망령되게 허명을 얻으니 부끄러웠지.
마흔 줄에 종군하여 한중(漢中)에 주둔했는데
군중에서는 밤낮을 이어가며 흥겨운 잔치 열렸지.

공치기 할 운동장 천 걸음이나 되게 짓고

늘어선 마구간의 말 삼만 필을 검열했지.

화려한 불빛 아래 마음껏 도박 즐기며 누대에 함성이 가득했고

미녀들의 요염한 가무에 광채가 자리를 환히 비쳤지.

다급한 비파 소리는 우박처럼 요란했고

갈고 치는 고수들 숙련된 솜씨는 비바람처럼 재빨랐지.

시 짓는 비결 갑자기 눈앞에 나타나니

굴원과 가의의 경지는 본래 뚜렷하게 볼 수 있었지.

하늘 베틀에서 짠 구름 같은 비단도 쓰는 것은 내게 달렸으니

자르고 재단하는 묘결은 가위나 자 같은 도구와는 무관하지.

세상에 재능 많은 호걸은 본디 적지 않지만

조금만 실수하더라도 하늘과 땅만큼의 차이가 나게 되지.

이 몸이 늙어 죽는 것이야 논할 가치가 어디 있으랴만

「광릉산」 같은 시의 맥이 끊어진다면 그래도 애석한 일일 테지!

我昔學詩未有得, 殘餘未免從人乞.

力屛氣餒心自知, 妄取虛名有慙色.

四十從戎駐南鄭, 酣宴軍中夜連日.

打毬築場一千步, 閱馬列廐三萬疋.

華燈縱博聲滿樓, 寶釵豔舞光照席.

琵琶絃急氷雹亂, 羯鼓手勻風雨疾.

詩家三昧忽見前, 屈賈在眼元歷歷.

天機雲錦用在我, 剪裁妙處非刀尺.

世間才傑固不乏, 秋毫未合天地隔.

放翁老死何足論, 廣陵散絶還堪惜.

육유가 예순여덟 살이 되던 해인 소희(紹熙) 3년(1192)에 고향인 산음(山陰, 지금의 紹興市)에서 쓴 「9월 1일 밤에 시 원고를 읽다가 느낀 바 있어 붓을 들어 노래를 지음[九月一日夜讀詩稿有感, 走筆作歌]」이라는 작품이다. 당시 그가 읽은 시 원고는 바로 순희(淳熙) 14년(1187)에 엄주(嚴州, 지금의 浙江省에 속함)에서 엮은 『검남시고(劍南詩稿)』이다. 여기에는 그가 열여덟 살 이후로 오십 년 남짓한 기간에 지은 천여 편의 시들이 들어 있었는데, 이것을 읽다가 보니 감회가 치밀어 일종의 시론(詩論)이라고 할 수 있는 이 작품을 썼던 것이다.

전체적으로 상당히 긴 작품이만 이 시는 크게 세 부분으로 나눌 수 있다.

우선 처음 네 구절은 그가 남정(南鄭) 즉 지금의 산시성[陜西省]에 속하는 한중(漢中) 땅에 종군하기 전에 쓴 시들에 대한 평으로서 그때까지만 하더라도 스스로 깨달음이 부족하여 자신만의 기풍을 이루지 못해 남이 남긴 것을 구걸해야 했다고 고백한다. 이어서 당시에는 망령되게 헛된 명성을 조금 얻었지만 사실상 기력이 모자라서 명실상부하지 못하다는 것을 자각했다고 겸허하게 얘기했다.

다음 12구절은 두 번째 단락에 해당한다. 여기서는 종군의 경험으로 인한 시의 변화를 중점적으로 얘기한다. 그는 마흔일곱 살 때인 건도(乾道) 8년(1172)에 사천선무사(四川宣撫使) 왕염(王炎)의 막료로 초빙을 받아 남정으로 가서 일 년 가까이 지내다가 이듬해에 가주(嘉州, 지금의 四川省 樂山) 지주(知州)가 되었다. 짧은 시간이지만 병영에서 보낸 호탕한 삶은 공치기와 전마(戰馬)들, 무예 수련과 열병(閱兵), 가무를 곁들인 연회와 시끌벅적한 도박 등등의 묘사 속에서 생생하게 재현되고 있다.

마지막 네 구절은 세 번째 단락에 해당한다. 여기서 그는 세상에 재능 있는 이들은 많지만 삶의 경험에서 나타난 작은 차이가 결국 시 창작에서 하늘과 땅 사이의 거리만큼 큰 차이를 만들어 낸다고 강조한다. 이어서 자신이 보잘것없는 늙은이로 죽는 것쯤이야 별일이 아니지만, 「광릉산」을 지은 혜강(嵇康)처럼 나름대로 깨달음을 얻었으나 그것을 세상에 전하지 않고 죽는다면 애석한 일이 아니겠느냐는 말로 자신의 성취에 대한 자부심을 우회적으로 나타냈다.

독자들의 입장에서는 눈이 번쩍 뜨일 만한 화려한 묘사 같은 것은 발견할 수 없어서 아쉬울 수도 있지만, 평범한 일상사를 차분하게 서술하는 과정에서 시 창작의 필수요소로서 풍부하고 진지한 삶의 경험을 제시하는 논의가 자연스럽게 전개되었다. 일상의 생활과 그 안에서 얻는 깨달음을 중시했던 송나라 사대부의 면모를 가감 없이 구현하고 있는 것이다.

제3부 술로 적시는 마음

매화는 보이건만 사람은 보이지 않고

발그레 윤기 나는 손에
황등주 들었구나.
성 안에 봄빛 가득하고 궁궐 담장엔 버들가지 휘영청.
봄바람은 고약하여
기쁜 감정 희박하게 만들었구나.
가슴 가득한 시름
몇 년이나 쓸쓸히 지냈던가?
잘못이었구나, 잘못, 잘못이었어!

봄날은 예전과 같은데
사람만 공연히 수척해졌구나.
연지에 묻은 눈물 손수건에 스며든다.
복사꽃 떨어져
쓸쓸한 연못과 누각.
사랑의 맹서는 남아 있지만
비단에 쓴 편지는 부치기 어렵구나.

아서라, 아서, 아서!

紅酥手, 黃縢酒. 滿城春色宮墻柳.
東風惡, 歡情薄. 一懷愁緒, 幾年離索. 錯, 錯, 錯!
春如舊, 人空瘦. 淚痕紅浥鮫綃透.
桃花落, 閑池閣. 山盟雖在, 錦書難托. 莫, 莫, 莫!

이것은 남송 육유(陸游)가 쓴 노래[詞] 「채두봉(釵頭鳳)」이다. 「채두봉」은 곡조 이름[詞牌]으로서 원래 명칭은 「힐방사(擷芳詞)」이고, 「절홍영(折紅英)」이라고도 불린다. 고대와 현대의 많은 문인들이 이 곡조를 이용해서 뛰어난 걸작들을 남겼지만, 개중에 육유의 이 작품은 그 뒤에 담긴 일화로 인해 더욱 유명하다.

'이삭(離索)'은 가족을 떠나 홀로 쓸쓸히 지낸다는 뜻이니, 여기서는 아내와 헤어져 소슬한 나날들을 가리킨다. 황등주(黃縢酒)는 황봉주(黃封酒)라고도 하며 송나라 때 궁중에서 특별히 빚어 황제와 황족에게 제공하던 술이다. 발효시킨 후 노란색 비단이나 종이를 덮은 후 끈으로 단단히 묶어서 보관했기 때문에 이런 명칭이 붙었다고 한다. 이것은 육유와 결혼했다가 시어머니와 갈등 때문에 이혼을 강요당했던 당완(唐琬)의 새 남편이 황족이었기 때문에 보내 줄 수 있었던 귀한 술이었지만, 육유에게는 쓸개즙보다 씁쓸하고 삼키기 어려운 무엇이었을 것이다. 본문에서 '잘못이었다.'라고 번역한 '착(錯)'에는 둘을 갈라놓은 모친과 그것을 말리지 못한 자신의 '잘못[錯誤]'에 대한 후회와 더불어 운명의 '엇갈림[錯綜]'에 대한 한탄을 비롯한 갖가지 감정들이 뒤섞여 있다. '사랑의 맹서[山盟]'는 남아 있건만 이미 남의 아내가 되어 버린 그녀에게는 이제 마음을 전할 편지조차 쓸 수 없는 실정이다. 그런 시도조차 '하지 말아야[莫]' 하는 예법의 장벽과 도저히 가눌 수 없는 '쓸쓸하고[寞]' '아득한[漠]' 심정이라니!

육유와 당완의 애달픈 사랑에 대해서는 『기구속문(耆舊續聞)』(권10)과 『역대시여(歷代詩餘)』(권118), 그리고 송나라 때 주밀(周密: 1232~1298)이 편찬한 『제동야어(齊東野語)』(권1)에 수록되어 있는데, 이 가운데 『제동야어』의 기록이 가장 상세하다. 이 기록들의 내용을 간추리면 다음과 같다.

육유는 처음에 당굉(唐閎)의 딸이자 모친의 조카인 당완과 결혼하여 사이가 좋았으나 모친이 며느리를 싫어하여 내쫓았다. 그러나 둘은 따로 방을 마련해 놓고 자주 만났으며, 당완의 모친은 그 사실을 알면서도 덮어 주었다. 하지만 결국 일이 누설되어 완전히 사이가 끊어질 수밖에 없었으며, 훗날 당완은 황실 종친인 조사정(趙士程)에게 재가했다. 그 후 어느 날 그녀는 남편과 함께 우적사(禹迹寺) 남쪽에 있는 심(沈) 아무개의 정원에 나들이를 갔다가 마침 그곳에 와 있던 육유를 발견하고 남편에게 부탁해서 술과 안주를 보내 주었다. 이에 육유는 한참 동안 슬퍼하다가 「채봉두」를 지어 그 정원의 벽에 적어 두었으니, 그때가 육유의 나이 서른한 살인 소흥(紹興) 25년(1155)이었다. 이로부터 얼마 후 당완이 죽었다. 하지만 죽기 전에 그녀는 육유의 사와 같은 제목으로 화답을 남겼다고 했는데, (비록 이 작품은 훗날의 어느 호사가가 지어 이야기에 끼워 넣은 혐의가 있지만) 그 내용은 이러하다.

세상의 정 각박하고

인정은 고약하구나.

빗속에 황혼 보내니 꽃은 쉬이 떨어진다.

새벽바람에 말라도

눈물자국은 남아 있다.

편지로 심사 전하고 싶지만

난간에 기대어 혼잣말만 할 뿐.

어렵구나, 어려워, 어려워!

사람은 각기 남이 되었고

이제는 예전과 다르지.

병든 영혼은 언제나 그네 줄처럼 흔들리지.

뿔피리 소리 차갑고

밤도 끝나간다.

누군가 까닭을 물을까봐

눈물 삼키고 즐거운 표정 짓나니

거짓이야, 거짓, 거짓!

世情薄, 人情惡. 雨送黃昏花易落.

曉風乾. 淚痕殘. 欲箋心事, 獨語斜欄. 難, 難, 難!

人成各, 今非昨. 病魂常似鞦韆索.

角聲寒. 夜闌珊. 怕人尋問, 咽淚裝歡. 瞞, 瞞, 瞞!

다시 소희(紹熙) 3년(1192)에 예순여덟 살의 육유는 심씨 정원을
찾아갔다가 「우적사 남쪽의 심씨 정원[禹迹寺南有沈氏小園]」이라는, 서문

제3부 슬로 적시는 마음

이 붙은 시를 썼다.

(우적사 남쪽에 심 아무개의 작은 정원이 있다. 40년 전에 짧은 사를 한 편 지어 이곳 벽 사이에 적어 두었다. 우연히 다시 와서 보니 그 사이에 주인이 세 번이나 바뀌었고, 그 사를 읽으니 마음이 서글퍼졌다.)

단풍이 붉어질 무렵 떡갈나무 잎 누렇게 변하니
반악의 시름겨운 살쩍에는 새로이 서리 앉을까 두렵구나.
숲속 정자에서 옛날의 감회에 젖어 공연히 고개 돌리지만
샘으로 이어진 길에서 누구에서 애끓는 이 마음 얘기할까?
무너진 벽에는 취해 쓴 노래가 먼지에 덮여 있고
옛 사랑은 꿈속에서나 보일 뿐 이미 아득해져 버렸구나.
근래에는 부질없는 생각 모두 사라져
돌아서서 불당 바라보니 향 한 자루 타고 있구나.

(禹迹寺南, 有沈氏小園. 四十年前, 嘗題小詞一闋壁間. 偶復一到, 而園已三易主, 讀之悵然.)

楓葉初丹槲葉黃, 河陽愁鬢怯新霜.
林亭感舊空回首, 泉路憑誰說斷腸.
壞壁醉題塵漠漠, 斷雲幽夢事茫茫.
年來妄念消除盡, 回向蒲龕一炷香.

하양령(河陽令)을 지낸 반악(潘岳: 247~300)은 죽은 아내를 기리는 「도망시(悼亡詩)」의 작자로 유명한 인물이다. 그런데 노년의 육유는 자신을 반악에 비유함으로써 자기 마음속의 진정한 아내인 당완의 죽

음을 애도하고 있다. 예순여덟 살의 나이에 세속의 부귀공명에 대한 '부질없는 생각[妄念]'들은 다 없애 버렸지만, 돌아서서 불당을 향하는 그의 마음에는 어쩐지 아직 지워지지 않은 옛사랑에 대한 그리움이 향 연기처럼 피어오르고 있는 듯하다.

이 외에도 그는 이 무렵에 「심씨 정원[沈園]」이라는 총 2수의 연작시를 지었다고 하는데, 그 내용은 이러하다.

성 위에 석양 드리울 때 뿔피리 소리 구슬픈데
심씨 정원에는 못가의 옛 누대 이제 없구나.
가슴 아파 거니는 다리 아래엔 봄 물결 푸르나니
일찍이 놀란 기러기 찾아와 그림자 비친 적 있지.

城上斜陽畵角哀, 沈園非復舊池臺.
傷心橋下春波綠, 曾是驚鴻照影來.

꿈에서도 보지 못하고 향기 사라진 지 마흔 해
심씨 정원의 버들도 늙어 버들 솜도 날지 않는구나.
이 몸이 떠나가 산속의 흙이 된다 해도
남겨진 자취 떠올리면 한없이 눈물 나겠지.

夢斷香銷四十年, 沈園柳老不吹綿.
此身行作稽山土, 猶弔遺蹤一泫然.

제1수의 마지막 구절에 담긴 '놀란 기러기[驚鴻]'라는 표현은 가히 압권이다. 이 짧은 단어 하나로 그 옛날 뜻밖의 조우에 놀랐던 그녀와 나, 혹은 과거의 춘정(春情)을 떠올리게 하는 연못물에 비친 자신의 모습을 보고 놀라는 지금의 나를 함께 떠올리게 만들기 때문이다. 제2 수에는 이제 늙어 버린 자신의 모습과 더불어 사십 년이 지나도 잊지 못하는 아쉬움과 애환이 절절이 담겨 있다.

개희(開禧) 1년(1205) 세모(歲暮)에 꿈에서 심씨의 정원을 본 여든 한 살의 그는 다시 「12월 2일 꿈에 심씨 정원에 나들이를 다녀오다 [十二月二日夜夢遊沈氏園亭]」라는 제목으로 두 편의 절구를 썼다고 하는데, 그 내용은 이러하다.

> 길이 성 남쪽에 가까워지자 벌써 걷기가 두려우니
> 심씨의 정원에 들어가면 더욱 가슴 아프기 때문이지.
> 나그네의 소매에 향기 파고드는 매화는 여전하고
> 푸른 물속에 비친 절의 다리 아래 봄물이 흐르는구나.
>
> 路近城南已怕行, 沈家園裏更傷情.
> 香穿客袖梅花在, 綠蘸寺橋春水生.
>
> 성 남쪽 작은 길에서 또 봄을 만났는데
> 매화는 보이건만 사람은 보이지 않는구나.
> 아름다운 몸은 오래 전에 황천 아래의 흙이 되었지만
> 노래의 글씨는 여전히 벽 사이에서 먼지에 덮여 있구나.
>
> 城南小陌又逢春, 只見梅花不見人.
> 玉骨久成泉下土, 墨痕猶鎖壁間塵.

무려 오십 년이 지나도 잊을 수 없는 그리움을 벗어 던지지 못하는 살아남은 이의 애절한 슬픔이 절절하다. 그러니 불륜이라고 매도하기엔 너무도 애절하고 깊은 사랑이 아닌가!

> (……) 꽃잎이 바람에 밀리고 있다. 거리를 사이에 둔 사물이 서로를 끌어당기는 것은 외로움 때문이다. 육체가 없는 물질이 머금고 있는 그늘진 외로움. 외로움의 극한에서 물질은 행동한다. 하르르 지는 꽃잎과 지구 사이에 서려 있는 아득한 그리움을 시는 본다. 그리움은 틀림없는 물질이다.
>
> ─허만하(許萬夏), 「그리움은 물질이다─아이작 뉴턴에게」(부분)

일반적으로 그리움은 추상적 관념이기 때문에 물리적인 질량이나 에너지와는 무관한 것으로 간주된다. 하지만 시인의 예리한 감각은 그리움이 가진 인력(引力)과 외로움 속에서 몸을 야위게 만들면서 엔트로피의 법칙을 충실히 이행하는 물질성을 감지한다. 그리고 우리는 그것이 인류의 오랜 역사를 통해 수많은 이들이 겪었던 갖가지 그리움들의 양상을 통해 경험적으로 검증되었음을 알 수 있다.

한편 당나라 때의 원진(元稹: 779~831)은 먼저 죽은 조강지처 위총(韋叢: 783~809)을 그리며 쓴 3수의 연작시 「견비회(遣悲懷)」 가운데 제1수에서 이렇게 애도했다.

사안이 가장 아끼던 조카 같은 그대
가난한 선비에게 시집오고 나서 만사가 어그러졌지.

내 입을 옷 없으면 상자 뒤져 찾아 주고

술 찾으면 금비녀 뽑아서 사다 주었지.

채소로 반찬 차리면서 콩잎도 달다고 했고

낙엽 모아 땔감으로 쓰면서 늙은 홰나무 올려다보았지.

지금은 봉급이 십만 냥이 넘지만

그대에게 제사상 차리고 다시 재를 올릴 뿐이구려.

謝公最小偏憐女, 自嫁黔婁百事乖.
顧我無衣搜藎篋, 泥他沽酒拔金釵.
野蔬充膳甘長藿, 落葉添薪仰古槐.
今日俸錢過十萬, 與君營奠復營齋.

스무 살에 원진에게 시집온 위총은 칠 년 남짓한 기간 동안 아직 벼슬길에 들어서지 못한 원진을 보살피며 다섯 아들과 딸 하나를 낳고 죽었다. 동진(東晉)의 재상 사안(謝安)에 비견된 위총의 부친 위하경(韋夏卿: ?~?)은 검교공부상서(檢校工部尙書)와 동도류수(東都留守), 태자소보(太子少保)를 지내고 죽은 후 좌복야(左僕射)에 추증된 고위 관료인데 당시 아직 벼슬이 없던 원진에게 딸을 시집보냈다. 제2구의 검루(黔婁)는 원래 전국시대 제(齊)나라의 가난한 선비인데, 여기서는 원진 자신을 비유하고 있다. 어쨌든 이 때문에 부귀한 집에서 곱게 자랐던 위총은 상당히 가난에 시달리며 살림을 돌봐야 했지만 부부 사이의 우애는 돈독했다고 알려져 있다. 하지만 애석하게도 그녀는 스물일곱 살의 젊은 나이에 세상을 떠났고, 이후로 원진은 이 작품을 비롯해서 총 5수의 연작시인 「그리움[離思]」과 총 8수의 연작시인 「육년춘견회(六年春遣懷)」

등을 통해 그리움과 애도의 심정을 나타냈다. 이 작품에서도 그는 낙엽을 모아 땔감을 마련해야 해서 행여 마른 가지라도 떨어지지 않을까 하는 심정으로 늙은 홰나무를 올려다보고, 콩잎 반찬이나마 달게 먹어야 할 정도로 가난한 살림살이에도 남편을 위해 비녀까지 팔아가며 내조했던 아내를 안타깝게 회상한다. 그런 아내가 일찍 요절한 탓에 지금은 봉록이 십만 냥이 넘지만 기껏 해 줄 수 있는 것이 제사상 차리고 승려들 불러서 불경 외며 재를 올리는 정도에 지나지 않으니 그 심정이 어떠하겠는가?

유명한 총 5수의 연작시 「그리움」의 제4수에서 그는 이렇게 노래했다.

드넓은 바다 보고 나면 강들은 물 같지도 않고
무산의 구름 제외하면 다른 것은 구름 같지도 않지요.
꽃밭도 대충 지나며 돌아보기 귀찮아하는 것은
반은 도를 닦았기 때문이기도 하고 반은 그대 때문이라오.

曾經滄海難爲水, 除却巫山不是雲.
取次花叢懶回顧, 半緣修道半緣君.

제1~2구에서는 각기 『맹자』「진심 상(盡心上)」에 들어 있는 "바다를 본 사람은 다른 물을 물로 여기지 않는다.[觀於海者難爲水]"라는 구절과 송옥(宋玉)이 「고당부(高唐賦)」에서 '무산운우(巫山雲雨)'를 통해 남녀 간의 이상적인 사랑을 노래한 것을 토대로 한 묘사이다. 즉 자신의 죽은 아내는 드넓은 바다나 무산의 아름다운 오색구름과 같아서 세상

　　　　제3부 술로 적시는 마음

의 하찮은 강물이나 다른 곳의 구름들과 비교할 바가 아니라는 뜻이다. 그러니 꽃밭에 가득 핀 꽃들을 보더라도 고개조차 돌리지 않는 이유는 반쯤은 자신이 도를 닦아 마음을 수양했기 때문이기도 하지만, 또 반쯤은 그런 아내가 있었기 때문이라고 자랑스럽게 얘기할 수 있었던 것이다. 이처럼 세상에서 비할 것이 없이 가장 크고 가장 아름답고 고결한 존재로 비유된 아내—이 시의 제5수에서는 고결한 배꽃에 비유했는데—였기에 가기(歌妓)들과 더불어 동정호(洞庭湖)에서 뱃놀이를 즐기며 백거이(白居易)에게 풍류를 자랑했던 원진이지만, 다른 여자들에게는 진정한 사랑을 쏟을 수 없었을 것이다. 실제로 백거이가 서술한 바에 따르면 원진은 평생 "『장자』에 몸을 맡기고 / 불경에 마음을 맡긴 채(「和答詩十首」: 身委逍遙篇, 心付頭陀經)" 살았다고 했으니, 그는 도덕적 수양과 학문적 탐구를 위해 평소 도교와 불교 경전을 열심히 탐독했던 것으로 보인다. 그러나 마지막 제4구의 서술은 그의 이러한 '수양'이 결국 아내에 대한 떨칠 수 없는 그리움으로 인한 것이었음을 짐작하게 해 준다.

비록 후세의 사대부들로부터 그다지 좋은 평가를 받지 못하거나 심지어 혹평까지 들었던 작품들이지만, 아내를 그리는 원진의 작품들 속에는 비유와 은유를 통해 은근히 담겨진 진정한 그리움과 슬픔이 있다. 그러므로 '수양'으로 그리움을 달래야 했던 원진의 마음속에도 '시름'이라는 말로는 다 표현할 수 없는 또 다른 풍경이 가득했었음을 짐작할 수 있겠다.

옥같이 아름다운 몸이 어찌 독 기운 걱정하랴?

얼음처럼 투명한 살엔 자연히 신선의 풍모 담겼구나.

바다의 신선 이따금 들러 흐드러진 꽃밭을 찾나니

초록 깃털 드리운 요봉이라네.

하얀 얼굴은 오히려 분가루 묻는 것 싫어하고

화장 지워도 붉은 입술 바래지지 않네.

고상한 정취는 이미 새벽 구름 따라 덧없이 가 버렸으니

배꽃과 함께 꿈꿀 수 없다네.

玉骨那愁瘴霧, 冰肌自有仙風.

海仙時過探芳叢, 倒掛綠毛么鳳.

素面飜嫌粉涴, 洗粧不褪脣紅.

高情已逐曉雲空, 不與梨花同夢.

　　「서강월(西江月)―매화(梅花)」라는 제목의 이 노래는 표면적으로
매화를 노래하고 있지만 사실은 소식(蘇軾: 1037~1101)이 먼저 죽은 자
신의 첩 왕조운(王朝雲: 1062~1096)을 기리며 쓴 작품이다. 「서강월」이라
는 사패(詞牌)의 이름은 이백(李白)의 「소대람고(蘇臺覽古)」에 들어 있는
"지금은 그저 서쪽 장강의 달만 있을 뿐 / 일찍이 오왕 궁궐 안의 미녀
서시를 비추었지.[只今唯有西江月, 曾照吳王宮裏人]"라는 구절에서 비롯된
것으로서 당나라 때 교방(敎坊)에서 만든 곡조 이름이다. 이 곡조는 「백
평향(白苹香)」, 「보허사(步虛詞)」, 「만향시후(晩香時候)」, 「옥로삼간설(玉爐
三澗雪)」, 「강월령(江月令)」, 「서강월만(西江月慢)」 등으로도 불리며, 주로
남녀 간의 애절한 사랑을 주제로 한 작품이 많다.

　　　　　　　　　　　　　　　　　　　제3부 술로 적시는 마음

이 노래의 제1절[関]의 제1~2구는 남방의 장독(瘴毒)에도 아랑곳하지 않고 신선 같은 고고함을 풍기는 매화의 자태와 품성을 묘사했다. 이것은 남방의 유배지까지 따라온 왕조운의 기품을 비유한 것이다. 마지막 구절의 '도괘(倒掛)'와 '녹모요봉(綠毛么鳳)'은 모두 새 이름이며, 후자는 전자의 별칭이라고 한다. 이 외에도 동화봉(桐花鳳), 수향도괘(收香倒掛), 탐화사(探花使) 등의 별칭도 있다. 소식의 「11월 26일 송풍정 아래에 매화가 무성히 피다[十一月二十六日松風亭下梅花盛開]」제2수에 대한 시인 자신의 설명에 따르면 이 새는 영남(嶺南) 지역의 진귀한 날짐승으로서 초록빛 깃털과 붉은 부리를 가졌으며, 앵무새와 비슷하지만 그보다 작고 해동(海東)에서 날아온다고 했다. 또 송나라 때 주욱(朱彧: ?~?, 자는 無惑)의『평주가담(萍洲可談)』권2에 따르면 해남(海南)에 도괘작(倒掛雀)이 있는데 꼬리 깃털에 오색이 갖춰져 있고 생김새는 앵무새 같은데 몸집은 참새처럼 작으며, 밤이 되면 나뭇가지에 거꾸로 매달린다고 했다. 어쨌든 여기서는 일반적으로 보기 힘든 선녀 같은 미녀를 비유한다.

제2절의 제1~2구는 꾸미지 않아도 순결하고 아름다운 자태를 칭송했고, 제3구의 '새벽 구름[曉雲]'은 '아침 구름[朝雲]', 즉 왕조운을 암시한다. 마지막 구절에는 왕창령(王昌齡: 698~757, 자는 少伯)이 꿈속에서 매화시를 지은 적이 있다는 소식 자신의 보충설명이 들어 있다. 그런데 여기서 말하는 매화시를 송나라 때 장방기(張邦基: ?~?, 자는 子賢)의『묵장만록(墨莊漫錄)』권6에서는 당나라 왕건(王建: 768~835, 자는 仲初)이 쓴 「몽간리화운가(夢看梨花雲歌)」라고 인용했다. 아무튼 그 시에는 "옅고 허전하여 안개와 분간이 되지 않아 / 꿈속에서 배꽃 구름이라

불렀지.[薄薄落落霧不分, 夢中喚作梨花雲]"라는 구절이 들어 있다. 이 때문에 '이화운(梨花雲)'은 꿈속에서 본, 구름인 듯 눈인 듯 몽롱하게 날리는 배꽃을 가리키게 되었으며, 나아가 눈 내리는 풍경을 묘사할 때 전고로 자주 활용되곤 했다. 여기서는 매화와 그것으로 비유된 왕조운이 더 이상 꿈속에서도 보이지 않고 왕창령(혹은 왕건일 수도 있는 시인)이 꿈속에서 '배꽃 구름'을 보듯이 공허하고 흐릿해졌음을 한탄하고 있다.

신종(神宗)이 죽고 철종(哲宗)이 즉위하여 사마광(司馬光: 1019~1086, 자는 君實)이 재상이 되어 왕안석(王安石: 1021~1086)의 신법(新法)을 폐지하자 소식도 경사로 돌아가 용도각학사(龍圖閣學士)로 승진하여 시독(侍讀)을 겸하면서 벼슬살이의 짧은 전성기를 누렸다. 이 무렵 집안일이나 공식적인 손님접대 등의 일은 계실(繼室)인 왕윤지(王潤之)가 주도했고 왕조운은 상대적으로 홀대를 받았다. 그러나 겨우 2년 후에 그는 다시 항주지부로 폄적되었고, 그를 따라 간 왕조운은 서호를 정비하여 제방을 쌓는 등의 치적을 이루도록 내조했다.

왕조운은 절강(浙江) 전당(錢塘, 지금의 杭州市) 사람으로 자(字)는 자하(子霞)이다. 빈한한 집안 형편 때문에 어려서 기생집에 팔려갔다가 희령(熙寧) 4년(1071)에 항주통판(杭州通判)으로 폄적되어 서호(西湖)를 유람하던 소식을 만나게 되었고, 이후 그의 첩이 되었다. 소식은 열여섯 살에 시집 온 본처 왕불(王弗)이 스물일곱 살로 요절하자 그녀의 사촌인 왕윤지를 계실로 들여서 본가에 남겨 두고 항주에 와 있었으며, 이 무렵 그는 이미 마흔 살이었다. 그러나 소식의 처첩 가운데 왕조운은 가장 현숙하면서도 그의 속마음을 가장 잘 이해했던 것으로 알려져 있다. 일례로 어느 날 공무를 마치고 돌아온 그가 자신의 배를 가리키며 시첩들에게 물었다.

"이 안에 무엇이 들어 있는지 아는가?"

그러자 시녀들은 다들 문장(文章)이니 식견(識見)이니 하고 대답했는데 왕조운은 전혀 다른 말을 했다.

"나리의 뱃속에는 온통 시의(時宜)에 맞지 않는 것들만 들어 있사옵니다."

이에 소식이 자신의 배를 두드리며 껄껄 웃었다.

"나를 알아주는 이는 자네뿐이로구먼!"

항주에서 네 해를 보낸 소식은 이후 다시 밀주(密州)와 서주(徐州), 호주(湖州) 등지의 지방관으로 전전하다가 심지어 '오대시안(烏臺詩案)'으로 인해 황주부사(黃州副使)로 좌천되기까지 했는데, 그 기간 동안 왕조운은 아무 원망도 없이 그를 따르며 시중을 들었다고 한다. 황주에서 지낼 때에는 "올해는 풀 베어 설당 지붕을 얹었는데 / 햇볕에 타고 바람에 쐬어 얼굴이 먹빛으로 변해(「次韻孔毅甫久旱已而甚雨三首」: 今年刈草蓋雪堂, 日炙風吹面如墨)"버렸을 정도로 생활이 궁핍했는데, 이런 상황에서 그녀는 값싼 돼지비계를 이용하여 저 유명한 '동파육(東坡肉)'이라는 요리를 만들어 내기도 했다. 원풍(元豊) 6년(1083)에는 아들을 낳아서 이름을 수례(遂禮)라고 했다. 하지만 자신의 불우한 처지를 떠올린 소식은 자조적으로 아들에게 이렇게 당부한다.

> 남들은 다들 자식이 총명하길 바라지만
> 나는 총명 때문에 일생을 그르쳤다.
> 그저 바라노니 아들아 어리석고 둔해서

아무 재난 없이 공경 벼슬에 올라라!

人皆養子望聰明, 我被聰明誤一生.
唯願孩兒愚且魯, 無災無難到公卿.

애석하게도 이 아들은 요절한 듯하다.

이후로 소식의 정치적 수난은 십 년이 지나도록 나아지지 않았
다. 그 사이 그는 영주(穎州)와 양주(揚州)의 지부(知府)를 역임했으며, 그
러는 사이에 계실 왕윤지도 세상을 떠났다. 그 즈음에 이미 성인이 되
어 친정(親政)을 행하던 철종은 장돈(章惇: 1035~1105, 자는 子厚)을 재상으
로 등용했고, 그와 정치적 견해가 달랐던 소식은 예순 살 가까운 나이
에 다시 혜주(惠州, 지금의 廣東省 惠陽)로 폄적되어 거의 재기의 가망을 잃
었다. 상황이 이렇게 되자 그를 따르면 시녀와 희첩들은 줄줄이 떠나
갔지만, 왕조운만은 시종일관 그를 따랐다. 이런 상황에서 우연히 백
거이가 노년에 애첩 번소(樊素)를 떠나보내고 쓴 시를 읽게 되자, 그는
왕조운에게 다음과 같은 시를 써서 감사했다.

「양류지」 잘 불렀던 번소가 백거이를 떠난 것과는 달리
흡사 번통덕(樊通德)이 영원(伶元)과 함께 한 것 같구려.
자식과 어미가 함께 늙어가지 못하지만
천상의 선녀와 유마힐(維摩詰)은 결국 선(禪)을 이해했구려.
불경 외고 약 달이며 새로이 생계 꾸리나니
가무에 쓰던 적삼이나 박판(拍板)은 옛 인연이 되어 버렸구려.
수련을 완성하면 나를 따라 삼신산(三神山)으로 가고

무산에 구름과 비의 인연 맺은 선녀는 되지 마시게.

不似楊枝別樂天, 恰如通德伴伶元.
阿奴絡秀不同老, 天女維摩總解禪.
經卷藥爐新活計, 舞衫歌板舊姻緣.
丹成逐我三山去, 不作巫山雲雨仙.

첫 구절은 같은 기생 출신이지만 백거이 곁을 떠난 번소와는 달리 노년의 자기 곁을 지켜 주는 왕조운을 칭송하고 있다. 제2구의 번통덕(樊通德)도 한나라 때에 회남승상(淮南丞相)과 강동도위(江東都尉)를 지낸 대신이자 소설『조비연외전(趙飛燕外傳)』의 작자로 알려진 영원(伶元: ?~?)이 노년에 들인 첩인데, 그가 죽을 때까지 함께 하며 문학에 대해 논했다고 한다. 이 둘은 당연히 왕조운과 소식 자신의 관계를 비유한다. 제3구의 아노(阿奴)와 낙수(絡秀)는 진(晉)나라 때에 사양후(射陽侯)에 봉해진 주준(周浚: ?~?)의 아내인 이낙수(李絡秀)와 그녀의 셋째아들로서 훗날 서평후(西平侯)에 봉해진 주모(周謨: ?~?)를 가리킨다. 아노는 주모의 어릴 적 이름이다.『진서(晉書)』「열녀전(列女傳)」에 따르면 주모의 둘째 형 주숭(周嵩)은 삼형제 가운데 주모의 성품이 가장 차분하고 온화하며 욕심도 없이 평범하여 오래도록 모친 곁을 지켜 줄 거라고 얘기한 바 있다. 하지만 여기서 아노와 낙수는 원래 의미와는 반대로 사용되어 요절한 아들과 박복한 왕조운에 대한 애석한 마음을 나타내고 있다. 왕조운은 혜주에서도 아들을 낳아서 이름을 간아(干兒)라고 했는데, 이 아들을 낳고 산후조리를 잘못하여 몸이 허약해지는 바람에 늘 약을 끼고 살았다고 한다. 제4구는 왕조운과 자신을 천상의 선녀와 유마힐로 비유하여 둘이 함께 불경을 공부하고 있음을 나타냈다. 제 5~6구는 불경을 읽고 약을 달이며 이전의 가무를 즐기던 생활과 결별한 왕조운의 새로운 혜주 생활을 묘사했고, 마지막 두 구절은 남녀 간의 인연을 넘어서 신선이 되어 둘이 함께 하자는 소망을 나타냈다.

하지만 비구니 의충(義衝)의 제자로 불교에 귀의하여 불경을 외며 기원했음에도 왕조운의 병세는 호전되지 않았고, 결국 겨우 서른네 살에 세상을 떠났다. 그녀가 죽자 소식은 혜주의 서호(西湖) 고산(孤山) 남쪽 기슭의 서선사(棲禪寺) 근처에 무덤을 마련하고 그 옆에 육여정(六如亭)을 지어 그녀를 기렸다. 혜주의 서호는 본래 이름이 침풍호(枕豊湖)였지만 항주의 서호와 비슷해서 소식과 왕조운이 자주 그곳에서 노닐며 이름을 바꾸었다고 한다. 이 때문에 그녀가 죽은 후에 소식은 이 호수에 탑을 세우고 제방을 축조하며 매화를 심는 등의 정성을 기울이며 그리움을 달랬다. 기생이라는 비천한 신분이기에 계실일지라도 아내[妻]의 신분은 될 수 없었던 신분제의 굴레 속에서 삼십 년 가까운 나이 차를 극복한 두 사람의 애잔한 사랑은 이렇게 천고의 역사 속에서 인간 세상과 천상에 아름다운 전설로 길이 남았다.

동파육을 안주로 한 잔 하고 싶은 생각이 들지 않는가?

그저 머리카락 위에 일어나는 가을바람만 느낄 뿐

비 맞아 깨끗해진 매미 득의양양 울어 대는데
이는 먼지 사라진 곳에 귀향길이 보이는구나.
병이 낫고 나니 술 마셔도 물릴 줄 모르고
꿈꾸고 나서 누대에 기대니 정감이 무한하다.
까마귀는 기우는 햇빛 데리고 오래된 절로 날아들고
풀들은 들판 풍경을 황량한 성으로 들여보낸다.
고향 집에서 국화 보기로 한 약속 또 저버렸고
그저 머리카락 위에 일어나는 가을바람만 느낄 뿐.

經雨淸蟬得意鳴, 征塵斷處見歸程.
病來把酒不知厭, 夢後倚樓無限情.
鴉帶斜陽投古刹, 草將野色入荒城.
故園又負黃華約, 但覺秋風髮上生.

송나라 때 하주(賀鑄: 1052~1125, 자는 方回)가 쓴 「병을 겪은 후 쾌재
정에 올라[病後登快哉亭]」이다. 이 시의 제목 아래에는 원래 "을축년(乙丑,
1085) 8월에 팽성(彭城, 지금의 江蘇省 徐州)에서 짓다."라는 주석이 붙어 있

는데, 당시 하주는 서주(徐州) 보풍감(寶豊監)으로 나가 있었다. 쾌재정
(快哉亭)은 팽성의 동남쪽 모퉁이에 있는 정자로서 본래 당나라 때 설능
(薛能: 817?~880?)이 세운 양춘정(陽春亭)이 있었던 자리에 송나라 때 경
동제형사(京東提刑使)로서 서주에 주둔해 있던 이방직(李邦直)이 새 건물
을 세웠다. 이후 1017년에 소식(蘇軾)이 서주의 지주(知州)로 부임한 뒤
에 이 정자를 구경하러 왔다가「쾌재차풍부(快哉此風賦)」를 써 주었고,
이를 계기로 이방직이 정자의 이름을 쾌재정으로 바꿨다고 한다.

　수련(首聯, 제1~2구)에서는 매미 울음소리를 통해 고향에 대한 감
흥을 일으켰는데, 득의양양한 매미와 대조적으로 타향에서 실의에 잠
긴 자신의 처지를 암암리에 대비시켰다. 제1구의 청각 묘사와 제2구의
시각 묘사의 대비도 자연스럽다. 함련(頷聯, 제3~4구)에서는 병이 낫고
나서 시름겨워 술만 하염없이 마시다가 아마도 꿈속에서 고향을 본 뒤
에 누대에 올라 먼 고향 쪽을 바라보며 한없는 감회에 잠겼음을 서술
했다. 제3구의 서술은 그가 병이 나기 전에도 향수에 시달리며 늘 술을
마셨으나 병 때문에 잠시 멈췄다가 병이 낫고 나니 더욱 많이 마시게
되었음을 암시하는 듯하다. 이것은 두보가「등고(登高)」에서 타향의 나
그네로 병에 시달리다가 높은 곳에 올랐지만 늙고 쇠약하여 탁주조차
마시지 못한다고 한탄했던 장면과 묘한 대조를 이룬다.

　바람 급하고 하늘 높고 원숭이 울음소리 슬픈데
　물가는 맑고 모래는 희고 새는 날며 선회한다.
　끝없이 펼쳐진 숲의 낙엽은 쓸쓸히 떨어지고
　다함없는 장강의 물결은 출렁출렁 흘러온다.

　　　　　　　　　　제3부 술로 적시는 마음

만리타향 슬픈 가을에 언제나 나그네 되어

평생 병 많은 이 몸 홀로 누대에 오른다.

고생과 근심에 서리 같은 살쩍 많아져 너무 한스러운데

쇠약한 몸이라 탁주 잔 드는 것도 이제 그만두었다.

風急天高猿嘯哀, 渚淸沙白鳥飛廻.

無邊落木蕭蕭下, 不盡長江滾滾來.

萬里悲秋常作客, 百年多病獨登臺.

艱難苦恨繁霜鬢, 潦倒新停濁酒杯.

노쇠한 두보에 비해 폐병을 앓고 난 뒤라고 하나 아직 삼십대 초반의 하주는 그래도 술을 마실 만한 체력이 남아 있었으니 그나마 다행이라고 할까? 하지만 꿈속에서조차 향수에 시달리는 나날은 상상만으로도 안타깝고 가련하다.

경련(頸聯, 제5~6구)에서는 현실의 눈앞에 펼쳐진 장면을 서술한다. 밤을 보내기 위해 기운 햇빛을 데리고 오래된 절로 날아드는 까마귀는 부질없이 지나는 세월 속에서 무력하게 실의에 빠진 시인의 심경을 등에 싣고 있다. 제6구는 백거이(白居易)가 "멀리서 풍겨 온 꽃향기 옛 길을 침범하고 / 환한 초록빛은 황량한 성으로 이어져 있다.(「賦得古原草送別」: 遠芳侵古道, 晴翠接荒城)"라고 노래했던 구절을 변형한 것이다. 다만 백거이가 시들었다가 다시 무성해진 봄풀을 통해 충만한 이별의 정을 노래했다면, 하주는 무성했다가 시들어가는 가을날의 풀을 통해 실의로 말라 버린 자신의 마음을 비유한 점은 대조적이다. 하주는 은유적인 표현으로 시대가 자신에게 기회를 주지 않음을 개탄하고 있는 것이다. 미련(尾聯, 제7~8구)에서는 고향 집에서 국화 구경을 하자는 약속을 또 저버리게 되었는데, 머리 위에 가을바람 즉 시름겨운 바람[愁風]이 불어 서리 맞은 흰머리만 늘어 가고 있다는 안타까움을 나타냈다.

　　타향살이의 시름은 자연스럽게 술 생각이 나게 한다. 하지만 타향이라 할지라도 풍토가 너무나 다르고, 심지어 이민족 치하의 땅에서 구류되어 지낸다면 그 시름은 일반적인 나그네들의 그것과는 비교가 되지 않을 것이다.

　　　　강산은 아득하게 누런 사막을 둘렀고
　　　　쓸쓸한 삭풍에 변방의 버드나무도 기울었다.
　　　　꽃잎에 서린 이슬도 차가워 노니는 나비도 없고
　　　　먹구름 낀 하늘로 이어지는 초원에는 까마귀가 숨어 있다.
　　　　시가 궁하다 해서 바다 같은 시름은 쓰지 말 것이요
　　　　술이 투박하니 귀향의 꿈도 꾸기 어렵다.
　　　　외딴 땅에 봄바람 분들 결국 무엇 하랴?
　　　　그저 내 살쩍의 흰머리만 재촉할 뿐이거늘!

　　　　關河迢遞繞黃沙, 慘慘陰風塞柳斜.
　　　　花帶露寒無戲蝶, 草連雲暗有藏鴉.
　　　　詩窮莫寫愁如海, 酒薄難將夢到家.
　　　　絶域東風竟何事, 祇應催我鬢邊華.

　　남송 때 주변(朱弁: 1085~1144, 자는 少章)이 노래한 「춘음(春陰)」이

다. 주변은 건염(建炎) 1년(1127) 겨울에 금(金)나라에 사신으로 파견되었는데 그들의 위협과 회유에 굴하지 않고 무려 십오 년 동안 구금되어 있다가 소흥(紹興) 13년(1143) 가을에야 귀국할 수 있었다. 이 시는 당시 그런 상황에서 고국을 그리는 마음을 노래한 것이다.

세차게 몰아치는 사막의 삭풍에 버드나무조차 반듯하게 자라지 못하고 비스듬히 기울었고, 꽃은 피었건만 맺힌 이슬이 차가워서 나비조차 찾아오지 않는다. 음랭한 기후와 잦은 전쟁으로 으슬으슬 귀기(鬼氣)가 쌓여 까마득한 초원은 먹구름 가득한 하늘과 이어져 있고, 그곳 어디엔가 시체를 찾은 까마귀 떼들이 숨어 있다. 이런 초원의 모습은 당나라 중엽의 두상(竇庠: 766?~828?, 자는 胄卿)이 「밤중에 옛 전쟁터를 가며[夜行古戰場]」에서 노래한 풍경을 떠올리게 한다.

산맥 끊어져 변방이 막 평탄해지는데
사람들 말이 옛 전쟁터란다.
샘물은 얼어서 소리가 더욱 막혀 있고
도깨비불 유난히 파리하다.
달이 지자 구름도 사막도 캄캄한데
바람이 휘몰아치자 초목이 피비린내를 풍긴다.
진나라 때인지 한나라 때인지 모르지만
부질없이 영령을 조상한다.

山斷塞初平, 人言古戰庭.
泉冰聲更咽, 陰火焰偏靑.
月落雲沙黑, 風回草木腥.

不知秦與漢, 徒欲弔英靈.

이런 풍경에 둘러싸인 이국에서 시인의 시름은 하해와 같지만 차마 그것을 시로도 쓰지 못하고, 투박한 변방의 술은 달콤한 귀향의 꿈조차 꾸지 못하게 한다. 그러니 절망이 짙어지는 하늘 끝의 변방에 봄이 온들 무슨 소용이랴? 세월은 쉼 없이 시름을 살찌워서 그 무게에 시달린 사람은 그저 또 한 해가 지날수록 흰머리만 늘어갈 뿐인 것을!